KB096965

소년여행자

소년소녀행성

바이올린 메고 떠난 88일의 유럽방랑기

임하영

천년의상상

들어가는 말

2014년 4월, 열일곱 되던 그해, 이름 모를 꽃들이 찬란히 흐드러지던 어느 봄날. 시퍼런 밑창을 드러낸 채 바닷속으로 가라앉는 배를, 나는 보았다. 아니야. 아니겠지. 이렇게 끝날 순 없어……. 모니터 앞에 앉아 온종일 애태우며 발을 굴렀지만 끝내 기다리던 소식은 들려오지 않았다. 구조 작업은 더없이 느리게 진행되었고 수많은 승객이 뭍으로 돌아오지 못했다. 그중 대다수는 고작 나보다 한두 살 많은 형·누나들. 나는 그저 망연자실 지켜볼 뿐 할 수 있는 게 아무것도 없었다.

이튿날부터 잠수부들의 수색이 시작되었다. 차디찬 바다에서 하나둘씩 떠오르는 시신들을 보며 끊임없이 되물었다. 왜 그리고 어떻게 이런 일이 가능했는지. 그러나 묻고 또 물어도 뚜렷한 답은 찾을 수 없었다. 다만 깨달을 뿐이었다. 그동안 이 사회에 존재하리라 여겼던 최소한의 가치가 송두리째 무너져 내렸음을……. 수많은 이론가가 이야기하고 혁명가들이 꿈꿨던 세상은 문자 그대로 이상향에 불과했던 것일까. 책과 현실의 괴리는 까마득했고 그 간극이 벌어질수록 양쪽에 발을 걸친 나 역시 쓰러질 듯 휘청거릴 수밖에 없었다.

무언가 부여잡을 것이 간절히 필요했다. 누군가의 손이든 멱살이든 아니면 바짓가랑이든. 그러나 쉽지 않았다. 희망의 빈자리엔 절망이 아른거렸고 확신이 사라진 자리에는 불안이 스멀스멀 피어올랐다. 나는 어디서 왔고 어디에 있고 또 어디로 가는가. 이제껏 걸어온 길에 대한 의문, 앞으로 나아갈 길에 대한 회의가 물밀듯 밀려왔다. 그렇게 열여덟이 되었다.

전에는 나이 듦이 즐겁기만 했는데 이제는 한없이 두려웠다. 어른이 된다는 것은 곧 부모님의 그늘에서 독립한다는 것, 여기에는 경제적·사회적·정신적 독립이 모두 포함될 터이다. '나는 과연 2년 내에 부모님으로부터 이 세 가지 독립을 이루어낼 수 있을까?' 생각했을 때 선뜻 '그렇다'라는 대답이 나오지 않았다.

어쩌면 남들과 다르게 살았기에 더욱 자신이 없었는지도 모른다. 한 번도 학교에 다닌 적이 없는 나는 이제껏 배움을 능동적으로 좇아왔다. 교실보다는 자연에서 지냈고 교과서보다는 다양한 책을 읽으며 자랐다. 그것은 나의 강점이지만 한편으로는 약점이기도 했다. 나의 다름이 한국 사회에서 어떻게 받아들여질까? 사람들과 어울리는 데 결격 사유로 작용하는 것은 아닐까? 불안하고 초조했다.

여러모로 준비가 필요해 보였다. 스무 살이 된다고, 12월 31일에서 1월 1일로 해가 넘어간다고 하루아침에 독립을 할 수 있는 것은 아니다. 나에게는 연습이 필요하다. 전적으로 홀로 서는 연습. 그러려면 우선 낯선 곳으로 가야 한다. 아무도 나를 도와줄 수 없고 모든 상황에 스스로 대처해야 하는 곳. 누구도 우리 가족을 알지 못하며, 아무런 배경지식 없이 나의 말·생각·행동만으로 나를 인식하는 곳. 오롯이 한 개인으로 존재할 수밖에 없는 곳. 그곳에서 버틸 수 있다면 아마 진정한 어른이 될 수 있지 않을까……. 혼자 계획하고 혼자 준비하고 혼자 꾸려나가는 여행. 그래, 한번 떠나보자.

어디로 가야 할까? 기나긴 순례의 길을 걸으며 인생을 되짚어보아도 좋고, 숨 막히는 절경을 바라보며 하염없이 눈물을 흘려도 좋겠다. 오래된 유적지를 둘러보거나 워킹홀리데이로 돈을 벌어보는 것도 나쁘지 않을 것 같다. 그러나 이 모두를 제쳐두고라도 우선 달려가고 싶은 곳이 있다. 우리보다 촘촘한 사회안전망을 갖춘 채 구성원들이 비교적 인간다운 삶을 누리고 있는 곳. 그런 사회를 살아가는 사람들과 만나 함께 밥을 먹고 두런두런 이야기를 나누고, 앞서거니 뒤서거니 자전거 페달을 밟다 보면 나의 삶에 대해서도, 우리의 미래에 대해서도, 조금은 실마리를 찾을 수 있지 않을까.

여행은 쉼표라지만, 나는 쉼표보다는 물음표로 가득한 여행을 하고 싶었다. 삶에 지쳐 떠나는 것이 아닌, 나아갈 방향을 찾아 나서는 여정. 결국 우리의 문제는 한 개인의 탓이라기보다 사회 전체가 나아가는 방향 차이에서 비롯된 것이니까. 물론 사회 전체가 굴러가는 모습을 확인하기란 쉽지 않을 것이다. 그럼에도 나의 눈높이에서, 나의 시선으로 최대한 꼼꼼히 들여다보기로 마음먹었다. 맛있는 음식을 먹고 아름다운 풍경을 감상하며 편안한 호텔에서 쉬는 대신, 치열하게 뛰어다니며 더 많은 사람을 만나고 더 많은 물음을 던져봐야겠다고 생각했다. 그렇게 내 안에 있는 물음표의 최대치를 꺼내 보이고 올 수 있다면, 그리고 돌아올 때 느낌표를 한 가득 끌어안고 올 수 있다면 더 바랄 게 없지 않을까.

길을 나섰다. 인생에 다시 오지 않을 열여덟에. 작은 배낭 그리고 바이올린과 함께……

차례

다시 오지 않을 열여덟, 길을 나섰다

—— 인천공항, 6/1

2015년 6월 1일 나는 프랑크푸르트로 가는 루프트한자 항공편 A380에 탑승해 이륙을 기다리고 있다. 짐 부치랴, 수속 밟으랴, 티켓 확인하랴 숨 가빴던 두 시간. 휴, 이제 일단락되었구나. 겉옷을 벗으며 안도의 한숨을 내쉰다. 어젯밤부터 오늘 아침까지 그리고 공항에 도착하면서 최고치에 다다랐던 긴장이 조금씩 누그러진다.

　며칠 전까지만 해도 실감나지 않았는데, 정말 떠나긴 떠나는 모양이다. 유럽, 꿈에 그리던 유럽이라니! 한창 감격의 도가니에 빠져 있는데 옆자리 아저씨가 엉덩이를 바싹 들이민다. 당황한 나머지 한 뼘 후퇴. 방심한 사이 또 한 번 진격하는 엉덩이. 그렇게 또 한 뼘 후퇴. 어, 이러면 내 자리가 좁아지는데! 나도 질세라 엉덩이를 왼쪽으로 밀착시킨다. 시선은 정면을 향하고 있지만 묘한 긴장감이 흐른다. 밀리느냐 밀어내느냐, 결코 물러설 수 없는 진검승부. 단번에 끝나지 않을 것 같은 예감이 든다. 어쩔 수 없지. 장기전을 각오하며 찬찬히 기억을 되짚어본다. 도대체 어떻게 해서 이 자리까지 오게 된 것일까.

　이야기는 지난겨울, 어느 토요일 저녁으로 거슬러 올라간다. 이제 막 프랑스어를 시작한 초짜 학생인 나는 카페에 앉아 열심히 수업 내용을 복습하고 있었더랬다. 가장 골머리를 앓던 부분은 동사 변화. 인칭과 시제에 따라 100여 개의 형태로 바뀌는 바람에 동사 하나를 배울 때마다 그 복잡한 모양들도 함께 익혀야 했다. 그날의 목표는 동사 10개를 외우는 것이었지만, 아무리 보고 또 봐도 머릿속에 들어오지 않아 그만 포기하려는 참이었다.

그때 어디선가 프랑스어가 들려왔다. 처음에는 '공부를 너무 열심히 하니 헛소리가 들리나 보다' 생각했지만 이내 또다시 귀에 들려왔다. 분명 같은 공간에 있는 누군가가 프랑스어로 말하고 있다는 뜻! 흠칫 놀랐지만 한편으로는 호기심이 발동했다. 정체를 찾아봐야겠다는 생각이 들었다. 자리에서 일어나 둘러보니 카페에 앉아 있는 외국인은 총 네 명. 그중 노트북을 열심히 두드리고 있는 사람이 프랑스인처럼 보였다.

조금 망설여졌다. 아니면 어떡하지? 한번 말을 건네보고 싶었지만 다시 자리로 돌아가 안절부절못하며 책만 들여다봤다. 그러기를 한 시간, 더는 그러고만 있을 수 없어 벌떡 일어났다. 멋지게 다가가서 "봉수아Bonsoir" 하고 인사를 건네려 했지만 정작 입에서 모기만 한 목소리로 나온 말은 "헬로Hello⋯⋯"였다. 그래도 어쨌든 대화를 열었으므로, 곧장 궁금했던 것을 물어봤다.

"저기, 혹시 프랑스에서 오셨나요?"

"네, 그런데요?"

빙고! 예감은 틀리지 않았다. 나는 이 기회를 틈타 주절주절 이야기를 늘어놓았다. 왜 프랑스어를 배우는지, 어떻게 시작하게 되었는지, 그리고 나중에 파리에서 공부하고 싶다는 막연한 소망 등등. 고려대학교에 교환학생으로 와 있다는 나탈리는 내게 이런저런 조언을 해주며 이메일 주소를 적어주었다.

그렇게 시작된 인연은 이후 몇 번의 만남으로 이어졌고, 그때마다 종종 한국과 프랑스의 정치나 경제, 교육에 대한 이야기를 주고받곤 했다. 한번은 한국에 놀러 온 나탈리의 친구와 더불어 차를 마셨는데, 두 사람이 '유대인의 정체성은 어떻게 형성되는가'를 주제로 토론을 벌이기 시작했다. 모국어도 아닌 영어로, 장장 여섯 시간 동안이나! 이 광경을 지켜보며 숨이 막힐 것만 같았다. 이래서 프랑스가 프랑스구나… 하고 새삼 깨닫는 순간이었다.

나탈리를 마지막으로 만난 건 그녀가 귀국을 며칠 앞둔 크리스마스 무렵이었다. 마침 휴가차 한국에 방문한 나탈리의 부모님도 그 자리를 같이했다. 작별 인사를 나누며 나탈리는 이렇게 말했다.

"혹시 파리에 오게 되면 연락해. 아마 우리 부모님이 며칠은 재워주실 거야!"

"그래 고마워, 조심히 돌아가고. 파리에 가게 되면 꼭 연락할게!"

그렇게 우리는 처음 만났던 그 카페 앞에서 헤어졌다.

까맣게 잊고 지내던 그 한마디가 퍼뜩 머리를 스친 건 이듬해 봄이었다. 처음에는 대수롭지 않게 생각했다. '어차피 파리에 갈 일도 없는데 뭐.' 그러자 또 다른 내가 말했다. '그럼 만들어서라도 가면 되지 않을까?' '아니야, 비행기 값만 해도 얼만데.' '그래도 찾아보면 방법이 생기겠지!' 진짜? 과연 그럴까? 정돈되지 않은 생각이 꼬리에 꼬리를 물고 이어졌다.

하루키에게 들려왔다는 "먼 북소리"가 바로 이런 것이었을까. 떠남에 대한 열망은 시간이 지날수록 강렬해져만 갔다. 여행이라면 응당 일상과 이상의 간극을 메워줄 수 있을 것 같았고, 사람들과 이야기꽃을 피우다 보면 자연스럽게 나의 물음에 대한 답도 찾을 수 있을 것 같았다. 왜 우리 사회는 이 모양인지, 나는 어떻게 살아야 하는지 말이다.

버스를 타고 가다 문득 창밖을 내다보았다. 저잣거리에 움튼 새싹이 햇살을 받아 반짝였다. 느닷없이 노트를 꺼내 나탈리에게 메일을 쓰기 시작했다. "혹시 이번 여름에 파리에 가면 너희 부모님이 재워주실 수 있을까?" "응? 일단 물어보고 다시 알려줄게. 얼마나 머무를 생각인데?" "한 일주일이면 될 것 같아." 그리고 며칠 뒤. "가능하다고 하셔!" "우아, 정말 고마워!"

그런데 돌아올 때는 어떡하지? 불현듯 한 사람이 떠올랐다. 얼마 전 독일로 유학을 떠난 우리 교회의 지휘자 선생님. 부랴부랴, 재워주실 수 있는지 여쭤봤다. "8월 말이라고? 그래, 와서 며칠 지내다 가!" 야호! 파리 인IN 라이프치히 아웃OUT. 비행기 일정이 정해졌다.

그러나 막상 떠나려니 발걸음이 무거웠다. 출발 일주일 전부터는 매일같이 잠을 설쳤다. "카우치서핑 Couchsurfing 을 하겠다고? 정말 괜찮겠어? 미성년자인데 생판 모르는 사람 집에 묵었다가 사고라도 당하면 어쩌려고 그래?" "항상 조심 또 조심해야 돼!" 지인들의 걱정 섞인 이야기가 머릿속을 계속 맴돌았다. 점점 자신이 없어졌다. 괜히 떠난다고 했나? 살아 돌아올 수는 있겠지? 이럴 줄 알았으면 호신술이라도 배워놓을걸. 정말 미쳤지 미쳤어! 애초 나는 홀홀 여행을 떠날 만큼 용감한 위인이 아니었다. 용감하기는커녕 소심하고 숫기 없고 내성적이기까지 하다. 나탈리 덕분에 무턱대고 방아쇠를 당겼지만 조금 후회가 되었다. 가뜩이나 비행기 표 끊느라 잔고도 바닥났는데……

그러나 이제 와서 떠나지 않을 수는 없었다. 소중한 친구들이 햄버거를 사 먹으라고 3만 원씩 5만 원씩 모아 건네주었다. 몇몇 지인에게서는 계좌번호를 알려달라는 문자가 왔다. 염치라고는 조금도 없이, 주시는 대로 넙죽넙죽 받았다. 배낭을 하나 사고 여행자보험에 가입하니 135만 원이 남았다. 그중 35만 원을 인출해 유로로 환전했다. 걱정이 태산인 부모님은 차마 뜯어말리지는 못하고, 힘들면 중간에 언제든 돌아오라고 했다. 그러나 나는 어떻게든 끝까지 버틸 작정이었다. 그래야 무언가 얻는 것이 있지 않을까. 짐짓 마음이 비장해졌다. 시간은 쏜살같이 흘렀다. 나는 어느새 이코노미석에 앉아 있었다.

　　지난날을 떠올리며 이런저런 생각에 잠겨 있는데 낮고 굵직한 기장의 목소리가 들려온다. 이윽고 비행기가 빠른 속도로 달리더니 하늘로 솟아오른다. 한국을 떠나려니 다리가 후들후들 떨린다. 이제 몇 시간 뒤면 나에게 익숙한 사회와 익숙한 사람들을 떠나 낯설고 생소한 세계로 발걸음을 내딛을 터. 앞으로 석 달 동안 언제 어디서 어떤 어려운 상황이 닥치더라도 스스로 대처하고 극복해내는 수밖에 없다. 어려운 도전이 될 수도 있을 것 같다. 그렇지만 마음을 다잡았다. 어차피 처음부터 끝까지 스스로 계획하고 준비한 여행이다. 무엇보다 나는 젊고 새로운 모험을 즐길 준비가 되어 있다. 인천 앞바다가 점점 희미해지더니 창밖으로 보이는 건 구름뿐이다. 이제 시작이다.

1

아이고, 파리는 처음입니다만

—— 파리, 6/1

인천을 떠난 비행기는 열두 시간에 걸친 비행 끝에 프랑크푸르트에 도착했다. 시계를 보니 예정된 도착시간이 살짝 지났다. 그때부터 좌불안석, 마음이 급해졌다. 선반에서 바이올린을 내려 어깨에 메고 냅다 뛰었다. 입국심사대에 도착하니 어떤 아저씨가 무뚝뚝한 표정으로 앉아 있었다. "파리, 파리로 갑니다." 나를 위아래로 쓱 훑어보더니 도장을 '쾅' 찍어주었다. 다시 힘차게 달려 파리행 비행기 탑승구에 도착. 환승시간이 한 시간 남짓이라 걱정했는데 다행히 늦지는 않았다. 그래, 이 정도면 오늘 일정의 7할은 마무리된 셈이다. 공항 의자에 앉아 흐르는 땀을 닦으며 나탈리에게 왓츠앱 WhatsApp 메시지를 보냈다.

"이제 조금 있으면 너희 집에 도착할 것 같아!"

"그래, 잘됐네! 걱정 마, 우리 가족들이 잘해줄 거야!"

그렇지만 찜찜한 기분은 어쩔 수 없었다. 이번 파리행은 나탈리가 거기 있기에 결정했던 것인데, 정작 나탈리는 콩고로 인턴십을 떠나고 없기 때문이다. 그것도 1년 반씩이나. 내가 파리에 도착하기 바로 직전에 결정된 일이다. 이럴 수가! 파리는 위험하고 소매치기도 많다는데 아는 사람도 없이 혼자 남겨지는 것인가. 눈앞이 캄캄하다. 내가 도착하는 시간에 맞춰 나탈리의 동생 마크가 마중을 나오겠다고는 했지만 그마저도 확실하진 않았다. 가뜩이나 내 아이폰4는 컨트리락이 걸려 유럽에선 터지지도 않는데. 단 한 시간 후 어떤 일이 벌어질지 짐작조차 할 수 없었다. 갈팡질팡하는 마음을 달래가며 파리행 비행기에 올랐다.

한국 사람들로 가득하던 이전 비행기와는 달리 파리행 비행기에서는 동양인을 거의 찾아볼 수 없다. 짐을 머리 위 선반에 얹고 자리를 찾아 앉았다. 옆자리에서는 젊은 청년이 다리를 꼰 채 심각한 표정으로 《르몽드》지를 들여다보고 있다. 이게 바로 소문으로만 듣던 《르몽드》라는 신문이구나. 내가 진짜 파리로 가고 있긴 한가 보네…….

한참을 가만히 앉아 있다가 《르몽드》를 읽는 청년에게 말을 걸어보기로 했다. 그래, 옷깃만 스쳐도 인연이라는데 되든 안되든 들이대보는 거야. 그때 나탈리에게 말을 걸지 않았다면 지금 난 파리에 갈 수도 없었을 테니. 그러면서 또다시 나의 단골 레퍼토리, "웨어 아 유 프롬 Where are you from"으로 말문을 열었다.

이 친구의 이름은 마이클. 뜻밖에도 프랑스인이 아니라 영국 사람이었다. 조금 더 이야기를 들어보니 《파이낸셜 타임스》 기자로 런던에서 일하다가 몇 해 전 특파원 발령을 받아 파리에서 생활하게 되었다고. 나는 궁금했다. 그가 본 프랑스 사회는 어땠는지. 마이클은 말했다.

"음… 상황이 그리 좋아 보이진 않아. 경제성장은 멈춰버린 반면 실업률은 계속 높아지고 있거든. 그래서 젊은이들 사이에 좌절감이 팽배하지. 인종 간 갈등도 심해졌고 테러도 자주 일어나. 전반적으로 혼란스러운 분위기야. 한국은 어때?"

"우리도 비슷해. 경기도 안 좋고 청년실업률도 높아. 게다가 남북관계마저 벼랑 끝을 달리고 있지. 사회에 별로 생기가 없는 것 같아."

이런저런 이야기를 주고받다 보니 한 시간 반이 훌쩍 지났고, 비행기는 활주로를 따라 서서히 미끄러졌다. 내가 만 열여섯 살에 혼자 유럽으로 여행 왔다는 것을 기특해하던 마이클은 자신의 이메일과 전화번호를 주며 혹시 필요한 일이 있으면 언제든 연락하라고 했다. 고맙다고 대답하며 재빨리 물어봤다.

"혹시 이따 휴대전화를 좀 빌려줄 수 있을까? 연락할 사람이 있거든."

"물론이지! 언제든 필요할 때 얘기해!"

그리하여 샤를 드골 공항에 내리자마자 나탈리가 알려준 번호로 전화를 걸 수 있었다. 뚜—뚜—뚜—뚜. 수차례 연결음이 울리더니 여성의 목소리가 들렸다. 정확히 알아듣진 못했지만 상대방이 전화를 받지 않는다는 내용인 듯했다. 번호가 잘못된 건가? 다시 걸어봐야겠다. 그런데 또 안 받는다. 어떡하지? 수차례 시도한 끝에 겨우 마크와 전화 연결이 되었다. 다행히도 이따 나를 데리러 나올 수 있다고 한다. 야호! 이제 다 해결되었구나! 마이클에게 휴대폰을 돌려주며 작별인사를 나누었다. 낯선이에게 흔쾌히 도움을 선사한 고마운 친구이자 이번 여행에서 만난 소중한 인연 1호인 마이클. 나도 나중에 한국에 돌아가 혹 외국인을 만나게 된다면 정성 어린 도움의 손길을 내밀어야겠다고 다짐했다.

마이클과 헤어진 후 곧장 짐을 찾아 파리 시내로 가는 버스에 몸을 실었다. 언뜻 시계를 보니 어느덧 밤 10시. 덜컹대는 좌석에 앉아 허공을 응시하는 사람들의 충혈된 눈에서 인생의 고단함이 엿보인다. 최종 목적지인 오페라에 도착했을 때는 11시가 훌쩍 넘어 있었다. 버스에서 내리자마자 파리 특유의 냄새가 코를 찌른다. 단내, 고린내, 지린내, 그리고 정체를 알 수 없는 냄새. 몇 분이 지나자 이윽고 어둠 속에 휩싸인 파리 시내가 점차 눈에 들어왔다. 거리는 인적이 드물었고 그 위를 비추고 있는 조명은 차갑고 음산했다. 가끔 지나다니는 사람들은 인상이 굳어 있었고 모두들 나를 한 번씩 흘겨보고 가는 것 같아 섬뜩한 기운마저 느껴졌다.

아무리 기다려도 마크는 오지 않았다. 왼쪽을 보고 또 오른쪽을 두리번거려도 전혀 나타날 기미가 안 느껴진다. 슬슬 불안이 엄습했다. 여행 첫날부터 노숙자 신세가 되는 건가? 거리에서 잠이 들면 위험할 수 있으니 아예 밤을 지새야겠다. 여기는 너무 으스스하니까 일단 밝은 곳을 찾아봐야지. 아니면 마이클한테 연락을 해볼까? 그나저나 마크 이 녀석은 도대체 생각이 있는 거야 없는 거야! 얼굴 한번 본 적 없는 사람을 철석같이 믿은 내가 제정신이 아닌 거지. 파리까지 와서 이게 무슨 일이람. 끓어오르는 부아도 잠시, 나는 지쳐 노그라지고 말았다. 스무 시간 넘게 잠을 못 잤더니 눈이 뻑뻑하고 다리도 저려왔다.

그래도 마지막 힘을 내 근처를 지나는, 그나마 인상이 온화해 보이는 할아버지에게 짧은 프랑스어로 물어봤다. "혹시… 휴대전화… 좀… 빌려주실… 수… 있을까요?"

그렇게 해서 다시 연락이 닿은 마크, 10분 안에 데리러 나오겠다고 한다. 얼마나 시간이 흘렀을까. 잠시 뒤 키가 멀대같이 큰 남자아이가 손을 흔들며 걸어온다. 순간 마음이 놓이며 다리에 힘이 좍 풀려버렸다. 드디어 파리에 도착해 머리 뉘일 곳을 찾았구나. 마크와 인사를 나누고 나탈리네 집으로 향했다. 마크가 집안 곳곳을 설명해주며 방문을 열어젖혔다.

"여기가 네가 잘 침대야. 그럼 나는 이만 자러 갈게. 내일 아침에 보자."

"알았어, 너도 잘 자."

간단히 씻고 짐을 풀어 옷을 갈아입었다. 그래, 내가 해낸 거야! 피곤함과 안도감이 교차하면서 졸음이 몰려왔다. 더는 뭔가 생각할 새도 없이 스르륵 잠에 빠져들었다. 파리의 첫날 밤이 이렇게 지나가고 있었다.

가장 먼저 퐁네프를 찾은 이유

—— 파리, 6/2

여행의 둘째 날은 순식간에 밝아왔다. 단잠을 자다 화들짝 깼는데 시계를 보니 7시가 넘어 있었다. 날씨는 싸늘했고 하늘은 잿빛 구름으로 뒤덮여 있었다. 반쯤 열린 창문 틈으로 사크레쾨르 성당이 흐릿하게 보였다. 아참, 여긴 파리잖아?! 얼굴을 닦고 옷을 챙겨 입은 뒤 허겁지겁 거실로 나왔다. 부엌은 벌써 시끌벅적했다.

"헤이 하영, 굿 모닝! 와서 같이 먹을래?"

베르나르 아저씨가 나를 불렀다. 오늘 아침 메뉴는 죽도 아니고 밥도 아닌 희멀건 무언가. 배가 고팠던 나는 "위Oui"라고 답했다. 식탁 건너편에는 잠이 아직 덜 깬 두 아이가 나를 멀뚱멀뚱 쳐다보고 있었다. 베르나르 아저씨의 다섯째 아이 일란과 여섯째 아이 리아였다. 그 두 아이와 베르나르 아저씨는 서둘러 아침을 먹고 초등학교와 유치원 그리고 직장으로 향했다.

잠시 후 강한 러시아 액센트로 "굿 모르닝!" 하고 인사를 건네는 목소리가 들려왔는데, 다름 아닌 유나 아주머니였다. 주중에 집에서 베이비시팅babysitting을 하시는데, 아기들 맞을 준비로 바쁜 모양이었다. 이윽고 8시가 지날 무렵 허겁지겁 아침을 먹는 사람은 넷째 마크다. 마크는 내가 아직 파리 지리에 서투르니 양치질을 끝내면 자기가 같이 나가주겠다고 했다.

현관문 앞에서 엉거주춤 마크를 기다리는데, 또 한 사람이 방에서 나온다. 길게 늘어뜨린 금발머리에 청초한 얼굴, 그렇지만 아직 잠에 취해 부스스한 모습. 바로 이 집의 셋째 소피다. 소피는 어제 마크와 내가 도착했을 때 없었으니 아마 밤늦게 귀가를 했나 보다. 나는 초면인데 인사를 건네야 하나 말아야 하나 무척 망설였다. 나를 알아봤는지도 확실치 않고 무척 피곤해 보이기까지 하는데……. 그때 소피가 고개를 돌려서 나를 봤다. 그러고는 내가 서 있는 쪽으로 다가왔다. 나는 '굿 모닝' 혹은 '봉주르bonjour'라고 인사를 건네야지 생각하고 있었는데 순간 아무 말도 할 수가 없었다. 그리고 한 발짝, 그녀가 더 가까이 다가왔다. 두근두근. 몇 초가 지나고 나는 얼떨결에 하고 말았다. 아니, 더 정확히는 당하고 말았다. 생애 첫 비주Bisous 인사. 양쪽 볼에 한 번씩, 쪽쪽. 나는 흠칫 뒷걸음질을 쳤지만 그런다고 쿵쾅거리는 가슴이 진정되는 건 아니었다.

"가자!"

"어… 그, 그래."

마크와 엘리베이터를 타고 내려가는 내내 그 찰나의 순간이 머릿속을 떠나지 않았다. 안 그래도 내향적인 데다 스킨십이 익숙하지 않은 터라 적잖이 당황했었는데 그 이상야릇한 기분만큼이나 어느새 프랑스는 나에게 훌쩍 다가와 있었다.

엘리베이터에서 내리자마자 우리는 사각형의 조그만 공간을 마주해야 했다. 바로 쿠르Cour라고 부르는 건물 '안뜰'이었다. 맞은편에는 바깥세상과 이어지는 짧은 통로가 있었는데 이는 파사주passage라고 불린다. 파사주를 지나 커다란 철문을 열면, 그제야 분주한 파리의 거리가 눈에 들어온다. 길 양옆에 들어선 온갖 상점, 그 앞 조그만 도로를 끊임없이 오가는 사람들, 그리고 요란스레 달리는 택시와 자동차와 자전거까지. 나는 파리지앵의 일상 속으로 조심스레 발걸음을 내딛었다.

　　마크가 걸음을 재촉했다. 그는 이 모든 분주함의 일부였다. 마치 서울에서 내가 그랬던 것처럼. 반면 나는 이 모든 풍경을 신기한 듯 구경하며 걸었는데, 그래서인지 계속 한 발짝씩 뒤처졌다. 조금씩 엇박자를 내는 우리 둘의 발걸음을 보면서 새삼 내가 여행자라는 사실을 깨달았다.

　　계속 걷다가 어느 사거리에 다다르자 마크가 나를 멈춰 세웠다.

　　"자, 이쪽으로 계속 내려가면 오페라 가르니에 Opéra Garnier 가 보일 거야. 그럼 정면의 오페라 대로를 쭉 따라가. 오페라 대로 끝에서 오른쪽으로 가면 센 강변에 닿을 거야. 그곳에서 왼쪽으로 돌아서 계속 걸어가면 돼."

　　"알았어, 고마워!"

　　"그럼 이따 저녁에 보자!"

퐁네프에서 왕을 만나다

마크는 메트로를 타고 학교에 갔고, 나는 오페라 대로를 따라 쭉 걸어갔다. 걷다 보니 왼쪽에는 코메디 프랑세즈 Comédie Française, 오른쪽에는 튈르리 정원 Jardin des Tuileries 이 보였다. 카루젤 광장 Place du Carrousel 을 지나며 루브르 박물관의 유리 피라미드를 보았고 그 얼마 뒤 센 강에 닿았다.

　　눈에 닿는 모든 것이 놀라움의 연속이었지만 아랑곳하지 않고 계속 걸었다. 예술가의 다리 Pont des arts 를 지나자 드디어 오매불망 기다리던 오늘의 첫 목적지가 보였다. 다른 모든 장소를 제치고 여기로 가장 먼저 달려온 이유는 이곳이 유명한 관광지여서도, 영화 〈퐁네프의 연인들〉의 배경이었기 때문도 아니다. 퐁네프 Pont-Neuf를 첫 목적지로 정한 이유는 16세기를 풍미한 한 인물에 대해 생각해보고 싶어서였다. 다리 한복판에서 말 위에 올라 늠름하게 칼을 빼들고 있는, 앙리 4세 Henri IV 말이다.

앙리 4세에 대해 처음 알게 된 것은 여행을 준비하면서 본 다큐멘터리에서였다. 화면은 루브르 박물관에 걸린 한 초상화를 비추고 있었다. 그림의 주인공은 망토를 두르고 반바지를 입은 채 장난스러운 표정을 짓고 있었는데, '도대체 누굴까' 하고 무척 궁금했었다. 옷매무새를 보아 하니 귀족이 분명한데 참 독특한 그림이군. 술에 취했나? 아니면 정신이상자?

진실은 곧 밝혀졌다. 다큐멘터리는 초상화 속 남자가 프랑스의 왕 '앙리 꺄트르'라고 설명하고 있었다. 무척 신기했다. 어떻게 왕이 저런 모습을 하고 있을 수 있지? 앙리 4세에 대해 조금 더 알고 싶었지만 안타깝게도 그에 대한 내용은 다큐멘터리 안에서는 그 이상 이어지지 않았다.

아쉬움을 뒤로하고 앙리 4세에 관한 자료를 찾아보았다. 그는 한국에는 그리 잘 알려져 있지 않은 듯했다. 나 역시 전에는 앙리 4세에 대해 들어본 적이 없었다. '프랑스의 왕' 하면 떠오르는 것은 항상 루이 14세 혹은 프랑수아 1세였을 뿐. 그러나 얼마 지나지 않아 내가 가장 좋아하는 프랑스의 왕은 앙리 4세가 되었다. 나는 앙리 4세의 매력에 빠져 헤어 나올 수 없는 지경이 되고 말았다. 그래서 파리에서도 가장 먼저 앙리 4세의 생애를 곱씹으며 그가 남긴 흔적을 찾아 나서기로 한 것이었다.

사실 다른 왕들과 달리 앙리 4세는 젊은 시절 그리 촉망받는 왕위 유망주가 아니었다. 그는 파리와는 동떨어진 프랑스 남쪽 끝 나바르 왕국에서 태어나 앙리 드 나바르 Henri de Navarre 라는 이름을 갖게 되었다. 앙리는 어머니의 영향을 받아 개신교도로 자랐는데, 이것은 프랑스 사회에서는 별로 환영받지 못할 일이었다. 당시 프랑스에서 개신교는 정치적으로도 사회적으로도 결코 용인될 수 없는 종교였다. 개신교도들은 위그노 Huguenot 라 불렸는데, 그들을 향한 프랑스 정부의 핍박이 이루 말할 수 없을 정도였다. 앙리가 20대가 될 무렵 벌어진 성 바르톨로메오 축일의 학살 Massacre de la Saint-Barthélemy 은 이러한 박해가 광기의 경지에까지 이르렀음을 보여준 사건이었다. 가톨릭교도들은 "모두 죽여라 Tuez-les tous"라는 구호 아래 위그노들을 무차별 살해했고, 당시 국왕 샤를 9세 Charles IX 도 루브르궁 창문에 걸터앉아 센 강가로 도망치는 위그노들을 한 사람씩 쏘아 죽였다는 이야기도 전한다. 파리는 피로 물들었다.

다행히 위그노의 피가 흐르는 왕자 앙리 드 나바르는 이 끔찍한 학살에서 살아남았다. 아마 학살이 벌어지기 며칠 전 샤를 9세의 누이 마르그리트 드 발루아 Marguerite de Valois 와 정략결혼을 한 덕분인지도 모르겠다.

실제로 이 결혼은 훗날 앙리의 앞길을 활짝 열어준 '신의한 수'가 되었다. 학살이 일어난 지 20년이 흐른 후 앙리와 마르그리트 부부가 프랑스 왕위 계승 서열의 맨 위에 올랐으니 말이다. 전임 프랑수아 2세 François II, 샤를 9세, 그리고 앙리 3세 Henri III 가 모두 후사가 없었기에 가능했던 일이다. 그러나 개신교도 앙리 드 나바르가 왕이 되는 과정은 그리 순탄치 않았다. 그는 결국 타협을 할 수밖에 없었는데 유일한 타협 방법은 가톨릭으로 개종

하는 것이었다. "파리는 미사 한 번의 가치가 있다 Paris vaut bien une messe"라는 한마디를 남기며 앙리는 권력의 중심에 오른다. 그렇게 그는 '앙리 4세'가 되었다.

나는 그의 기마상 뒤쪽으로 발걸음을 옮겼다. 다리 밑으로 터벅터벅 걸어 내려가자 멋진 공간이 눈앞에 펼쳐졌다. 베르갈랑 Vert-Galant 공원이었다. 공원의 명칭 '베르갈랑'은 '호색한'이라는 뜻으로 앙리 4세의 별명에서 따온 것이다. 잘 알려졌다시피 앙리 4세는 평생 사귄 애인만 50명이 넘을 정도로 바람기가 심했고 그중에는 '실질적 아내' 역할을 한 미모의 여인, 가브리엘 데스트레 Gabrielle d'Estrées도 있었다. 내가 초상화에서 보았던 그 익살스러운 얼굴에는 바로 이 바람기가 깃들어 있었는지도 모르겠다.

그랬다. 그는 인생을 즐겼다. 말하자면 소문난 사랑꾼이었으며 또 백성들을 진심으로 아끼는 군주이기도 했다. 그는 이따금 농부의 집에 가서 자신이 왕이라는 것을 밝히지 않은 채 같이 술을 마시며 어울렸다고 한다. 백성들의 어려운 사정을 직접 보고 경험한 그는 "만약 하느님이 허락하신다면 모든 백성이 단 한 사람도 빠짐 없이 일요일마다 닭고기를 먹을 수 있게 하겠다(Si Dieu me prête vie, je ferai qu'il n'y aura point de laboureur en mon royaume qui n'ait les moyens d'avoir le dimanche une poule dans son pot!)"라는 유명한 말을 남기기도 했다. 그는 삶을 살아가는 데 있어 그리 엄격한 기준을 가지고 있지 않았고, 바로 그 점이 그를 더욱 친근하고 인간적으로 만들었다.

나는 공원 벤치에 앉아 주위를 둘러보았다. 건너편에는 한 노신사가 신문을 보고 있었고 다른 한편에서는 젊은 남녀가 뜨거운 키스를 나누고 있었다. 앙리 4세의 사랑의 기운(?!)이 여기까지 전해지고 있는 것일까.

파리에서 7년간 머물렀던 어니스트 헤밍웨이는 《파리는 날마다 축제》라는 자신의 책에서 이렇게 적고 있다.

> 앙리 4세 동상이 있는 다리 퐁네프 아래 시테 섬 끝자락이 뾰족한 뱃머리로 끝나는 지점 강변에는 커다랗고 아름다운 마로니에 나무들이 서 있는 작은 공원이 있다. [중략] 날씨가 맑은 날이면 나는 포도주 한 병과 빵 한 조각, 그리고 소시지를 사 들고 강변으로 나가 햇볕을 쬐면서 얼마 전에 산 책을 읽으며 낚시꾼들을 구경하곤 했다.

헤밍웨이도 나와 같은 마음이었을까. 강 한가운데에 위치한, 나무들로 둘러싸인 이곳은 무척 아늑했고 오래도록 쉬어가고 싶을 정도로 편안했다.

그러나 앙리 4세가 그 별명 '베르갈랑'처럼 그저 바람기만 가득한 왕은 아니었다. 그는 왕위에 오른 뒤 에스파냐와의 오랜 전쟁으로 황폐화된 도시를 재정비하는 작업에 착수했다. 베르갈랑 공원에서 올라와 시테 섬 쪽으로 향하면 도핀 광장 Place Dauphine 을 만나게 된다. 이 광장은 훗날 루이 13세 Louis XIII 가 될 아기의 탄생을 축하하기 위해 황태자 Dauphine 라고 이름 붙여진 것이다. 이 밖에도 퐁네프, 루브르 박물관의 대회랑 Grande Galerie 등이 앙리 4세가 계획한 것이거나 완공시킨 것이다.

앙리 4세는 백성들의 목소리에도 귀를 기울였다. 그의 치하에서는 고통받는 농민들의 세금이 감소한 반면 귀족들의 세 부담은 늘었고, 전쟁으로 바닥난 재정 상태가 서서히 개선되어나

갔다. 프랑스는 변화하고 있었다. 가장 중요한 건 앙리 4세가 통합과 화합의 행보를 열었다는 점이다. 그는 1598년 4월 13일, 개신교도를 탄압하는 법률을 폐지하고 집회의 자유를 보장할 뿐 아니라 위급한 상황이 발생하면 보호해주겠다는 내용까지 담은 '낭트 칙령 Édit de Nantes'을 발표한다. 톨레랑스가 프랑스 사회의 보편 가치로 정착한 것은 19세기 무렵이라지만 화합과 공존의 기틀을 다진 것은 바로 앙리 4세가 아니었을까.

태양왕인가, 선량왕인가?

그러나 그는 결국 암살범의 칼에 맞아 생을 마감했다. 범인은 열혈 가톨릭 신자 프랑수아 라바이약 François Ravaillac이었는데, 그 배후에는 앙리 4세와 재혼한 가톨릭 신자 왕비 카트린 드 메디치 Catherine de Médicis가 있었을 것이라는 추측이 무성했다. 앙리 4세의 죽음 이후 루이 14세에 의해 낭트 칙령은 폐지되고 위그노들은 국외로 추방된다. 이후 종교의 자유가 다시 생겨나기까지는 거의 200년이라는 세월이 필요했다.

나는 앙리 4세가 암살당한 장소인 페로느리가 Rue de la Fer- ronnerie로 향했다. 그곳에는 조그만 기념 푯말과 함께 앙리 4세가 암살당한 지점이 땅에 표시되어 있다. 450년 전 사람들은 앙리 4세가 사망했다는 소식을 듣고 격분했다. 당시 현장에 있던 사람들이 라바이약을 잡아 죽이려 했다니 그 분노가 어느 정도였는지 짐작이 간다.

결국 라바이약은 센 강변에서 말에 묶여 사지가 찢기는 참형을 받았다. 심지어 말들이 제 몫을 잘해내지 못하자 성난 군중

루브르 박물관에 있는 앙리 4세의 초상화, 공식 작품명은 〈히드라를 죽이는 헤라클레스〉. 망토를 두르고 반바지를 입은 채 장난스러운 표정을 짓는 이 그림을 다큐멘터리에서 처음 보았는데, 너무도 인상적이었다.

풍네프 위에 있는 앙리 4세의 기마상.

앙리 4세의 실질적 아내 역할을 한 미모의 애인
가브리엘 데스트레의 초상.

이 더 힘센 말을 직접 끌고 왔다. 그때 라바이약은 이렇게 말했다고 한다. "사람들이 고마워할 거라더니 내가 크게 속았구나. 이제 사람들이 나를 찢어버릴 말을 끌고 온 걸 보면 말이지On m'a bien trompé quand on a voulu me persuader que le coup que je ferais serait bien reçu de peuple, puisqu'il fournit lui-même des chevaux pour me déchirer."

많은 프랑스 사람들이 아직도 가장 좋아하는 왕으로 앙리 4세를 꼽는다. 왜 그들은 이른바 태양왕이라 불리는 루이 14세보다 앙리 4세를 더 좋아하는 걸까. 길 한구석에 웅크리고 앉아 생각해보았다. 과연 누가 훌륭한 지도자인가.

루이 14세가 재임하던 시절이 프랑스 최고의 전성기였다고 사람들은 말한다. 그렇지만 냉정하게 살펴보면 이 시기는 "짐이 곧 국가다L'état, c'est moi!"라고 말한 왕 자신과 왕정의 전성기에 불과했다. 베르사유 궁전을 짓는 데 하루에 3만 명 넘는 노동자가 수십 년 동안 강제 동원되었다. 그 호사스러운 건축물을 완성해내기 위해 죽어나가는 건 백성이었다. 결국 절대왕정의 영광은 루이 14세가 사망한 후로는 채 100년도 지속되지 못한다. 그들의 최후는 역사가 기록하고 있다. 프랑스에서는 민중 대혁명이 일어났고, 루이 16세와 마리 앙투아네트는 단두대에서 죽음을 맞게 된다.

우리가 살고 있는 이 시대에는 왕이 존재하지 않는다. 이제 지도자는 세습이 아닌 투표로 선출된다. 이것을 민주주의라 하고, 이렇게 뽑힌 사람들이 나라를 다스리는 행위를 정치라 말한다. 다시금 질문을 던져본다. 우리는 어떤 지도자를 뽑아왔는가. 권위와 억압의 지도자인가, 공감과 소통의 지도자인가. 분열의 정치인인가, 화합의 정치인인가. 무소불위의 권력을 휘두르는 태양왕인가, 아니면 백성을 소중히 여기는 선량왕인가. 우리에게 진정 필요한 리더십은 전자보다는 후자에 가깝지 않을까. 루이 14세보다 앙리 4세의 삶을 더 기억하며 곱씹어보는 이유다.

3

나는 한동안 77번 방을 떠나지 못했다

아침 햇살이 안개를 뚫고 엇비스듬히 들이비쳤다. 어느덧 셋째 날. 나는 침대에서 일어나 전날 벗어놓은 옷가지를 주섬주섬 챙겨 입었다. 그리고 디딜 때마다 삐거덕거리는 마루를 살금살금 걸으며 방문을 열고 나왔다. 마침 부엌에는 베르나르 아저씨가 있었다. 우리는 함께 바게트에 살구 마멀레이드를 발라 먹었다. 아침을 먹은 뒤 크로스백에 넣을 물건을 챙겼다. 조그만 수첩, 여권, 현금, 그리고 지도까지. 이로써 오늘의 여행 준비는 끝이다.

"아 비앙또 À bientôt!"

베르나르 아저씨에게 "다녀올게요" 하는 인사를 건네고 집을 나섰다. 루브르 박물관 Musée du Louvre 은 개장이 9시, 아직 시간이 조금 남아 있었다. 오늘 이곳에 온 이유는 어떤 작품 하나를 감상하기 위해서였다. 무거운 메시지를 담은 작품이라 짐짓 비장해졌다. 이윽고 박물관의 문이 열리고, 사람들이 줄 지어 유리 피라미드 속으로 들어갔다.

"저 열여섯 살이에요 J'ai seize ans!"

"가셔도 됩니다 Allez-y!"

중세 이후 회화가 전시되어 있는 드농관 Pavillon Denon 입구의 직원이 대꾸했다. 파리의 모든 국립 박물관과 미술관은 18세 미만에게는 요금을 받지 않는다. 생각하면 생각할수록 엄청난 특권이다. 그 덕분에 나는 어느 박물관이나 미술관이든 하루 만에 다 둘러보겠다는 무모한 계획을 세우지 않고, 그림 몇 폭을 오래

오래 감상하는 여유를 가질 수 있었다. 얄팍한 주머니 사정에도 큰 도움이 되었음은 물론이다.

처음 보는 루브르 박물관은 규모가 정말 어마어마했다. 나는 내가 가려 하는 곳을 찾지 못하고 이리저리 헤맸다. 지도를 아무리 살펴봐도 도무지 알아낼 수 없어 결국 직원에게 물어봤다.

"이쪽으로 올라가서 오른쪽으로 쭉 가시면 돼요. 그러면 77번 방이 보일 거예요!"

"네 감사합니다!"

메두사호와 세월호

잠시 후 나는 〈메두사호의 뗏목 Le Radeau de La Méduse〉과 마주할 수 있었다. 프랑스의 화가 테오도르 제리코 Théodore Jean Douis Géricault는 1819년, 작업을 시작한 지 18개월 만에 이 작품을 완성했다고 한다. 그는 의사들을 설득해 시체의 일부를 언어 썩어가는 인체의 색을 관찰하고, 뗏목 실종자들을 직접 만나 이야기를 들어보기도 하고, 마지막 8개월 동안은 머리까지 깎은 채 작업실에 틀어박혀 하루 종일 그림그리는 데 몰두했다고 전해진다.

그래선지 그림은 무척 생생하다. 그 생생함이 나로 하여금 상상하게 했고 그 상상은 내게 괴로움을 안겨주었다. 죽느냐 사느냐, 생사의 갈림길에 놓인 한 사람 한 사람의 울부짖음이 복도에 앉아 있는 내 귀에까지 들려오는 듯했다. 동시에 나는 다른 이들의 울부짖음도 떠올렸다. "아, 기울어졌어", "야, 나 좀 살려줘"…… 그리고 같은 시간 울려 퍼진 "현재 자리에서 움직이지 말고 안전봉을 잡고 대기해주시기 바랍니다"라는 안내방송. 얼마 전에 본 단원고 2학년 4반 고故 박수현의 휴대폰 영상의 한 장면이 생생하게 떠올랐다. 또 다른 영상 속, 필사적으로 탈출을 시도하며 선실 창문을 내리치는 장면도 떠올랐다.

　　나는 광화문에서 보낸 어느 차디찬 밤을 떠올렸다. 세월호 침몰 200일째 되던 날 밤이었다. 거리에는 경찰이 쫙 깔려 있었고, 시위대는 청계광장에서 종로와 을지로를 거쳐 서울광장으로 행진했다. 나는 세월호 사건이 사람들의 기억에서 사라지고 있는 것 같아 가슴이 아팠다. 100일 집회에 비해 200일 집회에 참석한 사람들은 그 수가 눈에 띄게 줄어 있었다. 그리고 세월호가 침몰한 지 꼭 414일이 되던 날, 나는 루브르에 와 있었다.

　　기억을 더듬어보았다. 내 앞에 놓인 이 그림도 실제 일어난 사건을 배경으로 한 것이다. 1816년 7월 2일, 세네갈로 향하던 중 서아프리카 해안에 좌초한 메두사호의 이야기다. 메두사호는 상당 부분 세월호와 평행이론을 이루었다.

　　메두사호가 침몰할 당시 그 배에 타고 있던 사람들은 모두 400여 명이었다. 그러나 배에 있던 구명보트에는 250명밖에 탈 수 없었다. 보다 못한 선원들은 배에 있는 나무로 가로 7미터 세로 20미터 크기의 뗏목을 만들었다. 그렇지만 결코 견고한 뗏목이라고는 할 수 없었다. 뗏목이 얼마나 허술했는지, 17명의 선원들은 탑승을 거부하고 배에 남아 죽음을 택했다. 결과적으로 이들의 선택은 옳았는지도 모르겠다. 메두사호의 뗏목에서는 말로 다 할 수 없는 끔찍한 일들이 벌어졌기 때문이다.

　　선장 쇼마레는 총 여섯 대의 구명보트로 호송대를 이루어 뗏목을 끌어주겠다고 굳게 약속했었다. 그러나 이 약속은 지켜지지 않았다. 상황이 어수선한 틈을 타 구명보트에 탄 누군가가 뗏목과 연결된 밧줄을 끊어버렸기 때문이다. 이제 뗏목은 거친 바다 위에 홀로 남겨졌다.

첫날 밤 20명 정도 되는 사람들이 자살을 하거나 파도에 떠내려가 목숨을 잃었고, 둘째 날 밤에는 엄청난 폭동이 일어나 무려 60명에 이르는 사람들이 죽어 나갔다. 넷째 날, 뗏목에 남은 사람은 67명밖에 되지 않았는데 이들은 심한 배고픔을 견딜 수 없었던 나머지 급기야 인육을 먹었다. 표류 13일째, 생존자는 이제 처음 뗏목에 탑승했던 147명 중 겨우 15명에 지나지 않았다.

이들 15명은 천신만고 끝에 구조되었지만 육지에 도착한 지 얼마 되지 않아 15명 중 5명이 끝내 사망하고 말았다. 제대로 먹지도 마시지도 못하며 차마 말로 할 수 없는 참혹한 일을 겪은 후유증 때문이었으리라. 이후 끝까지 살아남은 생존자 중 한 사람인 외과의사 앙리 사비니 Henri Savigny가 관계 당국에 이 사건을 증언한다. 조용히 넘어가려 했던 관계 당국의 바람과 달리 이 증언은 한 신문사로 유출되었고, 얼마 후 참사의 진실은 신문에 대문짝만 하게 실리고 말았다.

프랑스 사회는 발칵 뒤집혔다. 그러나 책임지는 사람은 없었다. 아무도 책임지지 않았으니 사과하는 사람도 분명 없었을 것이다. 알고 보니 이 사건은 총체적 비리와 불합리 그리고 부조리가 뒤섞인 결과물이었다. 우선 1차적 책임은 배를 좌초시키고 달아난 선장 쇼마레에게 있을 테지만, 그보다 더 근본적인 책임은 자격 없는 사람을 선장으로 '전략 공천한' 권력층에 있었다. 쇼마레는 사건이 나기 전 25년간 바다에 나가거나 배를 몰아본 적이 없는 무능한 인물이었고, 결국 150여 명의 사람들이 목숨을 잃는 데 결정적 원인을 제공했다. 그는 훗날 법정에서 고작 3년

루브르 박물관 77번 방 안의 〈메두사호의 뗏목〉. 77번 방 안에서 나는 묘한 기시감을 경험했다. 배에 탑승한 400여 명 가운데 총 148명이 목숨을 잃은 메두사호, 마찬가지로 배에 타고 있던 476명 가운데 295명이 사망하고 9명이 실종된 세월호, 과연 발전된 현대문명과 기술이 무엇을 더 나아지게 했단 말인가.

형을 선고받았다.

　　그 시대에는 항해 장비가 발달하지 않아 배가 좌초할 위험이 많았고 통신 또한 오늘날처럼 원활하지 않아 구조 요청을 하기가 어려웠을 것이다. 당연히 서아프리카 해안가에서 배가 좌초되었다는 사실이 프랑스 본토에 전해지기까지는 오랜 시간이 걸렸다. 사건이 밝혀지고 난 뒤에도 사실상 유가족이 할 수 있는 일은 별로 없었을 것이다. 선장과 그 무리를 원망하며 서로를 위로하는 것밖에는.

　　허나, 그 시대가 그러했다면 지금 이 시대는 어떠한가. 우리가 살고 있는 현대사회는 19세기 프랑스에 비해 분명 사회와 제도 그리고 기술적 측면에서 놀라운 발전을 이루었다. 그러나 한번 생각해보자. 배에 탑승한 400여 명 가운데 총 148명이 목숨을 잃은 메두사호, 마찬가지로 배에 타고 있던 476명 가운데 295명이 사망하고 9명이 실종된 세월호. 과연 발전된 현대문명과 기술이 무엇을 더 나아지게 했단 말인가. 수많은 의혹이 남아 있는데 명확한 진상규명조차 이루어지지 않은 작금의 현실이 과연 200년 전과 무엇이 다르단 말인가. 총체적 비리와 불합리 그리고 부조리는 지금도 어디선가 반복되고 있는 것은 아닐까.

　　나는 줄곧 묘한 기시감에서 헤어날 수 없었다. 마치 전에 있었던 일이 똑같이 반복된 느낌을 지울 수 없었다. 데자뷔 déjà-vu … 프랑스어로는 이를 데자뷔라고 한다. 이미 보았다는 뜻이다. 과연 그럴까. 우리는 이미 보았던 것일까. 그리고 미리 보고 있는 것일까. 왜 시대는 변했는데 사람들은 똑같이 죽어 나가야 했을까. 그 책임은 과연 누구에게 있는 것일까. 나는 내 또래 학생들이 '꼼짝없이' 죽었다는 사실이 아직도 믿기지 않는다.

메두사호와 세월호. 이 두 배를 나는 잊을 수 없다. 앞으로도 잊지 못할 것이다.

나는 한참 동안 77번 방을 떠나지 못했다.

4

그곳은 특별하니까

혹시 나의 친애하는 이가 파리에 방문한다고 하면 루브르와 오르세 Musée d'Orsay에 이어 기메 박물관 Musée National des Arts Asiatiques Guimet을 꼭 둘러보라고 권하고 싶다. 물론 강요할 생각은 없다. 파리는 너무나 고혹적이고 그 도시 자체의 매력을 만끽하는 데만도 시간이 턱없이 부족하다는 사실을 잘 알고 있기 때문이다. 그러나 만약 그이가 파리까지 가서 그리 유명하지도 않은 그곳에 왜 들러야 하느냐 묻는다면 나는 이렇게 답할 것이다. "그곳은 특별하니까!"

기메 박물관을 찾아가기는 그리 어렵지 않다. 만약 당신이 샹젤리제 거리 Avenue des Champs-Élysées를 지나 개선문에 들렀다면, 그리고 점심을 먹기까지 조금 시간이 남았다면, 재빨리 눈을 돌려 자전거를 탄 경찰관을 찾으시라. 그럼 그가 이에나 거리 Avenue d'Iéna가 어딘지 알려줄 것이다. 이에나 거리를 따라 쭉 걷다 보면 이에나 광장을 만나게 된다. 광장 중앙의 조지 워싱턴 동상이 보일 무렵 오른쪽으로 눈길을 돌리면 이렇게 적힌 현수막이 눈에 띌 것이다. 국립기메동양박물관 Guimet-Musée National des Arts Asiatiques. 그렇다. 이곳은 한국을 비롯한 아시아 국가들의 유물을 전시해놓은 박물관이다.

나는 두 가지 목적으로 여기를 찾았는데, 첫째는 한국 유물들을 살펴보는 것이었고 둘째는 이곳에 발자취를 남긴 한 인물에 대해 생각해보려는 것이었다. 기메 박물관에 왔다는 사실에 홍분을 가라앉힐 수 없었던 나는 박물관 안으로 들어서자마자 서둘러 2층 한국관으로 달려갔다.

한국관은 일본관과 중국관 사이에 아주 조그맣게 자리하고 있었다. 김홍도와 신윤복의 작품들, 몇몇 신라시대 유물들이 곁들여져 초라하지는 않았지만 바로 옆 중국관이나 일본관과 비교했을 때 유독 부실해 보였다. 해외에 마련된 한국관 가운데 그래도 사정이 낫다고 하는 기메 박물관이 이 정도라면 다른 박물관들은 대체 어떠할까. 우리 문화재 중 상당수가 지하 수장고에 잠들어 있다는 사실을 상기하면서 나는 그중 대다수가 아직 빛을 보지 못하고 있는 현실을 슬퍼하기로 했다.

그러나 슬퍼해야 할 것은 여기서 그치지 않았다. 한반도 옆 조그만 동쪽 바다가 한국관 앞 지도에서는 '메르 드 레스트Mer de l'Est' 즉 동해라고 적혀 있더니만, 일본관 입구의 지도에는 '메르 뒤 자퐁Mer du Japon' 곧 일본해로 표시되어 있었던 것이다. 한국관에서는 동해이고 일본관에서는 일본해인 바다. 그들의 이중성을 원망해야 할지, 우리의 힘없음을 탓해야 할지 참으로 헷갈렸다.

불현듯 기억 한 조각이 머리를 스쳤다. 그것은 중국 지린성 광개토대왕릉비 앞에 서 있는, 갓 열 살을 넘긴 소년의 모습이었다. 소년은 울화통을 터뜨렸다. 아니 이렇게 용맹하게 대륙을 호령하던 민족이 어째서 이 조그만 반도로 쪼그라들고 말았을까. 언젠가 이 드넓은 영토를 되찾고야 말겠어. 그래서 우리 조상님들께 자랑스러운 후손이 되어야지. 소년은 한국에 돌아오자마자 역사책을 파고들었다. 수많은 영웅의 삶에 자신을 투영했고 종종 우리 민족의 우월성에 감격하기도 했다. 그러나 시간이 흐르며 깨달았다. 이것은 정답이 될 수 없다는 사실을. 우리 앞에 놓인 것은 냉혹한 현실이고 이를 헤쳐나가려면 뜨거운 가슴보다는 차가운 머리가 절실했다. 열여덟의 나는 열 살 무렵의 나와는 분명 달라져 있었다.

조선 최초의 프랑스 유학생, 홍종우

지금으로부터 꼬박 125년 전 이곳에 도착한, 어쩌면 나와 비슷한 고민을 했을지도 모르는 남자 홍종우. 김옥균 암살범으로 유명하지만 홍종우가 '조선인 최초의 프랑스 유학생'이라는 사실을 아는 사람은 많지 않다. 그가 왜 조선을 떠났는지, 그리고 왜 하필 그 목적지가 프랑스였는지 나는 잘 알지 못한다. 다만 당시에는 프랑스가 조선에 잘 알려지지 않았을뿐더러 혹 알려졌다 해도 1866년의 병인양요丙寅洋擾로 인한 부정적 인식이 대부분이었을 텐데, 프랑스에 오기로 결정한 그 식견이 놀랍기만 하다. 홍종우는 1890년, 41세 나이로 파리에 도착했고, 프랑스 화가 펠릭스 레가메 Félix Régamey의 도움으로 기메 박물관에 취직했다. 아마 내할아버지의 할아버지가 살아 계시던 무렵일 것이다.

그는 기메 박물관에서 월급 100프랑을 받으며 외국인 협력자로 일했다. 주로 조선에서 들어온 유물을 분류하는 작업을 맡았고, 《춘향전》이나 《심청전》 등 한국 문학을 번역하는 일도 담당했다. 내가 앉아 있는 기메 박물관 한국관도 바로 그의 손을 거쳐 탄생한 것이었다. 그렇지만 나는 홍종우가 이곳에서 '무엇을 알렸는가'보다는 '무엇을 배우고 느꼈을까'가 더 궁금했다.

당시 프랑스는 베트남, 캄보디아, 튀니지, 알제리 등을 식민지로 거느리며 대국으로 군림하고 있었다. 제국주의는 끝없이 팽창했고, 식민지 사람들을 착취하고 수탈하며 경제는 승승장구를 거듭했다. 식민제국의 수도 파리는 명실상부한 세계 문화와 예술 그리고 경제의 중심지로 탈바꿈했다. 그들 자신에게는 몹시 '아름다운 시절 Belle Époque'이었을지 몰라도, 다른 이들에게는 너무나도 처참한 시절이었다.

지구 반대편 조선도 그 무렵 풍전등화와 같은 시기를 보내고 있었다. 김옥균·박영효를 필두로 한 조정의 신진 관료들은 청나라에 의존하려는 수구파를 몰아내고 새로운 개화정권을 세우고자 1884년 갑신정변甲申政變을 일으켰으나 결과는 참담했다. 정변은 청나라의 개입과 일본군의 배신으로 46시간 만에 실패했고, 이후 조선은 한층 강화된 청의 내정간섭과 일본의 배상 요구에 시달려야만 했다. 고종은 러시아의 힘을 빌려 청을 견제하려 했지만 그마저 실패하고 말았다. 청과 일본 사이에서는 누가 조선의 주도권을 쥘 것인가 하는 치열한 눈치 싸움이 벌어졌고, 조선의 운명에는 서서히 그늘이 드리우고 있었다.

바로 이러한 대혼란의 시기에 홍종우는 프랑스로 왔다. 그는 지식인으로서 어떤 시대적 고민을 안고 이곳에서 살아갔을까. 홍종우는 과연 벨 에포크의 이면에 담긴 제국주의의 추악한 생리를 파악하고 있었을까. 불과 20년 후 식민지가 될 조국의 운명을 내다보고 있었을까.

이후 펼쳐진 그의 인생 행보는 조금 충격적이다. 프랑스에서 돌아온 홍종우는 상하이에서 김옥균을 암살하고 수구파 관료들 사이에서 영웅으로 부상한다. 눈엣가시 김옥균이 죽었으니 수구파에 이보다 더 기쁜 소식은 없었을 것이다. 그러나 한 가지 의

프랑스 국립기메동양박물관의 한국관. 일본관과 중국관 사이에 위치해 있다.

문이 남는다. 도대체 왜 다른 사람도 아닌 홍종우가 김옥균을 살해한 것일까? 그는 누구보다 조선의 근대화를 원했던 사람이 아니었던가. 조선 최초의 프랑스 유학생은 어째서 그런 선택을 내린 것일까?

결국 그것은 노선 차이에서 비롯된 것이었다. 김옥균은 입헌군주제를 추진하며 조선과 일본, 중국이 합세해 서구에 대항해야 한다고 주장했던 반면, 홍종우는 강력한 왕권을 바탕에 둔 채 독립적 개혁을 추진해야 한다고 생각했다. 실제로 홍종우는 김옥균 암살 사건(1894년) 이후 상당한 영향력을 발휘하며 요직에 올랐다. 그러나 그의 꿈은 대한제국의 멸망과 함께 역사의 뒤안길로 사라지고 만다. 청나라와 일본의 각축전 끝에 승부의 축은 일본으로 기울었고, 한일병합조약(1910년)이 체결되며 조선은 끝내 일본의 식민지가 되어버리고 만 것이다.

나는 김홍도의 풍속도 병풍 바로 앞에 놓인 의자에 앉았다. '홍종우는 여기 머무를 당시 무슨 생각을 했을까. 그리고 나는 지금 무슨 생각을 하고 있는가. 나는 도대체 어떤 시대적 고민을 안고 살아가고 있나. 한국에 돌아가면 무엇을 해야 할까.' 나의 물음에 답은 없었다.

100년 전이나 지금이나 한 가지 변하지 않는 사실이 있다. 국제정세는 그때도 급박하게 돌아갔고 지금도 긴박하게 흘러간다. 한반도는 독립했지만 열강의 각축전 끝에 분단되었고, 그것은 이른바 '남북문제'로 오늘날까지 이어지고 있다. 역사는 이어지는 것일까, 아니면 거듭되는 것일까. 중국관과 일본관 사이에 낀 한국관이 우리의 지난날과 오늘날을 대변하는 것 같아서 서글펐다.

기메 박물관을 나서는 발걸음은 씁쓰름했다. 프랑스의 벨에포케를 가능케 한 탐욕과 탐식의 결과물을 바라보는 것이 씁쓸했고 그 잔재가 지금까지 이어진다는 사실이 쓰라렸다. 그러나 기메 박물관이 특별한 점은 바로 이런 사실을 '생각하게' 만든다는 것이리라. 그리고 당시 조선의 지식인 홍종우에 대해서도 다시 한 번 곱씹어보게 한다. 나는 이 특별한 곳에 더 많은 사람이 찾아왔으면 좋겠다. 100년 후 기메 박물관의 한국관은 어떤 운명을 맞게 될까. 그것은 결국 지금 이 시대를 살아가는 우리에게 달린 문제가 아닐까.

5

미셸 아저씨의 매직, 일란의 매직?

"너는 살기 위해 먹니, 먹기 위해 사니?" 누군가 이 케케묵은 질문을 물어 온다면 나는 별 망설임 없이 전자를 택할 것이다. 무릇 끼니란 대충 때워도 되고 한 번쯤 걸러도 되는 것, 하루하루의 삶을 감당하는 데 필요한 칼로리만 공급된다면 혀의 즐거움은 그다지 중요하지 않다는 것이 나의 지론이다. 그러나 프랑스에서 이런 주장은 잘 통하지 않는다. "어떻게 음식을 그런 식으로 취급할 수 있니? 잘 먹어야 잘 살 수 있지!" 곁에 있던 마크만 해도 단박에 이런 반응이다.

"잘 먹고 잘살자"라는 말이 통용되는 한국 사회에서는 흔히 잘살아야 잘 먹을 수 있다고들 생각한다. 그러나 이곳 프랑스에서는 그런 것 같지 않다. 그리 잘살지 않아도 다들 잘 먹는다. 초등학교 급식만 해도 그럴듯한 애피타이저와 메인 요리와 디저트가 나오고, 가정집에서도 대부분 재료를 손질해 직접 음식을 만들어 먹는다. 아무리 바빠도 즉석조리식품을 전자레인지에 돌려 허겁지겁 해치우는 일은 상상 불가. 이러니 가계 지출액 중 식료품이 차지하는 비율을 따져 선진국이냐 후진국이냐를 가르는 엥겔지수도 프랑스에서만큼은 무용지물이 되어버리고 만다.

내가 함께 지내고 있는 프로방스가 46번지 사람들은 이런 라이프스타일에 완벽히 들어맞는다고는 볼 수 없다. 베르나르 아저씨는 프랑스 아버지에게 아쏭Hasson이라는 성을 물려받았지만 독일인 어머니의 배에서 태어났다. 유나 아주머니는 러시아에서 나고 자랐고 유대인 혈통을 이어받았다. 다시 말해 이 집에는 프랑스, 독일, 러시아, 유대에 이르는 자그마치 네 개의 문화가 공존하는 것이다. 마크는 몇 번이고 나에게 당부했다. "우리 집만 보고 프랑스 사람들이 다 이럴 거라고 생각하면 안 돼. 알았지?"

그럼에도 굳이 아쏭 가족의 '프랑스스러운' 면을 찾자면 이른 아침 풍경을 들 수 있다. 베르나르 아저씨는 일주일에 두세 번 해가 뜨자마자 불랑제리 Boulangerie 에 들러 따끈따끈한 빵을 사 오셨는데 그때마다 우리는 코에 감도는 고소한 냄새를 맡으며 부엌으로 쪼르르 달려갔다. 커다란 종이봉투에 담긴 빵은 모두 세 종류, 바게트 Baguette 와 크루아상 Croissant 그리고 빵 오 쇼콜라 Pain au chocolat. 모두 프랑스인들이 아침으로 즐겨 먹는 빵이다.

처음 며칠간 딱딱한 바게트를 먹다 입천장이 헐어버린 나는 오래간만에 빵 오 쇼콜라를 선택했다. 몇 겹의 빵 속에 숨겨진 초콜릿을 음미하며 우유 한 모금 곁들이니 정말이지 환상적이었다. 꼬마 두 명이 식사를 마치고 씻으러 간 사이 마크가 부엌에 합류했다. 그런데 슬그머니 눈치를 한 번 보더니 찬장에서 무엇인가를 꺼내 온다. 바로 '악마의 잼'이라 불리는 누텔라 Nutella. 이 집에선 몸에 안 좋다는 이유로 금지된 식품이지만 마크가 엄마 몰래 숨겨두었던 것이다. 우리 둘은 신나게 빵 오 쇼콜라에 누텔라를 발라 먹었다. 유나 아주머니가 오기 전에 먹어야 했기 때문에 최대한 서둘러야 했다.

이를 말없이 지켜보던 베르나르 아저씨가 한마디 던졌다.

"하영, 혹시 이번 주 일요일에 시간 있어?"

"네? 일요일에요?"

"응. 강요하는 건 아닌데, 혹시 시간 괜찮으면 우리 부모님 댁에서 바이올린 연주를 해주었으면 해서. 아버님이 원래 클래식 음악을 굉장히 좋아하시는데 지금 몸이 좋지 않아 아무 데도 못 나가시거든. 공연도 못 보러 다니시고. 네가 몇 곡 연주해주면 좋겠는데, 시간 괜찮으면 같이 가고, 아니면 네가 가고 싶은 데 가도 돼. 어차피 파리에 머무는 시간이 그리 긴 건 아닐 테니까."

"당연히 가야죠! 일요일이라고요? 기억하고 있을게요."

"고마워!"

대답은 흔쾌히 "네"라고 했지만, 걱정이 되는 것은 어쩔 수 없었다. '엄청난 클래식 팬인 데다 전에 공연도 많이 보러 다니셨으면 듣는 귀가 상당한 수준이실 텐데 어쩌면 좋지?' 부담은 점점 커졌다. '끔찍한 연주를 선보여서, 그분들의 즐거운 일요일을 망치면 안 되는데……' 될 수 있으면 잘하고 싶었고 완벽한 연주를 보여드리고 싶었다. 결국 그 부담감에 아무 데도 못 나가고 집에서 연습을 하기로 결정했다.

나는 조심스럽게 바이올린 케이스를 열었다. 그리고 검은색 파일을 꺼내 식탁에 펼쳐놓았다. 지난 몇 달 수없이 연습한 끝에 달달 외워버린 레퍼토리였다. 바흐의 〈무반주 바이올린 파르티타 2번〉부터 마스네의 〈타이스의 명상곡〉, 크라이슬러의 〈사랑의 슬픔〉, 엘가의 〈사랑의 인사〉, 코렐리의 〈라 폴리아〉, 몬티의 〈차르다시〉, 그리고 아일랜드 민요 몇 곡까지. 이 한 시간만치의 음악은 나를 재워주고 보살펴준 호스트들을 위해 내가 준비한 작은 보답이었다. 아주 근사하지도 멋들어지지도 않지만, 마음과 정성을 담은 조그만 선물이랄까. 그리고 언젠가 주머니가 홀쭉해지면 최후의 생존수단으로도 활용될 예정이었다. 거리에서 연주를 하면 아마 한 시간에 10유로 정도는 벌 수 있지 않을까 하고 한국에서 잠시 생각해본 적이 있었다.

다행스럽게도 나의 바이올린은 기나긴 여행에도 불구하고 꽤 좋은 상태를 유지하고 있었다. 나는 오전 내내 며칠간 연습을 하지 않아 굳어버린 손가락을 푼 뒤 점심때쯤 집을 나섰다.

코렐리의 〈라 폴리아〉를 좋아하는 '매직 카드' 아저씨

오늘은 조금 특별한 사람을 만나기로 한 날이다. 얼마 전 카우치 서핑 웹사이트에서 만났는데, 무려 100줄도 넘는 엄청난 분량으로 자신을 소개하고 있었다. 그의 설명에 따르면 자기는 똑똑하고 재미있고 믿음직하며, 한담이나 나누는 건 싫어하고, 삶의 의미나 죽음, 지성, 외계에 대해 이야기하는 것을 좋아한다고 했다. 데카르트, 공자, 셰익스피어를 좋아하고 집에는 책이 5000권도 넘는단다. 프로필을 한줄 한줄 읽어 내려간 끝에 나는 그에게 보낼 메시지를 적었다.

"안녕하세요, 저는 한국에서 온 임하영이라고 합니다. 우선 아저씨 프로필을 정말 재미있게 읽었다는 사실을 말씀드리고 싶어요. 저와 비슷한 관심사와 가치관을 갖고 계신 것 같아 흥미로웠답니다. 저도 클래식 음악 듣기를 좋아하고 정치와 사회 문제에 관심이 많아요.

이렇게 메시지를 보내는 이유는 아저씨를 한번 만나 뵙고 싶어서예요. 저는 이미 머물 곳이 있으니 그 문제는 걱정하지 않으셔도 됩니다. 대신 반나절 정도 저에게 프랑스의 문화와 역사를 설명해주시면 정말 좋겠어요. 얼마 전에 일어난 샤를리 에브도 Charlie Hebdo 사건에 대해서도 함께 이야기해보고 시간이 된다면 프랑수아 올랑드 대통령에 대한 전반적인 견해도 듣고 싶어요. 그리고 원하신다면 저의 바이올린 연주를 들려드릴 수 있어요. 제가 파리에 바이올린을 가져왔거든요. 바흐와 코렐리 어떠신가요? 그 외에도 혹시 신청곡이 있다면 연주해드릴게요! 그럼, 긴 메시지 읽어주셔서 감사합니다. 꼭 답변 부탁드려요! 임하영 드림."

답신은 몇 시간 만에 도착했다.

"안녕 하영. 메시지 보내줘서 정말 고마워!
그동안 카우치서핑으로 여러 사람을 만났지만 이렇게 정치에 관심 많은 사람은 오랜만이네. 만나서 재미있는 이야기 많이 나눌 수 있을 것 같아. 그리고 바이올린 연주를 들려준다니 그것 참 기대되는구나! 그런데 내가 당장은 영국 여행을 떠나야 해서 며칠 뒤에나 만날 수 있을 것 같아. 그럼 다시 연락하자.
미셸."

우리는 서로 시간을 맞춘 끝에 만날 날짜를 정했다. 그리고 며칠이 지나 바로 그날이 찾아온 것이다.
"봉주르 무슈 핑……."
"미셸, 미셸이라고 불러!"
"아, 봉주르 미셸!"
미셸 아저씨는 시원한 당근주스와 직접 구운 쿠키를 준비해놓고 나를 기다리고 있었다. 미셸 아저씨는 혼자 살고 있었는데, 여러 가지 관심사가 나와 잘 통하는 듯싶었다. 퐁피두 센터 Centre Pompidou 부설 음악 도서관에서 데이터베이스를 구축하고 관리하는 일을 하는 미셸 아저씨는 클래식에도 조예가 깊었다.

"내가 예전에 미국에서 대학원 다닐 적에 같이 살던 친구가 바이올린을 켤 줄 알았어. 그때만 해도 내가 피아노를 꽤 잘 쳤지. 우리가 즐겨 연주한 곡 중 하나가 바로 코렐리의 〈라 폴리아〉였어. 혹시 그거 아니? 〈라 폴리아〉의 곡조는 무려 500명에 이르는 후대 작곡가들이 인용하고 또 인용했대!"

"진짜요? 제가 바로 그 〈라 폴리아〉를 연주해드릴 수 있어요!"

"그래? 그것 참 흥분되는 일이네!"

미셸 아저씨는 내가 코렐리의 〈라 폴리아〉와 바흐의 〈무반주 바이올린 파르티타 2번〉을 연주해줄 수 있다는 사실에 흥분을 감추지 못했다.

미셸 아저씨는 이스라엘 국적의 아버지와 프랑스 국적의 어머니 밑에서 자랐는데, 두 국가에서 모두 살아본 덕에 프랑스어와 히브리어를 유창하게 구사했다. 부모님이 모두 유대인인 까닭에 본인 역시 유대교인이었고 회당에는 자주 나가지 않지만 유대 절기와 식단은 철저히 지킨다고 했다. 거실에 에밀 졸라의 저작들(《제르미날》과 《목로주점》), 그리고 좌익 성향의 《리베라시옹 Libération》지가 놓여 있는 것으로 보아 그는 좌파가 분명했다. 아니나 다를까 잠시 후 아저씨는 프랑수아 올랑드와 니콜라 사르코지가 "제대로 하는 것이 별로 없는 무능력자들"이라며 불만을 토로했다.

나와 아저씨는 공통분모가 꽤 많았다. 그중 대표적인 것이 바로 징병제 국가 출신이라는 점이었다. 실제로 그도 이스라엘군에서 꽤 오랜 기간 복무를 해야만 했었고, 내가 얼마 안 있어 입대해야 한다는 사실에 심심한 위로를 표했다.

그렇게 한창 이야기를 나누던 그는 별안간 주머니에서 카드 한 장을 꺼내들었다. '매직 카드'라고 했다.

"이건 프랑스 문화부에서 기자나 예술 업계 종사자들에게 발행해주는 카드인데, 이 카드 한 장만 있으면 파리의 모든 공공시설에 무료로, 그리고 줄서지 않고 들어갈 수 있어. 그러니 오늘은 네가 가고 싶은 곳으로 가도록 하자! 박물관도 좋고 미술관도 좋고 어디든 괜찮아! 내가 오늘은 네 가이드가 되어줄게!"

"그렇다면 저는 퐁피두 센터에 갈래요!"

"그래, 그럼 가자! On y va!"

퐁피두 센터에 도착한 우리는 맨 먼저 옥상에 올라갔다. 아저씨는 두 손으로 내 어깨를 잡고 이리 돌리고 저리 돌리며 말했다. "자, 보이니? 저기 돔 모양의 독특한 지붕으로 덮인 것은 상품거래소Bourse de Commerce야. 에펠탑은 알아보겠지? 그리고 저 멀리 보이는 것이 라데팡스La Défense야. 저 세련된 구조물이 신 개선문Grande Arche de la Défense이고."

뜨거운 햇살이 내리쬐는 파리를 한눈에 훑어본 다음 우리는 아래층 현대미술 전시관으로 발걸음을 옮겼다. 물론 아저씨의 '매직 카드' 덕분에 무료로 입장할 수 있었다. 미술에 문외한인 나에게 아저씨는 꽤 오랫동안 이것저것 공들여 설명해주었다. 작품의 시대적 배경은 무엇이며 작가는 누구인지, 어떤 점을 감안하며 작품을 감상해야 하는지. 미셸 아저씨와 함께하면 한 작품 앞에 10분 이상 서 있어도 시간이 모자랐다. 그 모든 설명을 오랫동

미셸 아저씨와 함께. 미셸 아저씨의 '매직 카드' 덕분에 현대미술
전시관에 무료로 입장할 수 있었다. 아저씨는 미술에 문외한인 내게
이것저것 공들여 설명해주었다.

파리에서 함께 지낸 친구들.
왼쪽부터 시계 방향으로 마크, 리아, 야나, 일란, 소피.

안 일일이 기억하지는 못하겠지만 적어도 현대미술을 어떻게 감상해야 하는지는 조금 감을 잡을 수 있었다. 그저 시각에만 의지하는 것이 아닌, 여러 맥락과 요소를 고려해 메시지를 탐구해야 한다는 걸 배웠다. 그럴 때라야 "저런 것쯤이야 나도 만들 수 있겠다"라는 식의 푸념이 아닌, "우아!" 하는 감탄사가 나오게 된다는 사실을 나는 처음 피부로 느꼈다.

"다시 올 거지? 그때는 바이올린 들고 와!"

"네, 다음 주에 또 들를게요!"

미셸 아저씨는 급한 약속이 생겨 더는 나와 함께 시간을 보낼 수 없었다. 다음을 기약하며 우리는 퐁피두 센터 앞에서 헤어졌다.

나 혼자서 아이 둘을 보라고?

나는 베르나르 아저씨네로 돌아왔다. 즐거웠던 만남을 생각하며 기쁜 마음으로 현관문을 열어젖혔는데 이게 웬걸, 난감한 상황이 눈앞에 펼쳐졌다. 베르나르 아저씨가 무척이나 화가 난 표정으로 일란을 혼내고 있는 게 아닌가.

"!$%&$@#!"

상황은 심상치 않게 돌아갔다. 일란은 꺼이꺼이 울음을 쏟기 시작했는데, 마침 베르나르 아저씨와 유나 아주머니는 친구들과 저녁 약속이 있어 집을 비워야 했다. 나는 모든 상황을 거의 한마디도 알아듣지 못한 채 어안이 벙벙해 있었다. 일란의 수난은 여기서 끝나지 않았다. 잠시 후 소피가 방에서 나왔는데, 소피도 여지없이 일란을 혼내는 것이었다. 그런데 일란도 만만치 않았다. "&#@$$%@%!" 소리를 꽥꽥 지르며 누나에게 반항했고 그 럴수록 소피는 더 화가 나는 것 같았다.

　나는 제발이지 내게 불똥이 튀지 않기를 바라며 잠자코 방에 들어와 있었다. 그런데 소피가 잠시 후 나를 찾았다. "내가 지금 나가봐야 해서…… 우리 동생들 좀 부탁해! 그럼 이따 보자!" 으잉?! 나 혼자 아이 둘을 보라고? 무슨 일이 벌어질지도 모르고, 나는 프랑스어도 전혀 알아듣지 못하는데? "안녕!" 소피는 떠났다.

　그리하여 졸지에 혼자서 아이 둘을 떠맡게 되었다. 일란은 방 안의 침대에 앉아 고개를 숙인 채 훌쩍이고 있었다. 같은 방에 있는 나의 마음도 덩달아 울적해졌다. 며칠 동안 지켜본 일란은 무척 자존심이 세고 고집이 강한 아이여서 마치 나의 어릴 적 모습을 보는 것 같았다. 비록 말은 통하지 않았지만, 부모님께 된통 혼났을 때의 설움만큼은 나도 잘 안다. 나는 침대로 다가가 일란의 어깨에 손을 얹고 토닥여주었다. 일란은 얼마 지나지 않아 울음을 그쳤다.

　나는 슬쩍 맞은편 방에 들러 상황을 확인했는데, 리아도 별일 없이 혼자 잘 놀고 있는 듯했다. '이제 내 할 일을 하면 되겠구나' 생각하던 참에 일란이 나를 불렀다. 무슨 보드게임을 같이 하자는 것이었는데, 난생처음 해보는 러시아 게임이었다. 규칙을 모르니 서로 답답할 수밖에 없었다. 일란은 프랑스어로 무언가 열심히 설명했지만, 내가 "못 알아들었는데 Je n'ai pas compris"라는 말을 반복하자 서운한 눈치였다. 일란은 꽤 오랜 시간 동안 손짓 몸짓을 해가며 결국 나를 이해시키는 데 성공했다.

　그렇게 얼마나 지났을까. 베르나르 아저씨와 유나 아주머

니가 식사 약속을 마치고 돌아왔다. 베르나르 아저씨는 나를 보고 "하영, 유 얼 원더풀"이라 말하며 웃었다. 나도 멋쩍은 듯 어깨를 으쓱거리며 따라 웃었다. 별다른 사건 없이 몇 시간이 지나갔으니 참 다행이었다.

그때 이후 일란과 나는 부쩍 친해졌다. 일란에게는 영어를 배우려는 마음도 조금 생긴 것 같았다.

"원, 투, 쓰리, 포, 파이브, 식스, 세븐, 아 그 다음이 뭐였지? 아빠, 너무 어려워요. 영어는 역시 너무 어려워."

그 모습을 지켜본 식구들이 웃음을 터뜨렸다. 한결 화기애애한 분위기 속에서 마음이 조금 놓였다.

6

〈르 프티 주르날〉이 부러워

아무도 직장에 가지 않고 학교에 가지 않고 유치원에 가지 않는 토요일이었다. 온 가족의 분주한 일상에 잠시 여유가 흘렀다. 파리에 온 후 줄곧 하루에 20킬로미터씩 걸어 다녔던 나도 그날만큼은 여유를 부렸다. 잠이 깼는데도 다시 눈을 붙이고 마루 한복판으로 햇볕이 밀려들 때까지 이불 속에서 꼼지락거렸다.

아침을 먹은 뒤 마크와 한가하게 시간을 보내고 있는데 유나 아주머니가 우리를 불렀다.

"얘들아, 이쪽으로 와서 요리 좀 도와주지 않을래?"

"네, 그럴게요!"

흔쾌히 대답하는 나를 보고 마크는 못마땅한 표정을 지으며 귓속말로 주의를 주었다.

"우리 엄마 웬만하면 도와주면 안 돼. 그럼 계속 시킨단 말이야. 두고 봐라. 네가 우리 집에 있는 동안 계속 시킬걸? 잘 생각해보고 도와줘야 해."

나는 피식 웃으며 부엌으로 향했다. 그리고 마크도 곧 끌려왔다. 우리 둘에겐 딸기를 다듬는 일이 맡겨졌다. 딸기를 다듬고 난 뒤 유나 아주머니가 또 우리를 불렀다. 마트에 장을 보러 가는데 같이 가주었으면 한다는 것이었다. 뭔가 많이 사 올 계획인 모양이었다. 마크는 또다시 투덜거렸지만 결국 같이 집을 나섰다.

파리에는 총 20개의 구역 arrondissement 이 달팽이 모양으로 나뉘어 있는데, 우리는 그중 19구로 갈 예정이었다. 동쪽의 18구와 19구 그리고 20구는 아프리카 출신 이민자들이 많이 사는 구역으로 물가가 더 저렴했다. 에펠탑이 있는 7구, 샹젤리제 거리가 있는 8구, 그리고 15구와 16구 등 서쪽에는 주로 부유한 사람들이 살고, 루브르와 오르세, 노트르담 성당과 뤽상부르 공원 등이 있는 중심부 역시 물가가 만만찮게 비싼 지역들이다. 아쏭 가족의 집이 있는 9구는 주로 아시아 출신 이민자들이 많이 거주하는 구역이었다. 우리는 값싼 식료품을 찾아 19구로 향했다.

나는 소피의 자전거 이용 카드를 빌려 파리의 공공 자전거 벨리브Velib'를 타고 유나 아주머니의 뒤를 따라갔다. 내 뒤에서는 마크가 쫓아오고 있었다. 우리는 20분 정도 달려 목적지에 다다랐다. 마트는 이미 사람들로 가득했다.

"하영, 먹고 싶은 거 없어? 마크, 너는?"

유나 아주머니는 분주하게 이것저것 주워 담았다. 주말에는 사람이 많이 몰리기 때문에 서둘러야 했다. 아니나 다를까 계산대 앞의 줄이 무척 길었다. 중간에 새치기하는 사람도 더러 있었다. 오랜 기다림 끝에 우리는 자전거 양 손잡이에 물건을 가득 매고 집으로 돌아왔다.

마크와 나는 오후 내내 거실 컴퓨터 앞에 앉아 지난 일주일치 〈르 프티 주르날Le Petit Journal〉과 〈르 그랑 주르날Le Grand Journal〉 채널을 돌려가며 봤다. 한국에서 4개월간 들은 프랑스어 수업이 전부인 내가 이런 뉴스 프로그램을 알아들을 리 없는 만큼 마크는 5분마다 한 번씩 일시 정지를 하고 화면 속에서 무슨 이야기가 오가는지 설명해주었다.

난생 처음 접한 이 두 프로그램은 나에게 엄청난 놀라움을 안겨 주었다. 한국 같았으면 명예훼손죄, 허위사실유포죄, 모욕죄 등으로 고발되는 것도 모자라 품위와 객관성을 유지하지 못했다는 이유로 방송통신심의위원회로부터 징계받아 마땅할 내용이 버젓이 화면에 등장했기 때문이다. 충격, 충격, 또 충격!

크게 한 방 얻어맞은 기분이었다. 우선 〈르 프티 주르날〉은 얀 바르테스Yann Barthès라는 저널리스트가 진행했는데, 그날의 사회 현안을 간추리는 뉴스쇼 형식을 갖추면서도 무척이나 신랄한 풍자를 선보이고 있었다. 풍자 대상에는 대통령인 프랑수아 올랑드를 비롯해 총리 마뉘엘 발스, 야당 대표 니콜라 사르코지, 국민전선의 마린 르 펜 등 공직자나 정치인은 물론이고 누구든지 포함될 수 있었다.

수위를 넘나드는 풍자는 간혹 조롱의 경지에 이르기도 했다. 전부인과 둘째 애인 그리고 셋째 애인을 들먹이며 올랑드를 비아냥거리는 것은 물론 사르코지의 끔찍한 영어 실력을 반복해서 보여주고, 국회에서 깜박 잠든 의원을 웃음거리로 만들기도 했다. 그래서 〈르 프티 주르날〉 기자들이 다가가 질문하면 대놓고 싫어하는 정치인의 모습이 화면에 잡히기도 했다. 당사자들에게는 불편할 수도 있겠지만 시청자들에게는 큰 웃음을 선사하는 장면들이었다.

내가 특히 재밌게 본 코너는 '카트린과 릴리안Catherine et Liliane'이라는 제목의 짧은 콩트였다. 등장인물 카트린과 릴리안은 신문사 편집국에 근무하는데 일은 안 하고 항상 수다만 떤다.

모두가 쉬어가는 토요일, 유나 아주머니의 부탁으로 마크와 함께
부엌에서 딸기를 다듬었다. 그날 오후에는 거실 컴퓨터로 지난 일주일 치
〈르 프티 주르날〉과 〈르 그랑 주르날〉을 시청했다. 역시 마크와 함께.

그들은 연예계 가십, 정치계 스캔들, 스포츠 선수의 어이없는 실수까지 까고 또 까는, 이른바 '모두까기'의 진수를 보여주고 있었다. 나는 카트린과 릴리안이 실제로는 알렉스와 부르노라는 이름을 가진 남자들이라는 사실을 꽤 나중에 알게 되었다.

그렇다고 〈르 프티 주르날〉이 풍자로만 일관하는 프로그램은 아니다. 때로는 어떤 분야의 전문가나 사회에서 화제가 되고 있는 인물을 스튜디오로 초대해 날선 질문을 던지기도 한다. 바로 이 지점에서 진행자 얀 바르테스의 진가가 드러난다. 그는 뻔뻔한 얼굴로 상대를 곤혹스럽게 하는 질문을 퍼부으며 시청자들의 속을 시원하게 긁어준다. 실제로 얀이 새로운 진행자로 나선 이후 시청률은 계속해서 올랐고, 프랑스에서 평균 180만 명의 사람들이 매일 저녁 〈르 프티 주르날〉을 챙겨 본다고 한다. 성역 없는 풍자와 재치 그리고 유머가 곁들여진, 그렇다고 한없이 가볍지만은 않은 이 뉴스 프로그램은 설령 프랑스어를 잘 못하는 사람일지라도 충분히 재미있게 시청할 수 있을 듯했다.

반면 같은 채널인 카날 플러스Canal+에서 정확히 한 시간 전에 방송되는 〈르 그랑 주르날〉은 조금 더 진중한 방식으로 현안을 다룬다. 〈르 프티 주르날〉과 마찬가지로 사회 현안을 다루고 저명인사들이 출연해 인터뷰와 토론을 진행하지만 분량도 더 길고 내용을 다루는 방식도 심층적이다. 나같이 프랑스어에 서투른 사람은 그 흐름을 따라가기가 쉽지 않다. 그러나 여기에도 흥미로운 코너가 하나 숨어 있었으니, 바로 '꼭두각시 뉴스'라는 뜻의 '레 기뇰 드 랭포 Les Guignols de l'info'였다.

꼭두각시 앵커가 진행하는 이 8분가량의 뉴스에도 역시 잘 알려진 인물들이 등장했는데, 유명 인물의 특징을 너무나 잘

짚어낸 인형들의 연기에 감탄을 금할 수 없었다. 단골손님인 프랑수아 올랑드는 물론이고 가수 스트로마에와 유럽축구협회 회장 미셸 플라티니, 독일 총리 메르켈 등을 본뜬 인형들은 우스꽝스러운 상황에서 우스꽝스러운 말과 행동을 하며 그 인물을 표현해냈다. 물론 그 풍자 속에 뼈가 있었다. 마크에 따르면, 이 인형들은 말 그대로 인형일 뿐이기 때문에 명예훼손에도 저촉되지 않는다고 했다. 사실인지 아닌지는 모르지만 그저 놀라울 뿐이었다.

부럽고도 아쉬웠다. 한국에서는 이런 '시원한' 정치 풍자를 단 한 번도 본 적이 없다. 정치는 딱딱한 것이었고 높으신 분들이나 하는 것이었다. 사람들은 정치판이 개판이라고 욕하면서 정작 그에 대해 논하거나 직접 참여하는 것은 무척 어려워하고 꺼린다. "나는 정치에 관심 없어"라는 말을 하는 사람도 자주 보았는데, 이는 원체 정치에 관심이 없어서이기도 하겠지만, 한국에서는 정치 이야기가 감정싸움으로 귀결되기 일쑤인 탓에 그렇게 말하는 경우도 많다. 그 일례로 우리 사회는 연예인이 정치에 대해 발언하는 것을 금기시하는 분위기가 있다. 연예인의 정치적 발언에는 엄청난 사회적 불이익과 수많은 안티 팬들이 뒤따르기 마련이기 때문이다. 한 개인으로서 사회 현안에 대한 자신의 입장을 밝히는 것임에도 "역시 그 사람은 종북좌파였어" 혹은 "그 사람 완전 꼴통이야"라는 이분법적 사고로 함부로 재단하는 경우도 적지 않은 것이다.

프랑스 사회는 어떨까. 이곳은 가히 모든 사람이 정치적이라고 할 수 있는 곳이 아닐까 싶다. 대표적 예로 이브 몽탕Yves Montand을 꼽을 수 있다. 그는 프랑스를 대표하는 가수이자 영화배우였지만 정치활동에 적극 참여한 것으로도 잘 알려져 있다.

몽탕은 프랑스 공산당 당원이었고 원자폭탄에 반대했으며 반전 운동에도 참여했다. 그는 약자 편에 서서 정치적 발언을 아끼지 않았으며 종종 집회에 참가해 연설을 하기도 했다. 이 모든 것이 왕성한 활동과 병행해서 이루어진 일이다. 비단 연예계만의 이야기가 아니다. 프랑스는 교사와 언론인의 정치 참여도 활발하다. 가감 없이 자기 의견을 표현하는 이러한 전통은 표현의 자유를 인정하고 존중하는 사회 분위기가 아주 오래도록 이어져온 덕분일 것이다.

생각은 다시 한국으로 옮겨 갔다. 그곳에서는 표현의 자유가 억압되고 있다. 그곳에는 아직도 불온도서 목록이 존재하며 입사 면접에서도 사상 검열이 이루어진다. 어떤 영화제는 '정치적 중립성을 해치는 작품'을 상영했다는 이유로 끊임없이 외압에 시달리기도 한다. 그런데 과연, 정치에 중립이라는 것이 존재하기나 하는 걸까. 방송과 통신을 심의하는 위원회와 영화의 등급을 심의하는 위원회는 종종 표현의 자유를 억압하는 효과적 도구로 사용된다. 교사들의 정치 활동과 표현의 자유 역시 금지되어 있고, 연예인들도 좀처럼 자신의 정치적 소견을 입 밖에 꺼내지 않는다. 만약 이 모든 금기를 어기거나 한 발짝 더 나아가 풍자를 시도한다면 그때부터 '위험'해지기 때문이다.

해가 저물어갈 무렵 마크에게 말했다. "이런 프로그램을 한국에서 하다가는 잡혀갈 거야. 방송국이 망할지도 몰라." 마크는 내 말을 이해하지 못했다. '그래, 너는 설명을 해줘도 모르겠지. 이해할 수 없을 거야……'

나는 한국에 돌아가서도 종종 〈르 프티 주르날〉을 챙겨 보기로 마음먹었다. 도대체 언제 우리는 마음껏 표현의 자유를 누릴 수 있을까?

2017년 현재, 카날플러스가 거대 자본에 매각되면서 '레 기프 드 랭포'는 폐지되었고, 얀 바르테스는 더이상 〈르 프티 주르날〉을 진행하지 않는다.

프랑스에서, 어쩌다 첫 바이올린 연주

— 파리, 6/7

"자, 이제 가자!"

베르나르 아저씨가 문 앞에서 소리쳤다. 오전 11시. 간단히 씻고 아침을 먹은 뒤 이런저런 준비를 막 끝낼 무렵이었다. 베르나르 아저씨와 유나 아주머니, 소피와 나, 그리고 꼬마 둘, 이렇게 여섯이 집을 나섰다. 야나는 좀처럼 잠에서 헤어나질 못했고, 마크는 전날 이미 그곳에 가 있었다. 우리는 가까운 지하철역으로 걸어갔다. 사실 나는 그때까지 파리의 지하철을 한 번도 타지 않았다. 아니, 타보지 못했다는 편이 더 정확할 것 같다. 물론 지하철 요금을 아끼려는 생각도 있었지만 무엇보다 무서워서였다. 한국에서 살펴본 어떤 여행 후기에는 이렇게 적혀 있었다.

"여태까지 볼로냐, 로마, 런던, 파리를 다녀봤는데 이 중에서 파리가 제일 음산하고 위험하다고 느낀 도시입니다. 메트로 안이든 어디든 냄새나고, 정말 사람들 표정도 다 무섭습니다. 항상 긴장하시기 바랍니다. 긴장을 놓는 순간 분명히 뭐가 하나 없어진다고 합니다."

"흑인들이 정말 많았는데요. 많은 흑인들이 소리를 꽥꽥 지르면서 표를 사지도 않고 무단으로 개찰구를 막 날아다니더군요. 그리고 메트로 안 계단에서 오줌을 싸는 흑인도, 도착하자마자 보았습니다."

메트로가 무서운 이유는 여기서 끝나지 않았다. 나는 한국에서도 종종 딴생각을 하다 내려야 할 역을 놓치곤 했는데, 파리에서 그러지 않으리라는 법은 없었던 것이다. 괜히 이상한 데 내려 길을 헤매다 막다른 골목에서 괴한이라도 만나면 어떡하지? 죽어라 도망쳐도 결국은 따라잡히겠지? 그럼 신문에 이런 헤드라인이 등장할지도 모른다. '18세 임모 씨, 파리에서 주검으로 발견. 여행 중 괴한의 습격을 당해 사망한 것으로 추정.' 그러면 내 부모님께 온갖 비난의 화살이 쏟아질 것이다. '제정신이에요? 어떻게 미성년자 혼자 여행을 보냅니까!' 생각이 여기까지 미치자 정말 섬뜩해졌다. 그래서 결심했던 거다. 다리가 조금 아프더라도 그냥 걸어 다니기로.

베르나르 아저씨가 메트로 티켓 한 장을 건네주었다. 그리고 얼마 지나지 않아 내가 여태까지 일종의 과대망상증에 사로잡혀 있었음을 깨달았다. 그렇지만 내가 읽은 여행 후기도 어느 정도 사실이었다. 파리의 메트로는 실제로 낡고 더럽고 음침하고 냄새가 나는 데다 창문마저 활짝 열어놓은 채 땅굴을 활보하고 있었다. 한국 같았으면 매연과 미세먼지 때문에 난리가 났을 것이다.

나는 건장한 흑인 청년이 다가올 때마다 움찔움찔했다. 다른 사람들의 후기를 접하면서 나도 모르게 형성된 인종주의적 편견 때문에 그랬는지도 모르지만, 본능적으로 무서웠다. 나는 베르나르 아저씨한테 가까이 달라붙었다. 처음 타본 파리의 메트로는 여러모로 강렬한 인상을 남겼다.

우리의 첫 목적지는 4구의 한 음식점이었다. 꽤 유명한 곳인지 벌써부터 사람들로 발 디딜 틈이 없었다. 대표 메뉴는 두 가지로 팔라펠Falafel과 샤와르마Shawarma였는데, 팔라펠은 병아리콩을 으깨 조그만 공 모양을 만들어 튀긴 음식이고, 샤왈마는 소나 닭 혹은 양고기를 잘게 썰어 만든 요리였다. 두 가지 모두 피타Pita라 불리는 넓적한 빵에 이런저런 채소와 함께 담겨 나왔다. 흔히 유대인들이 먹는 음식이라고 알려져 있지만 레바논, 이집트, 시리아를 비롯한 중동의 여러 나라에서 자신들만의 전통음식이라 주장하는 탓에 상당한 논쟁을 빚고 있다고 했다.

우리는 배를 든든히 채우고 마레지구 쪽으로 발걸음을 옮겼다. 나는 찰나의 순간에 진한 키스를 나누는 동성 커플 몇을 연달아 목격했는데, 생전 처음 보는 광경인 만큼 머쓱한 기분이 들었다. 수많은 예술가, 박물관과 상점, 유대인·동성인 지구로 잘 알려진 이곳은 그 명성만큼이나 역동성이 살아 있는 곳이었다.

이윽고 우리는 샤틀레레알Châtelet-Les Halles역에 도착했다. 그리고 생제르맹앙레Saint-Germain-En-Laye로 향하는 RER(수도권 고속 전철) A선에 몸을 실었다. 나는 어깨에 메고 있던 바이올린을 옆자리에 살포시 내려놓았다. 베르나르 아저씨의 부모님께 연주를 해드리겠다는 며칠 전의 약속을 지키려고 들고 온 것이었다. 그러나 그 약속이 '잘' 지켜질 수 있을지 미지수였다. 나는 실력이 뛰어난 편도 아닌 데다 지난 일주일간 연습도 거의 하지 못했기 때문이다. 혹시 엄청 기대하고 계신 건 아니겠지? 망치기라도 하면 베르나르 아저씨에게 정말 미안할 것 같은데……. 그래도 어쩔 수 없지. 망하면 망하리라! 기차는 어느새 파리를 벗어났다.

나는 맞은편에 앉은 소피와 이야기를 나누었다. 소피는 파리 1대학, 팡테옹 소르본Panthéon-Sorbonne에서 법과 경영을 전공하고 있는데, 지금은 학교를 잠시 쉬며 법원과 감옥에서 인턴십을 하는 중이었다.

"프랑스 사회에서는 어떤 사람을 뽑을 때 학업 능력도 보긴 하지만, 그보다는 그 사람이 어떤 실제 경험을 쌓아왔는가에 더 초점을 두거든. 그 때문에 대다수 프랑스 학생들이 학교에 다니며 학기 중에 혹은 휴학을 해가면서까지 수시로 전공과 관련된 인턴십을 하고, 또 해야만 하는 게 현실이야." 소피가 말했다.

소피가 감옥에서 하는 일은 죄수, 특히 장기수들과 이야기를 나누며 바깥세상과의 연결고리가 되어주는 일이었다. 그들이 나중에 형을 마치고 출소했을 때 사회의 흐름에 뒤처지지 않도록 하려는 것이었다. 소피는 그곳에서 만난 여러 사람 이야기를 들려주었다. 감옥에 가게 된 사연도 각양각색이었는데, 이 모든 사람에게 공통점이 한 가지 있다고 했다. 바로 끈질기게 감옥 바깥에서도 인연을 이어가자며 매달린다는 것이었다. 이럴 경우에는 단호히 거절하고 절대 연락처를 주면 안 된다고 했다. 소피는 이제 곧 인턴 계약 기간이 끝나기 때문에 더 새로운 경험을 쌓고자 다른 감옥으로 옮겨야 할지, 아니면 지금 있는 감옥에 계속 남아 의리를 지켜야 할지 고민 중이라고 했다.

가만히 듣고 있던 베르나르 아저씨가 본인 생각에는 지금 있는 감옥에 남는 것이 좋을 것 같지만 알아서 잘 결정하라고 말했고, 옆에 있던 나는 딱히 어떻게 하는 것이 좋은 것인지 모르겠어서 잠자코 있었다. 그새 기차는 생제르맹앙레에 도착했다.

약칭으로는 'PSG', 곧 파리 생제르맹Paris Saint-Germain Football Club 훈련장이 있기도 한 이 조그만 도시는 한눈에 봐도 파리와는 무척 달랐다. 깔끔한 도로 양옆에는 고급주택들이 펼쳐져 있고 그중에는 작곡가 드뷔시가 살던 집도 있었다. 서울로 치면 강남구 청담동이라 할 수 있을까. 무엇보다 이곳 사람들은 여유로워 보였다.

몇 개의 골목길을 지나 드디어 베르나르 아저씨의 부모님 댁에 도착했다. 반갑게 맞아주시는 두 분의 환대를 받으며 집 이곳저곳을 둘러보았다. 자그마한 집 자체도 무척 아늑했지만 주변 환경이 아름다워 더욱 매력적인 곳이었다.

정원에 누워 위를 올려다보니 300년 된 나무가 눈에 들어왔다. 따스하게 내리쬐는 햇살 속에 지그시 눈을 감으니 새들의 지저귐이 들려왔다. 이대로 시간이 천천히 흘러갔으면 하는 생각이 들었다. 몸과 마음은 늘어졌지만, 그렇다고 무기력한 것은 아니었다. 기분 좋은 늘어짐이었다. 다른 식구들도 번잡한 도시의 삶에서 벗어나 오랜만에 여유를 즐기는 모습이었다. 가족끼리 담소를 나누며, 혹은 부족한 잠을 보충하며 다들 한가로운 주말을 만끽하고 있었다.

그리고 잠시 후 마침내 나의 차례가 왔다. 정원에 둘러앉은 가족들을 앞에 두고 바이올린 연주를 시작했다. 노쇠한 할아버지는 휠체어에 가만히 앉아 초점 없는 눈을 연신 껌뻑였다. 마치 돌아가시기 얼마 전 우리 친할아버지 모습을 보는 것 같아 가슴이 짠했다. 듣고 계신 것인지 아닌지 잘 알 수 없었지만 나는 아름다운 연주를 들려드리고자 최선을 다했다.

베르나르 아저씨의 부모님 댁에서, 며칠 전 약속대로 바이올린 연주를 들려드렸다. 정원에 둘러앉은 가족들을 앞에 두고 악기를 켜기 시작했다. 노쇠한 할아버지는 휠체어에 가만히 앉아 초점 없는 눈을 연신 껌뻑였다. 마치 돌아가시기 얼마 전 우리 친할아버지 모습을 보는 것 같아 가슴이 짠했다.

그러나 몇 곡의 연주가 이어질 무렵 갑자기 할머니가 자리에서 일어나더니 안절부절못하셨다. 그때 나는 준비한 곡 중 가장 강렬한 곡의 가장 격정적인 부분을 혼신의 힘을 다해 연주하고 있었는데, 할머니의 표정은 점점 어두워져만 갔다. '할머니도 클래식 음악을 무척 좋아하신다고 했는데 왜 그러시지? 내가 뭔가 잘못 연주했나? 그래도 오늘은 손가락이 잘 돌아가는 편인데……'

결국 바이올린 연주는 서둘러 마무리되었다. 할머니는 워낙 조용한 동네다 보니 혹시 이웃들이 항의하러 오지 않을까 노심초사했다고 나중에 말씀해주셨다. 그러면서 덧붙였다. "클래식 음악이니까 그나마 톨레랑스를 보여주는 것일 뿐 만약 록이나 헤비메탈을 연주했다면 난리가 났을 거야!"

해가 저물어갈 무렵 우리는 그곳을 나섰다. 나는 할머니를 꼭 안아드렸다. 할머니는 말씀을 잘 못하시는 할아버지를 대신해 현관문 앞에서 감사 인사를 여러 차례 내게 전해주셨다. 베르나르 아저씨도 웃으며 거들었다. "하영, 거절하면 어떡하나 고민을 많이 했는데, 와줘서 고마워!"

프랑스어도 잘 못하는 한국 소년이 조그만 보탬이라도 될 수 있어 다행이었다. 바이올린을 가져오길 참 잘했다는 생각을 했다.

《파이낸셜 타임스》 특파원에게 던진 질문

며칠 전 나는 파리에 도착하던 날 비행기에서 만난 마이클에게 메시지를 보냈다.

"안녕, 지난 월요일에 공항에서 만났던 하영이라고 해. 혹시 시간 괜찮으면 다시 볼 수 있을까? 이것저것 물어보고 싶은 것이 있어서 말이야!"

마이클에게서 답장이 온 것은 바로 어제였다.

"내일 우리 사무실 근처에서 점심을 같이할까? 8구에 '르미로'라는 식당이 있거든? 거기서 12시 반에 보자!"

"그래, 그럼 내일 만나!"

나는 불과 열흘 전을 생각하며 감회에 젖었다. 파리행 비행기에서 마이클을 처음 만날 때만 해도 모든 것이 불안했다. '파리는 위험하다는데 아는 사람 하나 없이 혼자 남겨지면 어떡하지?' 무척이나 조마조마한 시간이었다. 그러나 이제는 상황이 많이 달라졌다. 나는 아쏭 가족의 집에 무사히 도착했고, 그 누구보다 정겹고 친절한 사람들과 같이 지내고 있다. 파리에 도착한 지 얼마 되지 않았지만 이곳 생활에도 차츰 익숙해지고 있다. 맛있는 바게트를 파는 빵집이 어딘지도 알게 되었고 길을 잃는 일도 더는 없었다. 나는 대충 아침을 챙겨 먹고 한국 마트에 다녀온 뒤 밀린 일기를 정리하다 12시쯤 집을 나섰다.

약속 시각보다 조금 일찍 도착했는데, 잠시 후 횡단보도를 건너오는 마이클을 볼 수 있었다. 술집 겸 카페 겸 레스토랑인 르

미로는 점심시간이라 사람들로 붐볐다. 한참을 기다린 끝에 겨우 자리를 잡을 수 있었다.

"혹시 한 사람 더 와도 괜찮지? 제일 친한 친구를 초대했 거든."

"물론이지!"

그리고 몇 분 지나지 않아 그 주인공이 카페로 걸어 들어 왔다. 그녀의 이름은 야스민이라고 했는데, 역시 푸른 눈에 안경 을 끼고 머리칼은 뒤로 넘겨 묶고 있었다. 우리는 일어나 차례로 그녀와 비주를 한 뒤 다시 자리에 앉았다.

"프랑스어? 아니면 영어?" 그녀가 물었다.

내가 프랑스어를 거의 못했기 때문에 대화는 자연스레 영 어로 이루어졌다. 그렇지만 이 둘의 영어를 알아듣기란 쉽지 않 다. 미국식 영어에 길들여진 나는 발음이 딱딱 끊기는 영국식 악 센트에 전혀 익숙하지 않았고, 게다가 그 둘은 말하는 속도도 무 척 빨랐다. 아마 서로 반가운 마음에 더 그랬는지도 모르겠다.

"우선 주문부터 하자!"

마이클은 이곳에서는 둘 중 하나를 고르면 된다고 했다. 그래서 야스민과 마이클은 치킨 - 감자튀김 Poulet-frites 을 주문했 고, 나는 스테이크 - 감자튀김 Steak-frites 을 먹기로 했다. 마이클은 이곳이 파리에서 가장 맛있는 식당이라고 했지만 동의하기는 어 려웠다. 스테이크는 칼이 들어가지 않을 정도로 질겼고 씹기도 무척 불편했다. 먹으랴 들으랴 대꾸하랴 정말 정신이 없었다.

"그나저나 파리에서 보낸 일주일은 어땠어?"

엄청난 속도로 닭고기를 먹어치우던 마이클이 고개를 휙 돌리더니 물었다.

"그야말로 환상적이었어. 여기는 도시 전체에서 역사가 살아 숨 쉬는 것 같더라고. 나랑 동갑인 친구를 하나 만났는데 철학사를 꿰고 있어서 정말 놀랐어. 데카르트, 칸트, 헤겔, 까뮈, 사르트르 등 한번 툭 치면 바로 머릿속에서 줄줄 나오더라고."

마이클은 격하게 고개를 끄덕였다. "맞아, 나도 처음 프랑스 와서 정말 놀랐던 게, 여기는 열 살도 안 된 꼬마들이 보들레르의 시를 막 읊더라고. 그리고 사람들이 저녁 먹을 때 무슨 이야기 하는 줄 알아? 알랭 바디우의 철학, 아니면 샤를 드골의 정치사상에 대해 정말 아무렇지도 않게 대화가 오가더라니까! 뭐 지식인이라고 할 만한 사람들도 아니었는데 말이야. 그리고 에두아르 필리프 Edouard Philippe 의원을 인터뷰했을 때도 깊은 인상을 받았어. 글쎄 그 사람이 이런 말을 하더라고. 자기가 여섯 살 때 단테의 《신곡》을 읽었는데 잘 이해가 안 가서 괴로웠다는 거야. 그게 말이 되는 소리냐고, 여섯 살짜리가 《신곡》을 읽는다는 게 말야. 다들 대단해!"

우리는 서로의 얼굴을 쳐다보며 혼이 나간 듯 실실 웃었다. 여섯 살짜리가 단테를 읽는다면 내 머릿속엔 도대체 뭐가 든 걸까, 잠시 생각해보았다. 나는 화제를 돌려보기로 했다.

"그건 그렇다 치고, 특파원 관점에서 본 전반적인 프랑스 사회는 어떤 것 같아? 지난번 비행기에서 해준 이야기를 더 자세히 들려줬으면 좋겠어.”

　　마이클은 머리를 긁적였다. “그때 우리가 무슨 얘기 했더라? 맞아, 프랑스 경제가 별로 안 좋다고 했었지. 그럼 이해하기 쉽게 일단 내 주변 사람들 이야기부터 해줄게. 나는 바스티유 근처의 커다란 집에서 여덟 명의 룸메이트랑 같이 살고 있어. 물론 더 고급스러운 집에서 혼자 지낼 수도 있었지만 거기로 간 이유는 뭔가 배우고 싶어서였어. 프랑스 젊은이들은 어떻게 살고, 또 무슨 생각을 하는지 말이야. 그 여덟 명은 대부분 시골에서 일자리를 찾아 올라왔는데, 너도 알다시피 요즘 경기가 안 좋잖아. 그래서 취업도 못하고 다들 좌절과 절망에 빠져 있는 상태지. 그 친구들은 이게 다 신자유주의 때문이고 그래서 혁명을 일으켜야 한다고 생각해. 혹시 너도 그렇게 생각하니? 지금 프랑스에 혁명이 필요하다고?” 나는 고개를 절레절레 흔들었다.

　　“어쨌든 그 친구들은 모든 문제를 다 국가가 해결해줘야 한다고 생각해. 요람에서 무덤까지. 그중 한 친구는 실업급여를 받으려고 멀쩡히 다니던 회사를 그만뒀다니까. 더 심한 게 뭔지 알아? 여덟 명 중 두세 명은 시도 때도 없이 지하철 무임승차를 한다는 거야. 왜 그러느냐 하고 물으면, 국가는 자기네를 도와주기 위해 존재하기 때문이라나. 바로 이런 사고방식이 프랑스 사회가 더 발전하지 못하게 발목을 잡고 있는 것 같아.”

　　“그럼 너는 노동시장 유연화 정책에는 완전 찬성하겠네?”

　　“그렇다고 할 수 있지. 어떻게든 기업의 부담을 줄여야 일자리가 늘어날 수 있다고 봐. 지금 이 상태가 지속되면 좋은 기업은 다 해외로 탈출하고 말 거야. 이미 많이 빠져나가기도 했고.”

　　나는 가만히 앉아 고개를 끄덕였다. 물론 마이클은 시장경제를 강력히 옹호하는 《파이낸셜 타임스》 기자고, 케임브리지 졸업생에 외교관 여자친구와 연애하는 엘리트 중의 엘리트다. 반면 나는 한 번도 주류라 일컫는 무리에 속해본 적이 없었다. 나는 변두리에 관심이 많았다. 나는 항상 국가가 그 사회를 살아가는 사람들이 인간으로서 최소한의 존엄성을 지킬 수 있도록 도와줘야 한다고 생각해왔다. 그러나 이런 차이를 고려하더라도, 그의 이야기는 새겨들을 만한 가치가 있었다. 프랑스 사회에 대해 지녔던 나의 막연한 환상이 조금은 가셨고, 내가 그리는 존엄한 삶의 기준이 무엇인가에 대해서도 다시금 고민해볼 수 있었다.

우리는 그 후로도 얼마간 소소한 이야기를 나누었고, 어느덧 마이클과 야스민이 회사로 돌아가야 하는 시간이 다가왔다. 이들은 돈을 내려는 나를 만류하며 자신들의 음식을 계산한 뒤, 나의 몫을 정확히 반씩 나눠 따로 계산했다.

"오늘 만나서 정말 반가웠고, 혹시 우리 회사에 놀러 오고 싶으면 연락해! 앞으로도 행운을 빌어!"

"점심 고마워. 다음에 꼭 연락할게!"

두 사람은 손을 흔들며 사라져갔다.

나는 집으로 돌아왔다. 생각해보니 오늘이 바로 미셸 아저씨와 다시 만나기로 약속한 날이었다. 며칠 전 내가 바흐와 코렐리의 곡을 연주할 수 있다는 이야기를 듣고 아이처럼 기뻐하던 미셸 아저씨. 오늘은 꼭 가서 바이올린을 연주해드려야 했다. 몸 상태가 썩 좋지는 않았지만 그래도 약속을 지켜야 하니까……

오후 늦게 집에 돌아온 나는 저녁 먹을 힘도 없고 먹고 싶은 마음도 없었다. 옷을 갈아입고 씻고 자려는데 마크가 불렀다.

"하영, 오늘은 네가 사 온 그거 먹자." 나는 짐짓 시치미를 떼고

《파이낸셜 타임스》 기자인 마이클과 카페 겸 레스토랑 '르 미로'에서
만나 이야기를 나눴다. 마이클은 말했다. "어쨌든 그 친구들은
모든 문제를 다 국가가 해결해줘야 한다고 생각해. 요람에서 무덤까지.
그중 한 친구는 실업급여를 받으려고 멀쩡히 다니던 회사를
그만뒀다니까. 더 심한 게 뭔지 알아? 여덟 명 중 두세 명은 시도 때도
없이 지하철 무임승차를 한다는 거야. 왜 그러느냐 하고 물으면,
국가는 자기네를 도와주기 위해 존재하기 때문이라나……."

물었다. "뭐 말이야?" "그거, 그 빨간색 그거 있잖아!" 그건 바로 내가 부엌에 고이 모셔놓은 라면을 지칭하는 말이었다. 만약을 대비한 비상식량이었지만 그래도 먹고 싶다니 끓여주기로 했다. 나는 물이 끓을 때쯤 스프와 면을 넣고 계란을 풀어 휘휘 저은 뒤 몇 분을 기다렸다. 라면은 알맞게 익어 무척 맛있어 보였다. 그러나 결국 나와 마크와 일란, 이렇게 우리 셋은 라면 두 개를 다 먹지 못했다. "하, 맵다 매워!" 우리는 연신 콧물을 훌쩍거리며 식은 땀을 흘렸다. 나는 더 이상 버티기가 힘들었다. "요리는 내가 했으니 먹은 건 너희들이 좀 치워줘. 부탁할게."

　　나는 방으로 돌아와 침대에 누웠다. 다리가 후들거리고 머리가 핑핑 돌았다. 갑자기 왜 이러지? 그래, 이건 분명 준비 부족 탓일 거야. 한국에서는 하루 종일 책상머리에만 앉아 있다가 느닷없이 하루에 15킬로미터를 걸었으니 몸도 적응이 안 되었겠지. 더군다나 시차적응 기간도 없이 당도한 이튿날부터 강행군을 했으니 무리가 오는 것도 이상한 일은 아니었다. 이럴 줄 알았으면 미리 운동을 좀 해놓을걸…… 뒤늦게 후회막심이었지만 이미 엎질러진 물이었다. 그나저나 앞으로 80일을 더 버텨야 하는데 어떡하지? 불길한 예감과 함께 스르륵 잠이 들었다.

익숙해진 순간, 떠나야 한다

—— 파리, 6/13

오지 않았으면 하는 날이 끝내 오고야 말았다. 시간은 빠르게 흘렀고 떠나야 하는 순간이 코앞에 다가와 있었다. 사실 파리에 머무는 동안 여행 중이라는 사실을 별로 느끼지 못했다. 처음 공항에 도착하던 순간의 낯섦과 불안감은 얼마 지나지 않아 친숙함과 편안함으로 바뀌었다. 매일 아침 바게트에 살구 마멀레이드를 바르며 어떻게 하면 가장 저렴한 점심을 먹을 수 있을까 고민했었다. 그러던 어느 날 유나 아주머니는 매일 맥도날드와 서브웨이를 찾아 전전긍긍하는 내가 불쌍했는지 정오가 되면 집으로 돌아와서 가족들과 함께 점심을 먹는 게 어떠냐고 친히 제안해주셨다. 흑흑 감사합니다! 그러나 낮 12시면 나는 한창 박물관이나 미술관을 둘러보고 있을 시간이고, 다시 한참을 걸어 집으로 돌아오기는 힘들었다. 유나 아주머니는 그럼 저녁을 같이 먹자고 다시 제안하셨고, 나는 매우 감격스러운 마음으로 "네!"라고 대답했다.

    함께 지낸 아쏭네 식구들은 오래 만나온 사람들처럼 편안했다. 늦은 오후면 종종 유나 아주머니와 카페에 앉아 쇼콜라쇼를 홀짝거렸고, 베르나르 아저씨가 퇴근하시면 같이 저녁을 먹으며 하루 동안 있었던 일을 이야기하곤 했다. 마크와 함께 프랑스 TV를 보며 잘 이해하지도 못하지만 따라 웃고, 말도 통하지 않는 두 꼬마와 눈빛을 주고받으며 키득거렸다. 저녁 늦게는 식탁에 둘러앉아 차를 마시며 야나, 소피와 함께 국민전선과 프랑스 좌파, 유럽연합과 유엔, 그리고 북한과 아시아 정세를 논했다.

원래 나탈리와 일정을 짤 때는 파리에 닷새만 머물기로 했었다. 그러나 파리에 도착한 지 며칠 만에 나는 이 도시에 푹 빠져버렸다. 마치 파리지앵이라도 된 양 도시 곳곳을 활보했고 이제껏 머리로만 알고 있던 사실을 눈으로 확인하며 즐거움에 겨워했다. 나는 베르나르 아저씨에게 물어봤다.

"저 며칠만 더 있어도 될까요?"

"응. 안 될 거 없지."

닷새는 여드레로 늘어났다. 그러나 여드레도 역시 부족하기는 마찬가지였다. 나는 다시 베르나르 아저씨를 찾아가 멋쩍은 표정을 지었다.

"일주일이 이렇게 금방 지나가다니… 저 아무래도 좀 더 있어야 될 것 같아요!"

"그래, 머물고 싶은 만큼 머물다 가렴!"

결국 처음의 닷새는 여드레가 되었다가 열흘이 되더니 엿가락처럼 쭉 늘어나 13일이 되고 말았다.

파리를 떠나려고 짐을 꾸리던 마지막 날 아침이 밝아왔을 때 마치 어렸을 적부터 내내 이곳에 살아온 것만 같았다. 역설적이게도 바로 그때가 파리를 떠나야 하는 시간이었다.

독일로 떠나기 한 시간 전, 마크와 함께 샌드위치를 만들어 가방에 넣었다. 이제 마지막일지 모르는 메트로를 타고 파리 동역으로 향했다. 나는 파리를 사랑하게 되었고 여기를 떠나야 한다는 사실이 정말 슬펐다. 그러나 나는 여행자였고, 어느 정도 익숙해진 바로 이 순간이 떠나기에 가장 알맞은 때인지도 몰랐다. 그나마 다행인 것은 마크가 이번 여정에 함께한다는 사실이었다. 다음 행선지가 프랑크푸르트로 결정된 것 역시 마크 덕분이었다.

"나 이번 토요일에 독일 갈 거야."

며칠 전 마크가 그렇게 말했다. 주말을 포함해 며칠 동안 삼촌네 가족을 만나러 프랑크푸르트에 간다는 것이었다.

"그럼 잘 다녀와"라고 말하려던 찰나 퍼뜩 떠오른 생각, '어? 나도 프랑크푸르트 가려고 했는데. 같이 가면 안 되려나?' 그래서 마크를 은근슬쩍 찔러보았다. 마크는 숙모에게 메시지를 보내 나를 데려가도 되는지 물었고, "오케이"라는 답을 받아냈다. 급작스럽게 그리고 매우 즉흥적으로 이루어진 결정이었다.

우리는 파리 동역에 앉아 있었다. 기차가 출발하기까지는 아직 시간이 남아 있었다. 마크는 누가 프랑스 고등학생 아니랄까 봐 가판대에서 《르 카나르 앙셰네 Le Canard Enchaîné》와 《소사이어티 Society Magazine》지를 집어 들었다. 마크의 설명을 빌리자면 《르 카나르 앙셰네》는 탐사 보도와 풍자를 전문으로 하는 잡지다. 여러 가지 사회 이슈뿐 아니라 정치인들의 사생활까지 끈덕지게(?!) 파고들어 '폭로 전문 주간지'라는 별명을 가지고 있는, 나름 프랑스 내에서 영향력 있는 잡지라고 했다. 반면 《소사이어티 매거진》은 창간된 지 얼마 안 되는, 말 그대로 '사회' 문제를 다루는 잡지였다. 기존의 잡지들과는 달리 젊은 층을 겨냥해 여러 참신한 시도를 하고 있어 마음에 든다고 마크는 말했다.

잡지 삼매경에 빠진 친구를 옆에 두고 역사에 앉아 시계를 빤히 쳐다보다 출발 시각 몇 분 전, 기차에 올랐다. 각기 기차표를 예매한 시점이 달라 좌석이 달랐던 우리는 열차에 오른 뒤, 혹시 옆자리가 비게 되면 상대방에게 알려주기로 하고 헤어졌다.

프랑크푸르트로 가는 기차. 객실 안에서도 계속해서 '잡지 삼매경'에
빠져 있는 마크.

파리를 벗어난 기차는 점점 속도를 높였다. 동쪽으로 향할수록 더욱 아름다운 풍경이 펼쳐졌다. 드넓은 초원에 희끗희끗 보이는 지평선, 간혹 유유자적 풀밭을 거니는 소떼를 구경하며 편안히 기차 여행을 즐겼으면 좋았겠지만, 미처 회복되지 않은 몸뚱이가 나를 힘들게 했다. 기침을 할 때마다 폐가 쭈그러들고 코를 풀 때마다 뇌가 흘러나오는 것 같은 고통을 느끼며 나의 독일여행이 막을 올렸다.

　　국경을 넘은 기차는 몇몇 도시를 거쳐 자정쯤 프랑크푸르트에 다다랐다. 프랑크푸르트 중앙역에는 마크의 숙모가 마중 나와 있었다. 반갑게 프랑스식 '쪽쪽' 볼 인사를 나누고 그 집으로 향했다. 자정이 넘은 시각이었음에도, 얼른 짐을 풀어놓고 다시 마인 강가를 따라 자전거를 타러 나갔다. 정신이 하나도 없는 상태였지만, 그래도 프랑크푸르트의 야경은 아름다웠다.

　　집으로 돌아오니 새벽 1시. 대충 세수를 하고 침대로 향했다. 여행이란 이런 것일까. 며칠 전만 해도 생각지도 못했고 계획하지도 못했던 장소에서 지금 내가 또 하룻밤을 보내고 있구나. 몸은 아주 힘들었지만 새로운 문화와 새로운 사회를 경험한다는 사실에 없던 기운이 다시 솟아났다. 내일은 또 무슨 일이 벌어질까. 기대하는 마음으로 잠자리에 들었다.

"괜찮아, 조금 천천히 가도 돼!"

—— 프랑크푸르트, 6/14~16; 슈투트가르트, 6/18~19

머리는 쑤시듯 아프고 온몸에선 열이 펄펄 끓는다. 한국을 떠난 지 14일 만의 일이다. 침대에 앉아 오들오들 떨고 있는 내게 마크의 숙모님은 진통제와 해열제 그리고 감기약을 챙겨주었다. 그러나 한국, 프랑스, 독일의 다양한 의약품을 몸속에 투입해도 차도가 없었다. 화장실 저울 위에 올라가보니, 헉! 이전에 49킬로그램이었던 몸무게가 47킬로그램으로 줄어 있다. 왜 이런 사태가 벌어진 것일까? 처음 2주 동안 의욕이 앞서 오버페이스를 한 탓도 있을 테고, 여행 전에 해놓았어야 하는 체력 단련이 부족했던 탓도 컸을 테다.

침대에 하루 종일 누워 있자니 마음이 괴로웠다. 게으른 여행자가 되는 것 같아 괴롭고 이대로 프랑크푸르트를 놓치고 만다는 사실이 안타깝다. 그렇다고 밖으로 나가자니 몸이 버텨내지 못할 것 같다. 천장을 뚫어져라 쳐다보며 보며 곰곰이 생각해보았다. 여행이란 과연 무엇인가.

여행은 짜릿한 흥분과 기대감, 설렘의 연속이다. 하지만 끊임없는 긴장과 스트레스의 연속이기도 하다. 미지의 세계를 탐험하며 생각지도 못한 경관을 접하고 어제까지만 해도 생면부지였던 사람들을 만나 서로를 알아가는 것, 이 모든 것이 정말 아름다운 일이지만 익숙지 않은 환경 속에서 시시각각 돌변하는 상황에 매번 새롭고 발빠르게 대처해야 한다는 점에서 보면, 한순간도 긴장을 늦출 수 없는 것이 바로 여행자의 운명이다.

여행을 하다 보면 끊임없이 결정의 순간이 찾아온다. 그 순간 어떤 선택을 하느냐에 따라 얻는 것도 있고 잃는 것도 생긴다. 그런 점에서 여행은 인생의 축소판이라고 할 수 있다. 여행에서도 인생에서도, 모든 것이 계획했던 대로 매끄럽고 순탄하게만 진행되는 것은 아니니까. 그러므로 어느 쪽이든, 그러니까 여행도 인생도 쉬운 일이 아니다.

이런 이유로 여행자가 되려면 잘 준비해야 한다. 한 사회를 이해하기 위한 배경 지식을 갖추는 것도 중요하지만, 그보다 먼저 자기 자신이 준비되어야 한다. 정신적 강인함에 체력까지 더해진다면 얼마나 좋을까. 나에게는 바로 그 준비가 부족했던 것 같다. 그런데 준비가 다 되기를 기다리다가는 정작 떠날 수 없을지도 모른다. 정신이 몽롱한 상태로 이런저런 정리되지 않은 생각을 하며 잠에 빠져들었다.

시간이 얼마나 지났을까. 마크가 와서 나를 깨운다. 나는 부스스한 얼굴로 마크에게 물었다.

"나, 지금 너무 피곤한데…… 왜?"

"우리 숙모가 프랑크푸르트 구경시켜주신대. 같이 갈래?"

'음… 나는 가야 한다. 가야만 해!'

프랑크푸르트를 조금이라도 둘러보고 싶은 마음에 덜컥 같이 가겠다고 대답해버렸다. 하지만 집을 나선 지 얼마 되지 않아 '왜 따라 나왔을까' 하고 후회했다. 머릿속엔 아무런 생각이 없고 발걸음은 그저 무겁기만 했다. 그리고 바로 그때, 사건이 발생했다. 빨간불인 줄도 모르고 무심결에 횡단보도를 건너버린 것이다. 사실 프랑스였다면 그다지 문제 될 만한 행동이 아니었다. 프랑스에서는 사람들이, 특히 보행자들이 거의 신호를 지키지 않았으니까 말이다. "파리에서 교통신호를 지키는 사람은 관광객 아니면 독일인"이라는 말이 있을 정도다. 파리에 얼마나 있었다고 이런 무질서에 익숙해졌단 말인가. 횡단보도를 건너는 순간 뒤통수에 꽂히는 사람들의 싸늘한 시선이 느껴졌다.

간담이 서늘했지만 이미 엎질러진 물이다. 건너편에는 파리에서 무단횡단을 수없이 일삼던 마크가 얌전히 신호를 기다리고 있다. 횡단보도 길이는 3미터 정도에 불과했고, 양옆으로 다가오는 차가 하나도 없었는데도, 이곳은 독일이므로 그래야 했다. 그게 이곳의 규칙이니까 말이다. 잠시 후 인도 사람이 분명한 어떤 아저씨가 무단횡단을 했다. 그 아저씨도 나처럼 독일에 처음 온 것이 분명했다. 그러나 그때는 내가 횡단보도를 건넜을 때보다 지켜보는 사람이 더 많았고 애꿎은 아저씨가 질타의 대상이 되고 말았다. 이후 나는 다시금 모범생이 되어 모든 신호를 꼬박꼬박 지켰다.

구도심과 마인 강변을 둘러보고 집으로 돌아와서는 곧장 침대로 직행할 수밖에 없었다. 몸 상태는 더 나빠졌고 그다음 날부터는 정말로 할 수 있는 게 아무것도 없었다. 하루 종일 자고, 깨어 있을 때는 글을 쓰고, 계획을 세우고, 계획을 수정하고 또 미루고, 그러다 다시 잠이 들고 하는 생활이 계속되었다.

그렇게 며칠이 흘러 어느덧 떠나야 하는 시간이 다가오고 말았다. 마크의 숙모님은 나를 꼭 안아주며 말씀하신다.

"더 있어도 되는데…… 아직 몸도 안 좋잖아. 아무튼 이제 아프지 말고! 건강 잘 챙겨야 한다!"

"네. 그동안 정말 감사드려요. 그리고 아프기만 해서 죄송해요. 마담도 건강 잘 챙기시고요!"

하이델베르크행 버스에 오르며 생각했다. '이 또한 지나가겠지? 지금은 콜록콜록 기침을 하고 콧물이 줄줄 흐르지만 이것도 언젠가는 지나갈 거야. 힘겨운 시간들이 나중엔 즐거운 추억이 되겠지. 그래야만 한다……'

프랑크푸르트를 벗어난 버스가 점점 속도를 높여갔다.

"형, 지금 내가 잘 살고 있는 건지 모르겠어"

나는 어릴 적부터 고민이 좀 많은 아이였다. 지금 생각해보면 부끄러워 웃음을 참을 수 없는 고민도 있지만 아주 진지한 고민도 더러 있었다. 그 고민 대부분은 독서에서 비롯했다. 이를테면《최열 아저씨의 지구촌 환경 이야기》를 읽으며 '지구온난화를 막을 방법은 없는 걸까' 고민했고,《무기 팔지 마세요》를 읽고는 평화로운 세상에 대해 생각하지 않을 수 없었다.《왜 세계의 절반은 굶주리는가》는 기아 문제에 관심을 갖는 계기가 되었다. 이러한 문제의식을 가지고 나는 고민했고 또 다짐했다. 나중에 훌륭한 사람이 되어 이 모든 문제를 해결하고야 말리라.

그러나 이런 각오는 나이를 먹어감에 따라 점점 희미해졌다. 나는 이제 그런 커다란 문제보다는 지금 이 순간 내게 요구되는 선택지 앞에서 고민하고 있다. '내가 가는 이 길이 과연 맞는 길일까? 앞으로 진로는 어떻게 해야 하지? 남들보다 뒤처지는 건 아닐까?' 미래에 대한 불안감에 마음이 바싹 오그라들었다.

그럴 때면 어린 시절이 그리웠다. 아무런 걱정 없이 부모님의 그늘 아래 머무르던 때, 부모님의 결정을 믿고 따르기만 하면 되던 그때가 그리웠다. 나이를 먹고 성인이 되어 나의 삶을 스스로 책임져야 한다는 것이 두려웠다. 여행 중에도 마찬가지였다. 하루하루 고단한 여정이 이어진 탓에 잠시 잊고 있었을 뿐 그 불안감과 압박감은 끊임없이 나를 사로잡았다.

내가 PJ를 알게 된 것은 그런 점에서 무척 행운이었다. 원래 이름은 폴 요나스 Paul-Jonas 이지만 줄여서 PJ라 불리는 그는 나보다 네 살이 많았는데, 메르세데스 벤츠 사社에서 수습공으로 일하고 있었다. 나는 프랑크푸르트를 떠나 하이델베르크에 며칠 머무르다 슈투트가르트로 왔고 이곳의 한 지하철역에서 PJ와 기적적으로 상봉했다. 그는 한눈에 봐도 긴장한 기색이 역력했다. 그도 그럴 것이 PJ는 카우치서핑으로 사람을 만나는 게 이번이 처음이었고 내가 휴대폰이 없어 혹시라도 못 만날까 봐서 적잖이 걱정했다고 한다.

PJ는 어줍은 미소를 지으며 내 손을 잡아끌었다. 날은 저물었으나 그때껏 내가 아무것도 먹지 못했을 게 분명하니 맛있는 것을 만들어주겠단다. 우리는 마트에 들러 재료를 산 다음 집으로 향했다. 오늘의 메뉴는 마울타셰 Maultasche. 밀가루 반죽 속에 잘게 다진 고기와 채소를 넣은 이 음식은 독일의 전통 파스타라지만 뜻밖에 우리나라의 만두와 매우 비슷하다. PJ는 마울타셰 수프를 만들었는데 한국의 만둣국처럼 내 입맛에도 잘 맞았다.

우리 둘 역시 친한 형과 동생처럼 죽이 잘 맞았다. 나도 모르게 어느 순간 PJ에게 근심거리를 털어놓기 시작했다. "실은 내가 잘 살고 있는 건지 모르겠어. 지금 이 순간에도 친구들은 치열하게 미래를 준비하고 있을 텐데 나만 혼자 룰루랄라 여행을 다

여행은 짜릿한 흥분과 기대감, 설렘의 연속이다.
하지만 끊임없는 긴장과 스트레스의 연속이기도 하다.
익숙지 않은 환경 속에서 시시각각 돌변하는 상황에 매번 새롭고
발빠르게 대처해야 한다는 점에서 보면, 한순간도 긴장을 늦출 수 없다.
프랑크푸르트에서 나는 마크와 함께 마크네 숙모 댁에서 머물렀다.
그러나 이곳에서 나는 내내 아팠다.
정신이 몽롱한 상태로 이런저런 정리되지 않은 생각을 하며
자주 잠에 빠져들었다.

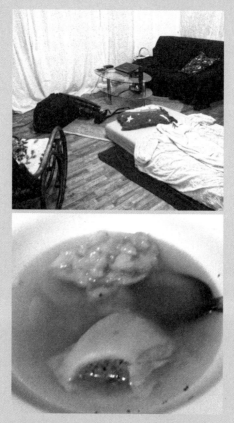

카우치서핑으로 만나 형 동생 사이가 된 PJ와 함께한 공간.
그가 만들어준 한국의 만둣국과 비슷한 마울타셰 수프.

니고 있는 것 같아. 왠지 한국에 돌아가면 뒤처질 것 같다는 생각이 들고, 그런데 막상 돌아가면 뭐부터 시작해야 할지 모르겠어. 이러다가 나중에 이도저도 아닌 인생낙오자가 되면 어쩌나 불안하기도 하고.”

　내 말을 잠자코 듣고 있던 PJ가 말했다. “괜찮아, 인생은 조금 천천히 가도 돼! 우리 모두가 시행착오를 겪으며 살아가는 걸 뭐.” 그는 말을 이어갔다.

　“사실 나도 고등학생 때는 무엇을 하며 살아야 할지 몰랐어. 나는 대학에 진학하는 김나지움에 가지 않고 직업학교로 갔거든. 그때까지만 해도 내가 가고자 하는 길에 대한 별다른 확신이 없었지. 그렇게 고민을 거듭하다 배를 타기로 결정했어. 그때 아마 너보다 한두 살 정도 많았을 거야. ‘로고스 호프Logos Hope’라는 선교선이었는데, 세계 곳곳을 돌아다니며 정말 많은 것을 배웠지. 정말 잊지 못할 경험이었어, 평생 잊지 못할…… 배에 승선해서 정말 많은 일을 했어. 엔진을 수리하고 서점에서 책을 팔기도 하고 또 직접 항구로 내려가 사람들을 만나기도 했지. 내가 할 수 있는 가장 작은 일을 하면서 가난하고 배고프고 상처받은 사람들을 도울 수 있다는 건 정말 행복한 일이었어. 그렇게 2년 동안 세계 곳곳을 돌아다니며 수많은 사람을 만나고 또 많을 걸 느꼈어. 내가 하고 있는 일에도 확신을 갖게 되었지. 그게 바로 엔진을 수리하는 일이야. 그래서 배에서 내리자마자 독일로 돌아와 메르세데스 벤츠에서 일을 시작한 것이고. 너도 네가 무엇을 좋아하는지 진지하게 생각해볼 계기를 마련해봐. 그렇지만 초조해할 필요는 없어. 아까 말했듯이 인생은 조금 천천히 가도 괜찮아. 조금 돌아갈 수도 있는 거고. 어차피 다들 시행착오를 겪게 돼 있어. 그런 과정이 있어야 자신이 무엇을 진정으로 좋아하는지 발견할 수 있거든."

나는 그의 이야기를 들으며 인생을 살아가는 또 하나의 방법을 배웠다. 고등학생 3년이라는 기간이 끝나면 미래의 인생 전부가 결정될 것 같은 불안감과 막막함에 시달렸는데, 사실 그럴 필요가 없었던 것이다. 물론 한국의 상황은 독일과 똑같지 않고 PJ가 선택한 길과 내가 가야 할 길도 많이 다르지만, 그의 이야기를 들으면서 앞길에 대해 조금 더 여유를 가지고 생각하기로 마음먹을 수 있었다. PJ는 지금 이 시점에서 가장 중요한 일은 자기 자신을 발견하는 것임을 가르쳐주었다.

그의 한마디가 마음속에 잔잔히 울려 퍼졌다. "괜찮아, 인생은 조금 천천히 가도 돼!"

11

어느 '그리스인 조르바'와의 동거

—— 숀도르프, 6/19~22

잿빛 구름이 곧 소나기를 퍼부을 것만 같던 어느 우울한 금요일, 숀도르프에 도착했다. 기차역 승강장에 모여 있던 사람들이 제각 기 흩어지자 이내 두 사람만 남겨졌다. 기차가 떠나고, 나는 천천 히 발걸음을 옮겼다. 주위를 두리번거리던 그 남자는 나를 발견 하곤 다가와 손을 꽉 움켜쥐어 세차게 흔들었다. 그의 얼굴은 초 췌했고 눈동자는 우수에 젖은 듯했다. 우리는 어색한 인사말을 나누었다.

그의 이름은 스테파노스. 내가 '보아' 알게 된 첫 그리스인 이다. 물론 나는 다른 그리스인도 이미 알고 있긴 했다. 카잔차키 스의 소설 속 조르바. 그는 내가 '읽어' 아는 그리스인이었다. 스 테파노스를 따라 걸으며 나는 조르바를 추억해보았다. 그렇다. 당시 나는 꼬박 사흘을 조르바와 보냈던 것이다.

내가 기억하기로, 조르바를 읽는 시간은 그리 낭만적이지 않았다. 그는 거칠고 투박했으며 불같은 성격의 소유자였다. 한 곳에 머물지 못해 이리저리 떠돌았고 입담이 걸쭉해 틈만 나면 욕설을 퍼부어댔다. 그는 욕망이 이끄는 대로 살았으며 모든 결 정을 즉흥적으로 내렸다. 카잔차키스는 실존 인물이었던 조르바 를 인생의 길잡이로 삼았다지만, 그의 삶을 이해하기에 나의 삶 은 아직 턱없이 짧았다. 그러나 그가 남긴 인상이 워낙 강렬해, 이 후에도 나는 '그리스인' 하면 자연스럽게 '조르바'를 떠올리게 되 었다.

난생처음 실제로 마주한 그리스인은 인상이 무뚝뚝했다. 커다란 티셔츠에 헐렁한 바지를 입고 있었는데 흰자위가 벌겋게 충혈된 것이 무척이나 피곤해 보였다. 그는 원래 나를 슈투트가르트에서 재워주기로 했지만, 얼마 전 숀도르프로 이사했다는 소식을 전해왔다. 그 때문에 나도 엉겁결에 이 생면부지의 도시에 발을 내딛게 된 것이다.

스테파노스와 나는 우선 집으로 가서 여장을 풀기로 했다. 그의 집은 언덕 꼭대기에 있었다. 우리는 둘 다 조용히 걷기만 했다. 언덕바지의 중간쯤 이르렀을 때 스테파노스는 고개를 휙 돌려 나를 쳐다보았다. 그의 입에서 무슨 말이 나올까 살짝 긴장했는데, 뜻밖에도 첫마디는 "배고파?"였다. 나는 조금 당황했지만 실제로 배가 고팠기에 "네"라고 답했다. 그는 다시 고개를 돌려 앞을 보았고, 우리는 계속 언덕을 올랐다.

짐을 푼 뒤 우리는 다시 언덕길을 내려왔다. 스테파노스는 여전히 피곤해 보였고, 그래서 더욱더 말 붙이기가 어려웠다. 그도 나에게 별다른 말을 하지 않았다. 우리는 잠시 후 그가 주방장으로 일하고 있는 자그만 레스토랑에 도착했다. 내가 배고프다 했으니 맛있는 요리를 해주겠다고 그가 말했다. 마치 조르바가 그랬던 것처럼.

"정오가 지났어요. 닭 요리를 하고 있는데 이러다 아주 다 바스러지고 말겠어요. 몰라서 이러고 있어요? ……육체에는 영혼이란 게 있습니다. 그걸 가엾게 여겨야지요. 두목, 육체에 먹을

걸 좀 줘요. 뭘 좀 먹이셔야지. 아시겠어요? 육체란 짐을 진 짐
승과 같아요. 육체를 먹이지 않으면 언젠가는 길바닥에다 영혼
을 팽개치고 말 거라고요."

잠시 후 스테파노스는 음식을 내왔다. 오늘의 메뉴는 오징어를
바삭하게 튀겨 매콤한 양념에 버무린 칼라마리 Καλαμάρι. 그리스
는 물론 에스파냐와 이탈리아를 비롯한 지중해 등지에서 즐겨 먹
는다는데 그 맛이 기가 막혔다. 그동안 한 번도 레스토랑에서 밥
을 사 먹어본 적이 없는 내게는 정말이지 감동적인 이벤트였다.
나, 단 한 사람을 위해 주방장이 손수 요리를 만들어주다니! 따스
한 음식이 배 속을 메우자 지친 영혼이 되살아나기 시작했다.

스테파노스는 맞은편에 앉아 말없이 나를 지켜보고 있었
다. 내가 맛있는 음식을 대접해주어 고맙다고 말하자, 그제야 맛
있게 먹어주어 고맙다고 대꾸할 뿐이었다. 곧 레스토랑에 손님이
들어올 시간이라 나는 집으로 돌아와야 했다. 그는 새벽에 귀가
한다고 했다. 나는 레스토랑을 뒤로하고 다시 언덕길을 올랐다.

스테파노스는 전에 말한 대로 새벽 1시쯤 돌아왔다. 그는
장시간 노동으로 허기져 있었고 나 역시 또 배가 고팠다. 고요한
정적이 흐르는 밤길을 우리는 오토바이로 질주했다. 6월의 밤은
아직 쌀쌀해서 그 차가운 바람이 머리칼을 쭈뼛 곤두세웠다. 우
리는 주유소 안 24시 편의점에서 피자와 소시지 그리고 음료수
를 샀다. 집에 도착했을 때는 새벽 2시가 다 되어가고 있었다.

"뭐 재밌는 거 없어?" 그가 물었다. "그러니까, 뭐 볼만한
거라도 있냐고." 나는 컴퓨터를 뒤적거리다 드라마 셜록을 찾아
냈다. 우리는 셜록을 보며 저녁을 먹었고, 3시 반쯤 자리에 누웠

다. 나는 침대, 그는 땅바닥. 그가 눈을 부릅뜨고 한사코 만류하는 바람에 벌어진 일이었다.

다음 날은 토요일, 우리는 정오쯤 눈을 떴고, 스테파노스는 내게 배가 고프냐고 물었다. 나는 전날과 마찬가지로 "네"라고 답했다. 우리는 옷을 주워 입고 다시 레스토랑으로 향했다. 그의 레스토랑은 주말이면 오후 늦게 문을 열어 아직 사람이 없었다. 그 덕분에 나는 주방에 들어가 그의 몸짓을 넋 놓고 바라보았다. 그 칼놀림이며 채소를 볶는 과정 하나하나가 이미 예술의 경지였다. 그는 내게 요리로 말하고 있었다. 그리고 요리는 곧 그의 인생을 의미했다.

이윽고 연어구이와 채소볶음이 완성되자 그는 바게트를 큼지막하게 썰어 함께 접시에 담았다. 그때쯤 되자 나는 더이상 호기심을 참을 수 없었다. 질문이 거듭 이어지자 그는 그리스식 영어로 다소 어눌하게 느릿느릿 자신의 인생에 관하여 이야기를 시작했다.

"요리를 어렸을 때부터 좋아했어. 요리사가 되고 싶었던 게지. 꽤 젊은 나이에 일을 시작했어. 크레타에 있는 호텔이었는데, 내 고향 테살로니키에서는 꽤 거리가 있는 곳이었지. 그러다 열여덟 살 되던 해에 어쩔 수 없이 집 근처 공과대학에 입학했어. 나는 요리를 하고 싶었는데 주위의 압력에 못 이겨 가게 된 거야. 그렇지만 졸업하고 얼마 되지 않아 다시 요리를 시작했어. 크레타, 산토리니, 알렉산드루폴리스…… 일할 수 있는 곳이면 어디든 다녔지. 그러다 2011년에 그리스를 떠났어. 왜냐고? 지루했거든. 그 한 해 동안 무려 열한 개 도시를 옮겨 다녔으니 말 다 했지. 그리스에서부터 프랑스와 독일에 이르기까지 말이야. 지금은 보다시피 여기서 이러고 있어, 몇 주 전부터……. 그런데 또 언제 떠날지 몰라. 인생이 그런 거지, 뭐…….”

"그리스는 다시 안 가요?" 나는 대뜸 말꼬리를 낚아챘다. 스테파노스는 나의 말뜻을 알아들었는지 이렇게 답했다. "그리스…… 썩었지. 다 썩어버렸어. 그리스가 싫어서 나왔다니까 뭘 자꾸 물어보고 그래…….”

"…… 내 조국이라고 했어요? 당신은 책에 쓰여 있는 그 엉터리 수작을 다 믿어요? 당신이 믿어야 할 것은 바로 나 같은 사람이에요. 조국 같은 게 있는 한 인간은 짐승, 그것도 앞뒤 헤아릴 줄 모르는 짐승 신세를 벗어나지 못합니다……. 하느님이 보우하사 나는 그 모든 걸 졸업했습니다. 내게는 끝났어요. 당신은 어떻게 되어 있어요?"

나는 계속해서 물었다. "정치에는 관심 있으세요?"

"아니, 별 관심 없어. 그놈들 하는 짓이나 이놈들 하는 짓이난데, 뭐…….”

"가족은요?"

"있긴 한데…… 그리 좋아하진 않지."

"결혼은 하실 생각이에요?"

"음, 일단 독일 여자들은 못생겼어. 어렸을 땐 귀여운데 왜 다 크면 못생겨지나 몰라…….”

스테파노스는 그 어디에도 매이지 않는 자유로운 영혼이었다. 나는 모든 것을 책으로 배워 그 책이 가리키는 대로 살아왔지만, 그는 모든 것을 삶으로 배웠고 그 삶이 이끄는 대로 인생을 펼쳐내고 있었다. 나는 그의 이야기를 들으며 조르바가 살아 돌아온 것 같은 착각에 빠졌다. 스테파노스는 별말이 없었지만, 내 머릿속에서는 계속 조르바가 외쳐대고 있었던 것이다.

> "두목, 내 생각을 말씀드리겠는데, 부디 화는 내지 마시오. 당신 책을 한 무더기 쌓아놓고 불이나 확 싸질러버리쇼. 그러고 나면 누가 압니까. 당신이 바보를 면할지. 당신은 괜찮은 사람이니까……. 우리가 당신을 제대로 만들어놓을 수 있을지도 모르겠군요."
>
> "당신은 자유롭지 않아요. 당신이 묶인 줄은 다른 사람들이 묶인 줄과 다를지 모릅니다. 그것뿐이오. 두목, 당신은 긴 줄 끝에 있어요. 당신은 오고 가고, 그리고 그걸 자유라고 생각하겠지요. 그러나 당신은 그 줄을 잘라버리지 못해요. 그런 줄은 자르지 않으면……."

그렇다. 이번 여행은 그 줄을 잘라낼 수 있는 일생일대의 기회인지도 몰랐다. 그러나 결코 잘라낼 수 없다는 사실을 나도 잘 알고 있었다. 그날 오후에도 나는 박제된 지식의 산실로 향하고 있던 것이다. '차라리 스테파노스와 함께 식당에 남아 있는 게 낫지 않을까?' 생각하기도 했지만, 지知를 향한 여정에는 조그만 일탈도 허용될 수 없었다. 그럼에도 나는 스테파노스의 인생을 동경했다. '지금까지 도대체 뭘 배우며 살아온 거지? 나는 앞으로 뭘 하면서 살아갈 텐가?' 박물관으로 향하는 열차에 앉아 끝없는 갈등에 시달렸다.

결국 그 줄을 잘라내진 못했다. 며칠간 비슷한 일상이 이어졌다. 나는 스테파노스가 출근할 무렵 같이 집을 나가 레스토랑에서 아침을 먹고 슈투트가르트로 갔다. 박물관 한 곳을 관람하면 오후 7시쯤 되었는데 그때쯤 쇤도르프로 돌아와 레스토랑에서 뒤늦은 점심을 먹고, 다시 집으로 와서 밀린 일기를 정리하고, 그러다 보면 스테파노스가 퇴근해서 그다음엔 같이 피자를 사러 가고, 영화를 보며 저녁을 먹고…… 하는 일이 반복되었다.

레스토랑 주인은 나를 못마땅해했다. 대놓고 "나가!"라고 소리치지는 않았지만 다양한 방식으로 내가 음식을 축내는 데 불쾌감을 표시했다. 나를 봐도 인사조차 하지 않았고 내가 의자에 앉아 있을 때면 지나다니며 틈틈이 노려봤다. 나는 슬슬 불안해졌다. 이러다가 갑자기 와서 손에 든 빗자루로 내 머리통이라도 날려버리는 건 아닐까? 표정을 보니 이마를 잔뜩 찌푸리고 있다. 그야 그럴 수밖에. 장발장은 몰래 빵을 훔치다 주인에게 걸려 철창신세를 졌지만, 나는 레스토랑 사장의 코앞에서 우적우적 빵을 씹고 있었다. 갑자기 사장이 휴대폰을 꺼내 어디론가 전화를 걸었다. 설마 지금 경찰에 신고하는 건 아닐까? '여기 어떤 꼬마가 무단으로 음식을 먹어치우고 있으니 어서 수갑을 채워 끌고 가쇼!' 나는 잔뜩 겁먹어 가슴이 콩알만 해졌다. 더욱이 일개 노동자인 스테파노스가 사장의 노여움을 사지 않을까 걱정이 되었다.

그러나 정작 스테파노스의 생각은 단순했다. "자기가 뭘

무뚝뚝하지만 정 많은 또 하나의 '그리스인 조르바' 스테파노스.

상관이람? 어차피 요리는 내가 하는데. 잘려도 할 수 없지. 딴 데를 찾아보는 수밖에." 미안함에 죄책감이 들기도 했지만, 나 또한 그저 웃을 수밖에. 그는 당당했고, 다른 누가 어떤 반응을 보이든 전혀 신경 쓰지 않았다. 그러나 안타깝게도 나는 그럴 수 없었다. 벌써부터 돈에 묶여 아등바등하던 나로서는 '누군가의 생계가 끊기는 일'은 상상조차 할 수 없는 어마어마한 일이었다. 안절부절, 노심초사하며 이 무뚝뚝한 자유인과 나흘을 함께 지냈다.

비가 주룩주룩 내리던 어느 월요일, 이별의 시간이 다가왔다. 우리는 레스토랑이 문을 열기 전 그곳에 도착했다. 스테파노스에게 커다란 마음의 빚을 진 나는 무언가 조금이라도 보답을 하고 싶었다. 나는 바이올린을 꺼내 〈사랑의 인사〉와 〈사랑의 슬픔〉, 〈타이스 명상곡〉을 연주했다. 한곡 한곡 선율이 흘러나갈 때마다 스테파노스의 눈시울이 조금씩 붉어졌다. 그 모습을 지켜보는 내 눈에도 조금씩 눈물이 고였다.

스테파노스는 내가 활을 내려놓자 레스토랑이 떠나갈 듯 박수를 쳤다. 그리 잘한 연주도 아니었는데 말이다. 그에게 너무나 미안했다. 스테파노스도 못내 아쉬운 기색이었다. 그는 "더 자고 가도 되는데……" 하며 말꼬리를 흐렸다. 혹시 잘 곳이 없으면 다시 오라고, 얼마든지 재워주고 맛있는 걸 만들어주겠다고, 그는 말했다.

전에 느껴보지 못한 짠한 감정이 밀려왔다. 얼떨결에 오게 된 숀도르프. 작은 시골 마을이지만 스테파노스와 함께했기에 소중한 기억으로 남게 될 곳이었다. 마지막까지 무언가 더 챙겨줄 게 없을까 고민하고 또 고민하는 그의 모습을 보며, 나는 다른 유럽인들에게선 느끼지 못했던 정情을 느꼈다. 정이 많은 자유인,

스테파노스. 그것이 바로 조르바와 다른 점이었으리라.

나는 아쉬움을 뒤로하고 튀빙겐으로 향했다. 스테파노스가 멀리서 손을 흔들었다. 나는 열차에 타서도 계속 뒤를 힐끗거렸다. 손에는 그가 싸준 간식과 물 한 병이 들려 있었다. 나는 되뇌듯 중얼거렸다.

'스테파노스, 정말 고맙습니다. 늘 건강하세요.'

있는 그대로의 역사를 받아들일 수 있을까

—— 튀빙겐, 6/22~26

"반가워! 오느라 정말 수고 많았어!"

독일에서 가장 젊은 도시 튀빙겐에서 나를 반겨준 이들은 사랑스러운 대학생 커플이었다. 독일 북서쪽 니더작센 주가 고향인 레나는 튀빙겐에서 경영학을 전공하고 있었고 남자친구 호르헤는 멕시코 출신인데 독일로 유학을 왔다고 했다. 무척이나 '튀빙겐스러운' 호스트의 집에 며칠간 머물게 된 것이다. 레나와 호르헤에 따르면 튀빙겐에 사는 사람들은 보통 셋 중 하나라고 했다. 대학에 다니거나, 대학에서 가르치거나, 아니면 대학에서 연구하거나. 대학도시 Universitätsstadt라는 말이 여기보다 잘 어울리는 곳이 또 어디 있을까. 야호! 도시의 젊고 활기찬 분위기에 나도 덩달아 신이 났다.

"그런데 말이야, 우리 둘 다 학기말이라 너와 보낼 수 있는 시간이 별로 없을 것 같아. 정말 미안해." 레나가 이야기를 꺼냈다. "괜찮아, 나 혼자 충분히 다닐 수 있는데 뭐. 걱정하지 마!" 아쉬웠지만 어쩔 수 없다. 나는 레나에게 둘러볼 만한 박물관을 추천해달라고 했다. 레나는 몇 군데 주소와 이름을 종이에 적어주었다. 그리하여 둘째 날 아침 일찍부터 나 홀로 튀빙겐 박물관 투어를 시작했다.

가장 먼저 들른 곳은 레나가 1순위로 추천해준 튀빙겐 시립박물관이다. 슈타트뮤지엄 Stadtmuseum이라 불리는 '시립' 박물관은 도시가 어떻게 세워졌고 어떤 과정을 거치며 발전해왔는지

둘러볼 수 있게 해주는 곳이라, 나 또한 어느 도시를 가든 빼놓지 않고 방문하는 곳이다. 그런데 아뿔싸. 튀빙겐 시립박물관은 모든 전시가 독일어로만 안내되고 있었다. 근처 직원에게 혹시 영어로 된 안내 책자를 구할 수 있느냐고 물어보았지만 가능하지 않다고 한다. 특별전시 코너도 마찬가지다. "시위하라!"라는 매력적인 제목의 전시가 진행되고 있었지만 역시 모두 독일어로 안내되고 있어서 제대로 이해할 수 있는 대목이 없었다.

'레나도 이런 점은 미처 생각을 못했겠지. 이럴 줄 알았으면 독일어 공부도 좀 해놓을걸.' 아쉬운 마음을 달래며 다음 목적지로 향하려다 혹시나 싶어 위층으로 발걸음을 옮겼다. 그런데 웬걸, 이곳에는 나의 모든 실망을 덮고도 남을 만큼 아름다운 예술의 세계가 펼쳐져 있었다. 이 형형색색의 작품들을 보지 못했더라면 아마 두고두고 후회하지 않았을까. 검은색 마분지로 만든 동물과 식물, 그리고 사람들이 빛 그리고 그림자와 조화를 이루며 신비한 기운을 내뿜고 있었다. 로테 라이니거 Lotte Reiniger의 실루엣 에이메이션이었다. 나는 금방이라도 종이 속에서 튀어나올 것 같은 풍경을 연신 카메라에 담았다.

마술피리가 있었던 곳, 슈타트뮤지엄

한쪽 귀퉁이를 돌아서자마자 나는 탄성을 내지르고 말았다. 모차르트의 오페라 《마술피리 Die Zauberflöte》의 장면 하나하나가 정교하게 아로새겨져 있었던 것이다. 때마침 박물관에는 《마술피리》의 거의 끝부분에 등장하는 파파게노와 파파게나의 노래가 울려 퍼지고 있다.

로테 라이니거의 실루엣 애니메이션과 슈타트뮤지엄에서 큰마음 먹고 산 엽서. 종이 한 장에 어쩜 이렇게 생동감 넘치는 이야기를 그려낼 수 있었을까. 작가 로테 라이니거는 실루엣 애니메이션의 창시자라 불릴 정도로 세계적인 거장이라고 했다.

'길고 긴 오페라 중 딱 이 부분이 나오다니!' 온몸에 짜릿한 전율이 흘렀다. 내가 열다섯 살 때 다니던 청소년 오케스트라에서 직접 연주한 적이 있는 대목이었다. 합창의 간략한 줄거리는 이렇다. 파파게노는 파파게나를 처음 본 순간 한눈에 반해 그녀를 다시 만나길 손꼽아 기다렸다. 그러나 파파게나는 끝내 나타나지 않고 희망을 잃은 파파게노는 죽기로 결심한다. 그런데 어느 날 파파게나와 마주친 파파게노는 "파, 파, 파" 하며 말을 잊지 못한다. 그 둘은 이내 함께 아이도 낳고 행복하게 살자며 노래한다.

마침 박물관엔 아무도 없었는데, 나는 마치 오페라의 무대인 숲속에 들어온 느낌에 빠져들었다. 오페라는 계속되었고, 나는 그곳에 한참을 머무르며 작가의 작품과 영상을 하나하나 감상했다. 아무런 설명도 필요하지 않은, 행복한 시간이었다.

종이 한 장에 어쩜 이렇게 생동감 넘치는 이야기를 그려낼 수 있었을까. 작가 로테 라이니거는 실루엣 애니메이션의 창시자라 불릴 정도로 세계적인 거장이라고 했다. 나는 파파게노와 파파게나뿐 아니라 아기 예수와 동방박사 세 사람이 그려진 엽서를 여러 장 샀다. 점심 햄버거 값을 탈탈 털어도 아깝지 않을 만큼 아름다운 엽서였다.

햇볕이 따갑게 내리쬘 무렵 그날의 두 번째 목적지 튀빙겐 대학박물관에 도착했다. 이곳에서도 나는 입술을 질근 깨물었다. 대부분의 설명이 역시 독일어로만 되어 있었던 것이다. '아니 이건 정말 너무하잖아!' 아무리 눈에 '보이는' 유물이라 하지만 역사적 맥락을 모르면 이해하는 데 한계가 있을 수밖에 없다. 결국 나의 박물관 투어는 예정보다 이른 시간에 막을 내렸다.

이왕 이렇게 된 이상 천천히 걸으며 도시를 음미해보기로 한다. 왠지 이곳에선 '공부할 맛'이 절로 날 것만 같다. 도시의 배꼽을 타고 흐르는 네카어 강의 물결을 따라 슈토허칸 Stocherkahn 이라 불리는 조그마한 나룻배가 사람들을 실어 나르고, 그 위의 작은 섬에서는 학생들이 삼삼오오 둘러앉아 샌드위치를 먹으며 담소를 나눈다. 나는 그 여유에 반했지만 그 치열함에도 역시 반했다. 어떤 사상의 치열함이 있었기에 튀빙겐에서 그토록 수많은 훌륭한 인물이 탄생한 것 아닐까. 철학자 헤겔과 셸링 그리고 방랑시인 휠덜린이 튀빙겐 대학교에서 함께 신학을 공부했고, 훗날 헤르만 헤세가 머물며 글을 쓰기도 한 곳이다. 도시 전체가 캠퍼스나 다름없는 이곳에서 학생들은 자신들이 있는 자리가 어디건 바로 거기서 열띤 토론을 벌였다.

나는 미로 같은 구도심에서 여러 번 길을 잃었지만 그게 싫지 않았다. '집에 잘 찾아갈 수 있을까' 한편으로 걱정도 되었지만, 도시의 또 다른 모습을 보는 것이 마냥 즐거웠다. 튀빙겐이 너무 마음에 든 나머지 '나중에 튀빙겐에서 공부해보면 어떨까' 진지하게 고민해보기도 했다.

해가 질 무렵, 이리 헤매고 저리 헤맨 끝에 집에 도착했다. 나는 레나에게 아침에 있었던 일을 말하며 푸념을 늘어놓았다.

"아니, 왜 여기 박물관들은 영어 안내문이 하나도 없는 거야? 그럼 나 같은 사람은 어떻게 하라고. 혼자 가면 하나도 이해할 수가 없잖아!"

"아유, 그랬구나! 나라도 같이 갔으면 좋았을걸. 그럼 내가 튀빙겐 학생들이 모인 페이스북 그룹에 글을 올려볼게. 혹시 너랑 같이 다니면서 설명해줄 사람이 있을지도 모르지!"

"알았어, 고마워!"

잠시 후 레나가 허겁지겁 달려온다.

"내일 튀빙겐 의대에 다니는 학생들이 박물관에 간다는데 같이 갈래? 영어로 설명도 해줄 수 있대."

"나야 좋지! 무슨 박물관에 가는데?"

"호엔튀빙겐 성에 있는 대학박물관에서 하는 특별전시를 보러 간대. 그런데 오늘 너 거기 갔다 오지 않았어?"

"맞아, 거기 특별 전시가 있었나 보네? 그냥 모르고 지나쳤나 보다."

"그러게. 그럼 간다고 한다?"

"응, 고마워!"

영어로 설명을 들을 수 있다니! 그것도 튀빙겐 대학에 다니는 학생들에게 직접! 흥분을 감추지 못한 저녁이었다.

'의학'과 '과학'의 이름 아래 벌어진 끔찍한 일

다음 날 오후, 나는 약속 장소에 정확히 20분 일찍 도착했다. 잠시 후 한 무리의 학생들이 다가와 묻는다.

"하… 하융? 아닌가? 맞지?"

"맞아, 나야!"

나는 그렇다고 답하며 반갑게 인사를 나누었다. 이 여섯 명은 모두 고향이 다르지만 같은 의과대학에서 공부하고 있었다. 그중 레버쿠젠에서 온 친구는 손흥민을 무척 좋아한다고 했는데, 곧 팀을 버리고 떠날 것 같다며(당시는 손흥민이 아직 이적하지 않았을 때였다) 울상을 지었다. 나는 그래도 괜찮다고 말했다. 어디로 가든 한국 국가대표팀에서 볼 수 있을 테니 말이다.

우리는 언덕을 올라 성안 박물관에 들어섰다. 입구에 발을 딛자 왼쪽 구석에 조그만 문이 보인다. 그 바로 뒤편에서 나치 시절의 인류학자, 한스 플라이샤커 Hans Fleischhacker에 관한 특별전시가 진행되고 있었다.

한스 플라이샤커는 1940년 나치당에 가입해 유대인이 유전학적으로 그리고 인류학적으로 열등하다는 증거를 찾는 데 몰두했다. 그가 참여한 대표적 프로젝트로 1943년의 유대인 해골 컬렉션 Jewish skeleton collection을 꼽을 수 있다. 이 계획은 당시 1만여 명 과학자가 소속된 아흐네네르베 Ahnenerbe라는 고고학 기관을 중심으로 추진되었다. 그곳에 모인 학자들은 아리안 인종의 우월성을 입증하려고 온갖 괴상망측한 연구와 실험을 벌였는데, 예를 들면 아틀란티스의 후손을 찾아 티베트로 떠나고, 외계인과의 교신을 시도했으며, 강제수용소 수감자들에게 바닷물을 먹이고 바이러스를 주입하는 등 이루 말할 수 없는 끔찍한 일을 벌였다. 그리고 급기야 유대인들의 열등한 두개골과 해골을 전시하는 박물관을 건립하자는 이야기까지 나온 것이다.

이 아이디어를 실행에 옮길 적임자로 한스 플라이샤커와 브루노 베거 Bruno Beger가 지목되었다. 두 사람은 아우슈비츠 강제수용소를 방문해 알맞은 유대인들을 '수집'했다. 신체 치수를 재고, 건강 상태를 살펴보고, 때로는 며칠간 격리시켜 관찰하기도 하고. 그렇게 총 86명의 유대인이 프랑스에 있는 나츠바일러 수용소로 이송되어 가스실에서 죽임을 당했다. 그들은 숨을 거둔 즉시 보존 용액에 담겨 스트라스부르 대학으로 옮겨졌다.

진열장에 넣어져 전시될 예정이었던 이 시신들은 1944년

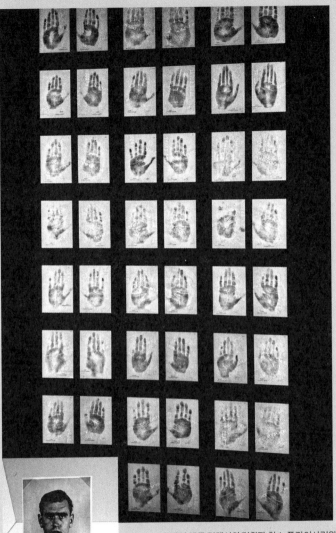

유대인 해골 컬렉션의 기획자 한스 플라이샤커와
그의 실험 대상이었던 유대인 309명의 손자국.

튀빙겐에서 함께한 사람들. 위부터 네카어 강둑에
걸터앉은 학생들과 강가에 늘어선 슈토허칸, 박물관을
함께 관람했던 의과대생들. 맨 아래 사진은 레나와
호르헤에게 내가 만들어준 카레덮밥.

연합군이 진격해 오자 급히 불태워졌다. 그러나 제대로 처리하지 못한 시체 일부가 대학 수장고에 남아 있다는 의혹이 장안에 파다했는데, 실제로 2015년 7월의 어느 날 그 소문이 사실로 밝혀졌다. 플라이샤커가 '수집'한 유대인들의 장기와 시신 토막들이 수십 년 만에 모습을 드러낸 것이다.

우리는 어느새 전시관의 안쪽에 이르렀다. 그곳에는 수많은 손자국이 벽면을 가득 뒤덮고 있었다. 플라이샤커의 실험 대상이었던 유대인 309명의 손자국이라고 했다. 조금 전까지 웃으며 이야기를 나누던 학생들이 어느새 숙연해졌다. 그들은 하나라도 놓칠세라 모든 것을 꼼꼼히 살펴본다. 자신들이 본 것을 기록하고 또 서로 이야기를 나눈다. 그 여섯 명의 뒷모습을 바라보며 나는 갑자기 울컥했다. 왜 그랬는지는 잘 모르겠다. 단지 그들은 이야기를 나누고 있었을 뿐인데…….

성에서 내려오는 길에 아이스크림을 먹으며 물어보았다.

"그런데 오늘 박물관에는 왜 온 거야? 의대생이면 공부하느라 바쁠 텐데."

"음… 한마디로 과거를 잊지 않기 위해서라고 할 수 있지. 오늘 같은 전시를 둘러보는 것은 사실 우리에게도 그리 쉬운 일은 아니야. 이 모든 끔찍한 일이 기껏해야 우리 할아버지 또는 증조할아버지 세대에서 벌어진 일이거든. 오늘 보았던 한스 플라이샤커 같은 경우도 우리가 다니는 튀빙겐 대학에서 연구했던 사람이잖아. 어떻게 보면 우리 선배라고 할 수 있지. 불과 수십 년 전에 의학과 과학의 이름 아래 수많은 끔찍한 일이 벌어졌어. 끊임없이 기억하고 반성하지 않으면 언젠가 다시 반복될지도 모르는 일이야. 그런 의미에서 우리는 오늘 전시를 찾은 거야. 비록 그를

잊고 싶고 기억하는 것이 고통스러울지라도 꼭 해야만 하는 일이
니까."

그들의 답변은 서독 대통령 바이츠제커의 1988년 독일 역
사학자대회 연설과 놀랄 만치 비슷했다.

> "독일 국가의 이름으로 저질러진 사건은 변하지도 잊히지도
> 않는 것입니다. 역사적 책임감이란 자신의 역사를 있는 그대로
> 받아들인다는 것입니다. 오늘을 올바르게 살기 위해 과거를 정
> 직하게 기억해야 합니다. 독일의 역사가들은 국민이 그렇게 할
> 수 있도록 도울 의무가 있습니다."

'그래 그렇지. 그렇고말고…….' 나는 그 연설이 현실이 되는 순
간을 목도하며 충격과 경이에 휩싸였다. 그들의 역사의식이란
'있는 그대로의 역사를 받아들이는 것'이었다. 그것이 고통스럽
고 수치스럽고 외면하고 싶은 것일지라도 말이다. 그것이 오늘날
의 독일을 가능케 한 커다란 원동력이었다고 그들은 말했다.

의과대 학생들과 이야기를 나누며 무척 부끄러웠다. 역사
를 고쳐 쓰고자 억지스러운 노력이 끊임없이 벌어지고 있는 것이
우리나라의 현실이기 때문이다. 우리는 과연 언제쯤 있는 그대로
의 역사를 받아들일 수 있을까? '대한민국'이라는 이름하에 벌어
진 온갖 끔찍한 일을 인정하고 사과할 수 있을까? 튀빙겐에서 보
낸 이날을 나는 오래도록 잊지 못할 것이다.

카우치서핑, 오늘은 누가 나를!

—— 콘스탄츠, 6/28~29; 프라이부르크, 6/29~7/1

플룩투아트 네크 메르기투르Fluctuat Nec Mergitur. 파리 시 문장紋章에 새겨진 이 라틴어 구절을, 나는 지난 6월의 어느 날 처음 보았다. 평소 같으면 그냥 지나쳤을 텐데, 그날따라 시청 벽면에서 눈길을 뗄 수 없었다. 거친 바다를 항해하는 작은 돛단배와 그 문구. "흔들릴지언정 가라앉지 않는다." 망망대해에서 외톨이가 되어버린 것 같은 기분이 들 때면 종종 이 문구를 되뇌곤 했다.

나는 두 가지를 마음먹었다. 첫째, 내가 연약하다는 사실을 받아들이자. 파도가 일면 흔들리는 것은 당연한 이치, 애써 괜찮은 척, 태연한 척하지 말고 감정에 솔직해지자. 둘째, 그럼에도 불구하고 조금씩 앞을 향해 나아가자. 파도는 우리 삶에 언제나 존재하는 상수, 피할 수 없다면 익숙해지는 법을 배워야 한다. 두려워서 아무것도 하지 못하면 가라앉게 되고, 가라앉는 순간 모든 게 끝이니까. 다행스럽게도 나의 다짐은 그럭저럭 지켜졌다. 여러 번 고비가 있었지만, 아직 침몰하지는 않은 것이다!

불과 한 달 전만 해도 그저 당연하게 여겨지던 것들이 이젠 무척 감사했다. 밥 굶지 않고, 거리에서 나뒹굴지 않고, 아파서 입원해 있지 않은 것. 모두 감격스럽기 그지없는 일이다. 이게 다 나를 재워주고 먹여주고 보살펴준 사람들 덕분이다. 만약 이 사람들을 만나지 못했다면? 그 대신 사기꾼이나 소매치기와 마주쳤다면? …… 여행은 진작에 막을 내렸을지도 모르는 일이다.

콘스탄츠로 향하는 기차에서 여느 때와 마찬가지로 상상

의 나래를 펼쳤다. '오늘 나를 재워줄 사람은 어떤 사람일까? 어떤 책을 읽고 무슨 음악을 좋아할까' 등등. 이제 나는 새로운 사람을 만나 서로의 생각을 이해하고 색다른 삶의 방식을 체험하는 일을 진심으로 즐기고 있었다.

처음 카우치서핑을 시작했을 때만 해도 이런 여유는 상상조차 불가능했다. 나에게 카우치서핑이란 커다란 모험이었고 복불복이었다. 많은 지인이 걱정했듯 이른바 '이상한 사람'을 만날 가능성도 충분했다. 물론 최대한 신중히 프로필을 살펴보겠지만 단 몇 줄의 설명만으로 어떻게 그 사람을 안다고 할 수 있겠는가. 게다가 나는 미성년자였기 때문에 여차하면 말 그대로 '끝'이었다. 국제미아가 되거나 인신매매라도 당한다면? 한국에 계신 부모님은 정신을 잃고 쓰러질지도 모른다. 어딜 가나 조심 또 조심하는 수밖에 없다. 일단 나를 재워준다는 사람에게는 혹 어떤 저의가 있지는 않은지 의심부터 해봤고 해코지라도 당하면 어쩌나 늘 경계심을 늦추지 않았다. 여권, 현금, 신용카드는 속옷과 바지 사이, 아무도 훔쳐갈 수 없는 가장 은밀한 곳에 넣어두었고, 박물관이나 공공장소에서는 혹시라도 누가 쫓아오면 곧바로 줄행랑을 칠 수 있도록 만반의 준비를 갖추었다.

그런데, 피곤했다. 이런 식으로 여행을 다니는 것은 납치를 당하거나 삼십육계 줄행랑을 치는 것 이상으로 지치고 힘든 일이었다. 나에게 배려와 호의를 아끼지 않는 사람들을 의심한 적도 한두 번이 아니다. 지나고 보면 괜한 오해였다. 이럴 바엔 차라리 사람을 믿기로 했다. 적어도 처음부터 삐딱한 색안경을 끼고 바라보지는 말자고 생각했다. 실제로 긍정적인 마인드를 가지니 여행이 한층 즐거워졌다. 그렇게 하루하루 여정이 큰 탈 없이 계속되었다.

재워주는 걸 감사하게 생각하라고?

그러나 콘스탄츠에서 나는 세상이 좋은 사람들로만 가득하지는 않다는 사실을 뼈저리게 깨달았다. 복불복에서 제대로 '꽝'을 맞은 것이다. 콘스탄츠에서 만나기로 한 호스트는 밀란이라는 이름의 20대 중반 대학생이었다. 그는 허름한 기숙사에 살고 있었는데 내부 구조가 아주 독특했다. 문을 열고 들어가면 방 3개가 나란히 붙어 있었고 맞은편으로 조그만 공용 부엌과 화장실이 있었다. 나는 당연히 밀란의 방에서 잘 것을 기대하고 있었는데, 뜬금없이 부엌 한구석에 짐을 풀게 되었다. 끼니때마다 학생들이 앉아 밥을 먹는 소파는 음식물 찌꺼기와 먼지가 쌓인 것은 물론 온갖 지저분한 물건들이 한데 모여 있어 불결했다. 단언컨대 지금껏 누구도 청소한 적이 없는 소파인 게 분명했다. 바로 그 소파 위에서 나는 이불도 베개도 없이 밤을 지새웠다. 새벽녘이면 학생들이 화장실을 들락거렸고, 꽤나 커다란 덩어리들이 고요한 변기통 수면을 가르며 후드득 떨어지는 소리가 귓가에 쟁쟁거렸다. 상상을 할 수도 없고 상상을 하지 않을 수도 없어서 괴로웠다.

밀란에게 방으로 들여보내줄 수는 없겠느냐고 물었지만, 안 된다고 했다. '이럴 거면 아예 오라고 하질 말든가!' 한바탕 쏘아붙이고 싶었지만 이 또한 여행의 일부려니 생각하며 참고 참았다. 그런데 이 무신경한 호스트에게서 "그래도 재워주는 걸 감사하게 생각해!"라는 이야기를 듣자 나도 한계에 다다랐다. 호수가 내려다보이는 풍경이 숨 막힐 듯 아름다웠고 흥미로운 박물관도 몇 곳 있었건만, 머릿속에는 온통 이곳에서 얼른 벗어나고 싶다는 생각뿐이었다.

사람에 대한 절대적인 믿음이 무너지자 예전부터 알고 지내던 사람들이 그리웠다. 한국에 있는 가족, 파리에 있는 베르나르 아저씨, 유나 아주머니, 소피와 마크…… 모두가 무척 보고 싶었다. 결국 나는 콘스탄츠에서 서쪽으로 방향을 틀었다. 어디로든 돌아가야 할 것 같았다.

독일에서 보내는 마지막 날은 온종일 땡볕이 지글거렸다. 그날 나는 프라이부르크에 있었고, 거기서 지인의 대학 선배님이 사준 아이스크림을 먹으며 간만에 여유를 찾았다.

"혹시 그거 아세요?…… 그래서 제가 거기 갔는데요. 그놈 완전 나쁜 놈이었어요!"

부드러운 레몬 맛에 스르륵 녹아버린 혀는 정신 나간 듯 모국어를 쏟아낸다. 그렇게 시시콜콜한 이야기를 늘어놓는 사이 마음은 한결 가벼워진다. 이래서 사람들이 외국에 나가면 모여 사는가 보다. 몸과 마음을 추슬렀으니 다시 힘차게 길을 나서야 했다.

그런데 잠시 긴장을 늦춘 사이 차마 웃지 못할 일이 벌어졌다. 뮐루즈까지 타고 가야 하는 버스가 종적을 감춘 것이다. 정류장뿐 아니라 중앙역 근처까지 샅샅이 뒤졌는데도 없다. '이런 젠장, 프랑크푸르트에서 버스가 나를 버리고 간 적은 있어도 이번처럼 아예 나타나지 않은 적은 없었는데!' 주변 사람들에게 물어봐도 "아, 미안해요. 그런 버스 이름은 여태까지 들어본 적이 없어요"라는 답변만 돌아왔다. 당혹감과 허탈함이 동시에 밀려들었지만 지인의 대학 선배님의 도움으로 어렵사리 기차표를 끊었다. 기온이 40도를 넘나드는 가운데 이리 뛰고 저리 뛰고 해준 그 선배님에게 감사하고 또 죄송할 따름이었다.

　　　기차를 타긴 했지만 한번 꼬여버린 일은 좀처럼 풀리지 않았다. 내가 탄 기차는 객실이 단 두 개밖에 없는 조그만 기차였는데 냉방시설이 하나도 되어 있지 않을뿐더러 창문도 모두 닫혀 있었다. 완벽하게 밀폐된 객실은 그야말로 '찜통'이었다. 내 옆의 아저씨를 보니 온몸에 땀이 줄줄 흐르다 못해 바닥에 뚝뚝 떨어지고 있다. 아마 온도계가 있었다면 50도나 60도를 가리키지 않았을까. 배낭과 바이올린을 멘 채 서 있어야 했던 나 역시 정말 죽을 맛이었다.

"역사의 공범자가 되고 싶지 않습니다"

—— 뮐루즈, 7/1~3

지옥 같은 열차에서 힘겹게 버틴 60분이 지나고, 드디어 프랑스 뮐루즈에서 나를 재워줄 마틸드네 집에 도착했다. 나의 처참한 행색을 보고 놀란 마틸드는 얼른 화장실 문을 가리켰다. 나도 고개를 끄덕이며 곧장 그리로 향했다. 옷을 벗고 보니 피부가 시뻘겋게 익어 있었다. 서둘러 온몸에 찬물을 끼얹었다. '아, 정말 천국이로구나.' 말라 비틀어져가던 몸에 생명수가 닿는 동시에 집 나갔던 정신도 머릿속으로 돌아오고 있었다.

"오니바On y va?" 머리를 닦고 있는 내게 마틸드가 "같이 갈래?" 하고 묻는다. 마틸드는 생물학 박사 과정을 밟고 있었는데, 오늘 저녁은 자신의 연구실 동료 파블로네 집에서 먹기로 했다는 것이다. 조금 피곤하긴 했지만 맛있는 음식을 포기해선 안 되는 법. 나의 대답은 당연히 "응Oui!"이었다.

우리가 도착했을 때 파블로는 엠파나다Empanada라는 남미 전통음식을 만들고 있었다. 조리법은 간단했다. 얇은 밀가루 반죽에 고기, 채소, 삶은 달걀 등을 넣고 반달 모양으로 접어 오븐에 몇 분간 구워주면 겉은 바삭하고 속은 부드러운 엠파나다가 완성된다. 우리가 파블로를 도와주고 있는 사이 다른 친구들도 속속 합류했다. 아르헨티나, 칠레, 페루, 베네수엘라 등 모두 남미에서 온 친구들이었는데, 마틸드와 마찬가지로 생물학을 공부하고 있다고 했다.

남미에서 온 그네들은 화끈했다. 그들의 화끈한 권유에 못 이겨 나도 화끈하게 도전해보기로 했다. 전에는 입에 대지도 않던 술을 처음으로 마셨다. 달콤쌉싸래한 와인은 목구멍 뒤로 잘도 넘어간다. 머리는 띵하고 정신은 헬렐레하다. 해가 저물수록 분위기가 후끈 달아올라 이내 우리는 춤을 추러 가기로 했다.

사실 클럽도 이번이 처음이었다. 음악, 조명, 분위기, 모든 것이 어색했지만, 내 곁의 친구들은 벌써 음악에 맞춰 몸을 흔들고 있었다. 나는 그들의 환상적인 춤사위를 그저 멍하니 지켜본다. 몸이 얼마나 유연하던지 그 특유의 '끈적거림'과 '흐느적거림'은 나같이 평생 한국에서 나고 자란 사람은 절대 따라할 수 없을 것만 같았다. '아무래도 이건 DNA 문제 같아. 노력으로 되는 것이 아니라고! 아, 나는 왜 한국에서 태어났을까.' 급격히 자신감이 떨어진 채 구석에서 힐끗힐끗 눈치만 보고 있는데 나를 부르는 목소리가 들려온다.

"헤이 하영, 컴온! 댄스!"

"······."

"컴온! 댄스 위드 어스!"

마지못해 춤사위에 합류해 살사 스텝을 배웠다. 처음엔 어려웠지만 익숙해질수록 재미가 있다. 머지않아 나는 지난 18년간 숨겨왔던 댄스본능이 펄떡거리는 것을 느끼며 미친 듯 몸을 흔들어대기 시작한다. 그러나 내 몸은 아직 이 탁월한 본능을 감당하지 못한다. 상대방의 발등을 밟는 것은 물론, 고난이도 동작을 무리하게 따라하려다 중심을 잃고 고꾸라지기까지 한다. 누군가 붙잡아주지 않았다면 뇌진탕으로 병원에 실려 갔을지도 모른다. 다시 정신을 차리고 조금 얌전히 춤을 춘다. 그래도 이왕 하는 거, 적당히 할 순 없다. '오늘 저녁은 하얗게 불태우는 거야.' 그렇게 우리는 새벽녘까지 춤을 췄다.

집으로 돌아오며 마틸드가 묻는다.

"멋진 저녁이었지?"

"응, 정말 멋진 저녁이었어."

오늘은 처음인 것투성이다. 신나게 놀면서 깨달았다. 인생을 항상 바른생활 사나이로만 살아야 하는 건 아님을. 그리고 다짐했다. '언젠가는 나도 남미에 가서 살사를 추고야 말 테다!'

나도 이렇게 살아갈 수 있을까?

이튿날 아침이 밝아왔을 때 나는 기분이 무척 좋았다. 전날 섭취한 알코올 탓도 있을 테지만, 무엇보다 이곳이 뮐루즈이기 때문이었다. '오예! 드디어 뮐루즈에 왔구나!' 마틸드는 이런 나를 보고 이해가 안 된다는 표정을 짓는다. 내가 뮐루즈에 간다고 했을 때 의아해하던 다른 사람들처럼 말이다.

"거기 왜 가는데?"

"거기에 뭐가 있다고?"

"가서 뭐 할 건데?"

이런 질문을 받을 때마다 나는 답했다.

"드레퓌스를 보러. 알프레드 드레퓌스를 만나러 간다고!"

그럼 누군가는 또 물을 수 있겠다. "드레퓌스가 도대체 누군데?"

나는 조금 고민하다가 이렇게 답할 것이다.

"음… '드레퓌스 사건'의 주인공이야."

"아유, 참 답답하네. 그러니까 드레퓌스 사건이 뭐냐고?"

"아, 그게 뭐냐면… 설명하기가 조금 복잡하긴 한데……."

이야기는 120년 전으로 거슬러 올라간다.

때는 1894년. 독일대사관 우편함에서 발견된 편지 하나가 프랑스 사회를 발칵 뒤집어놓는다. 편지에는 프랑스 육군 기밀 문서의 내용이 상세히 담겨 있었는데 이로써 프랑스군 내부의 누군가가 독일의 스파이 노릇을 하고 있다는 사실이 분명해진 것이다. 범인은 30대 중반의 젊은 포병 대위, 알프레드 드레퓌스. 그는 군사기밀을 빼돌린 혐의로 재판에서 종신형을 선고받는다. 드레퓌스는 프랑스령 가이아나의 외딴 섬으로 끌려가 혹독한 죗값을 치르고, 사태는 그렇게 일단락된다.

하지만 시간이 지나면서 사건의 실체가 하나둘 드러난다. 군 수뇌부에서 진짜 범인은 제쳐두고 드레퓌스가 유대인이라는 이유로 모든 혐의를 그에게 뒤집어씌운 것이다. 진상이 알려지자 몇몇 사람은 드레퓌스의 재판을 다시 진행해야 한다는 목소리를 낸다. 그러나 재심을 반대하는 세력이 그보다 더 크고 막강했다. 대다수 언론과 정치인들은 반유대주의를 부추기며 드레퓌스를 악마화하는 데 앞장섰다.

사건의 실체에 짙은 안개가 드리운 바로 그때, 에밀 졸라의 〈나는 고발한다〉가 발표된다. 진실에 눈을 감은 모든 사람을 하나하나 고발하는 이 편지는 '드레퓌스 사건'에 중대한 전환점을 가져온다. 드레퓌스가 결백하다는 사실이 온 천하에 분명해진 것이다. 그럼에도 재심은 쉽사리 성사되지 않았다. 졸라는 진실

드디어 뮐루즈에 왔다. 그리고 이곳에서, 고대하던 대로 알프레드 드레퓌스를 만났다. 사진은 맨 위부터, 잔디밭에 덩그러니 놓인 자그마한 드레퓌스 기념 안내판과 드레퓌스가 어린 시절을 보낸 집. 그리고 엠파나다를 굽고 있는 파블로와 완성된 엠파나다.

이 승리하는 것을 끝내 보지 못한 채 세상을 떠났고, 드레퓌스는 1906년이 되어서야 마침내 무죄를 선고받는다. 문제의 편지가 발견된 지 12년 만이었다.

세월은 흘러 2015년이 되었고, 나는 지금 드레퓌스를 만나러 뮐루즈에 와 있다. 가장 먼저 그가 태어난 곳을 찾았다. 1859년, 시내 중심부에 위치한 레위니옹 광장 귀퉁이의 어느 집에서 알프레드 드레퓌스는 아버지 라파엘과 어머니 자넷의 열한 번째 아이로 태어난다. 알프레드는 남부럽지 않은 환경에서 어린 시절을 보냈는데, 이는 신분의 약점을 극복하고 평화롭고 유복한 가정을 꾸린 부모님의 덕이 컸다. 라파엘은 알프레드가 세 살이 될 무렵 부동산 사업으로 모은 돈을 섬유 산업에 투자하는데, 그 선택이 그야말로 '대박'을 쳤다. 도시는 폭발적 성장을 거듭했고, 라파엘의 방적공장도 쉴 새 없이 돌아갔다. 드레퓌스 가족은 알프레드가 여덟 살이 되던 무렵에는 시내 중심부의 큰 건물로 거처를 옮긴다. 더불어 사회적 명성도 얻는다. 당시 뮐루즈의 유대인 회당에 드레퓌스 가족의 지정석이 있을 정도였다. 지정석을 두는 것은 명망가들만이 가질 수 있는 특권이었다고 한다.

그러나 드레퓌스 가족의 행복은 오래가지 못한다. 알프레드가 열두 살이 되던 1870년, 프로이센·프랑스 전쟁에서 프랑스가 패함에 따라 알자스로렌 지방은 독일 영토가 된다. 계속 뮐루즈에 남는다면 이후 인생은 독일인으로 살아야 했다. 1872년, 결국 드레퓌스 가족은 고심 끝에 뮐루즈를 떠나 파리로 향한다.

그때 어머니의 손을 잡고 뮐루즈를 떠나던 열두 살 아이는 과연 짐작이나 했을까? 자신에게 이런 끔찍한 미래가 닥쳐올 줄을! 아마 상상도 못했을 것이다. 알프레드 드레퓌스가 다른 누구보다 존경스러운 점은 그가 자신을 이 지경으로 만든 사회를, 그리고 국가를 용서했다는 것이다. 그는 훗날 전쟁이 벌어졌을 때 기꺼이 조국을 위해 헌신하기로 결정한다. 오랜 지병으로 고통받고 있었는데도 말이다.

이러한 '드레퓌스 정신'은 후손들에게까지 이어진다. 그의 아들 피에르와 장은 1차 대전에 참전했고, 조카 에밀 역시 전투 도중 전사한다. 손녀 마들렌은 공직에 진출했고 또 다른 손녀 시몬은 2차 대전 중 프랑스 레지스탕스에 가담해 투쟁을 벌이다 게슈타포에 체포된다. 그녀는 아우슈비츠로 끌려가 1944년에 사망한다.

나는 드레퓌스와 그 후손들의 인생을 생각할 때면 벅찬 감동을 느낀다. 그리고 동시에 '나도 이렇게 살 수 있을까' 생각하게 된다. 아마 그토록 극적인 인생을 살아내지는 못할 것이다. '악마섬'에 끌려갈 일도, 참전할 일도 없을 것 같다. 그렇지만 오늘 마주한 그의 삶의 한 조각 한 조각을, 그리고 그 정신을 소중히 접어 가슴속에 넣어둔다. 뮐루즈에서 드레퓌스를 기억하고 또 기릴 수 있다는 것은 정말 커다란 행운이었다.

여행을 마치고 한국에 돌아오자마자 나는 홍세화 선생님과 함께 《르몽드》를 읽게 되었다. 홍 선생님은 《르몽드》뿐 아니라 다른 읽을거리도 곧잘 보내주었다. 이를테면 빅토르 위고의 《레미제라블》, 볼테르의 《관용론》, 폴 엘뤼아르의 〈자유〉 같은 것이었다. 그러던 어느 날 우리는 에밀 졸라의 〈나는 고발한다〉 일부분을 같이 읽었다.

에밀 졸라는 말한다.

에밀 졸라의 편지, 〈나는 고발한다〉가 실린
1898년 1월 13일자 《로로르》 지 1면.

"진실, 저는 진실을 말하겠습니다, 왜냐하면 정식으로 재판을 담당한 사법부가 만천하에 진실을 밝히지 않는다면 제가 진실을 밝히겠다고 약속했기 때문입니다. 제 의무는 말을 하는 것입니다. 저는 역사의 공범자가 되고 싶지 않습니다. 만일 제가 공범자가 된다면, 앞으로 제가 보낼 밤들은 가장 잔혹한 고문으로 저지르지도 않은 죄를 속죄하고 있는 저 무고한 사람의 유령으로 가득한 밤이 될 것입니다."

다시 한 번 가슴속에 벅찬 감동이 솟아오르는 것을 느꼈다. 알프레드 드레퓌스와 에밀 졸라. 두 사람은 나의 영원한 영웅이다.

정치는 나이로 하는 게 아니잖아요?

—— 빌슈테트, 7/3~5

"지금 웃음이 나와요? 웃음이 나오냐고요!"

눈앞에서 믿기지 않는 상황이 펼쳐지고 있었다. 꾸중하는 이는 고등학생, 당하는 이는 정치인이다. 60대 중반으로 보이는 이 정치인은 예상치 못한 사태에 당황했는지 한마디도 대꾸하지 못한다. 강당을 가득 메운 학생들이 일어나 환호성을 지르며 박수를 친다. 마이크를 잡은 학생은 다시 담담하게 말을 잇는다. 이 모든 게 독일의 한 청소년 정치 행사에서 벌어지고 있는 일이다.

내가 이곳에 앉아 있게 된 사연은 조금 복잡하다. 조금 전 기차역에서 만난 호스트 슈테판이 이런 제안을 해 왔던 것이다. "네가 피곤하면 물론 집에 데려다줄 수 있지만, 나랑 같이 가면 공짜 피자를 먹을 수 있어. 심지어 음료수도 무한리필이야." 나는 고민이고 자시고 할 것 없이 피자를 택했다. 뮐루즈를 떠나 오펜부르크역에 도착한 시간이 오후 3시 21분이었는데, 그때껏 아침조차 먹지 못해 무척 배가 고팠기 때문이다.

잠시 후 우리는 어떤 큰 건물에 도착했다. 슈테판의 말마따나 몇몇 사람이 앞마당에 주차된 트럭 안에서 쉴 새 없이 피자를 구워내고 있었다. 한국의 밥차와 비슷하니 피자차라고 해야 하려나? 어쨌든 나도 바글거리는 학생들 틈에서 열심히 먹고 마셨다. 그런데 어느 순간 종이 울리고 얼떨결에 슈테판을 따라 회의실 같은 곳으로 휩쓸려 들어갔다. 슈테판은 건물 곳곳에서 여러 주제를 놓고 워크숍이 열리고 있는데 우리도 그중 하나에 합류한 것이라고 말해주었다.

　나는 무슨 이야기가 오가는지 전혀 알아듣지 못했지만 분위기만큼은 생생히 느낄 수 있었다. 방 한가운데에는 정치인 몇 명이 앉아 있고 학생들이 그 주위를 빙 둘러싸고 있었다. 학생들은 너도나도 손을 들어 자기 의견을 말하고 궁금한 점은 질문했다. 학생들의 질문과 정치인들의 답변은 종종 불꽃 튀기는 논쟁으로 이어지기도 했다. 가장 인상 깊었던 점은 학생들이 전혀 주눅 들지 않고 당당히 자기 생각을 표현한다는 것이었다. 정치인들도 학생들의 의견에 경청하며 필요할 경우 수첩에 그 내용을 메모했다.

무슨 일이 있었던 것일까?

문제의 사건은 맨 마지막 시간에 발생했다. 모든 학생이 강당에 모여 각 워크숍별로 토론 내용을 발표하고 있었는데 맨 앞에서 듣던 한 정치인이 그만 웃음을 터뜨리고 만 것이다. 비아냥대는 웃음이었는지는 잘 모르겠다. 어쨌든 마이크를 잡은 학생은 그 정치인에게 지금 웃음이 나오느냐며 한 방 날렸고 강당에 있던 학생 모두가 지지의 뜻으로 박수를 보낸 것이다. 누군지는 몰라도 그 정치인, 참 무안했을 것 같다. 아마 집으로 돌아가 이불킥이라도 하지 않았을까? 조금 통쾌하기도 하고 한편 불쌍한 마음도 들었다.

　저녁에 집으로 돌아온 나는 김나지움에서 선생님으로 일하고 있는 슈테판에게 자초지종을 물어보았다. "오늘 그곳에선 무슨 일이 있었던 거예요?"

0세	집 Zu Hause	어린이집 Kinderkrippe (킨더크립)	
3세	집	유치원 Kindergarten (킨더가르텐)	
6세		초등학교 Grundschule (그룬트슐레)	
10세	기본학교 Hauptschule (하웁트슐레)	실업학교 Realschule (레알슐레)	인문계 학교 Gymnasium (김나지움)
16세	직업학교 Berufschule (베루프슐레)		
18세			아비투어 Abitur
19세	졸업/취업	졸업/취업	대학 Universität

"설명하려면 조금 복잡하긴 한데…… 잠깐 이리로 올래?"

그는 나를 책상으로 불렀다. 그리고 종이에 표를 그리며 말했다.

"일단 독일의 교육 시스템에 대해 설명해줄게. 그걸 모르면 오늘 있었던 이야기를 말해줘도 이해하기 힘들 테니까.

태어나서부터 세 살까지는 킨더크립, 그리고 세 살부터 여섯 살까지는 킨더가르텐이라는 보육시설에서 교육을 받아. 이때까지는 개인의 선택이야. 가도 되고 안 가도 되는 거지. 정부에서 부모들한테 매월 양육수당을 지급하는데 그 돈으로 아이들을 맡길 수도 있고 집에서 키울 수도 있어.

그리고 여섯 살부터는 의무교육이 시작돼. 초등학교를 그룬트슐레라고 하는데, 1학년부터 4학년까지 공통교육 과정으로 이루어져 있어. 초등학교를 마치면 학생들은 세 곳 중 하나를 선택해야 해. 하웁트슐레, 레알슐레, 그리고 김나지움인데, 뭐 간단히 말해 성적순으로 나뉜다고 할 수 있지. 원래 예전에는 초등학교 담임 선생님이 아이가 어떤 학교에 진학할지를 결정했어. 초등학교 입학부터 졸업까지 4년간 같은 선생님이 담임을 맡으니 아무래도 아이들에 대해 잘 안다고 할 수 있겠지? 그런데 지금은 꼭 그렇지만은 않아. 부모들은 대부분 자식들을 김나지움에 보내고 싶어하지. 김나지움은 인문계 학교고 나머지는 다 실업계 학교거든.

그렇게 어찌어찌 학교가 정해지면 또 6년간 다니는 거야. 그리고 열다섯 살, 그러니까 10학년으로 공식적으로는 의무교육이 끝나. 인문계 학생들은 13학년까지 김나지움에 남아 있는 반면, 실업계 학생들은 대부분 3년 과정의 직업학교에 가게 돼. 일주일에 3~4일은 기업에서 일을 하고 나머지 1~2일은 학교에서 이론을 배우는 거지. 직업학교의 좋은 점은 일하는 만큼 돈을 받는다는 거야. 그래서 김나지움에 다니는 학생들이 엄청 부러워해. '쟤네들은 차도 있고 집도 있는데, 나는 엄마 아빠한테 얹혀 사는 데다 돈도 없고 이게 뭐야!' 뭐 이런 식이야. 김나지움 학생들은 3년간 공부를 마치면 아비투어라는 시험을 봐서 대학에 가고, 직업학교 학생들은 3년이 지나면 보통 자기가 실습한 회사에 취직하게 돼. 이 정도가 전반적인 독일 교육제도라고 할 수 있을 것 같아."

"네, 그럼 아까 워크숍에선 무슨 이야기가 오간 거예요?"

"음… 주로 학과목에 관한 것이었어. 학생들은 자기네가 배우는 과목이 50~60년 전과 거의 비슷하고, 삶에도 별로 유용하지 않다고 따졌지. 그런 의미에서 인생 수업이 필요하다고 했어. 아무도 인생을 어떻게 살아야 하는지 가르쳐주지는 않는다는 거야. 아 맞다, 자기들은 사회의 '이면'에 대해서 알고 싶다고도 했다. 예를 들면 학교에서는 정치와 정당에 대해서는 배우지만 로비에 대해서는 배우지 않잖아. 실제로 정치를 움직이는 건 돈인데 말이야. 언론도 마찬가지고. 뭐 그런 걸 배우고 싶다는 거지."

인생 수업과 사회의 이면이라… 독일 학생들의 생각이 참 신선했다. 그런 과목이 한국에도 생긴다면 얼마나 좋을까? 그나저나 학교 수업이 실생활에 그다지 유용하지 않다는 점은 우리나라도 마찬가지일 텐데…….

슈테판이 말을 이었다. "발표 시간에 들어보니 다른 워크숍에서는 '학교는 난민들을 어떻게 환영할 것인가', '학교를 졸업한 후에는 어떤 인생을 살아야 하는가', '초등학교 4년 이후 학생들을 나누는 것이 과연 올바른 일인가' 같은 주제로 이야기를 나눈 것 같아. 그리고 학제에 관한 토론도 있었어? 지금 독일에서는 김나지움 3년 과정을 2년으로 줄이자는 방안이 논의되고 있거든. 정부 입장에서는 고학력 노동자가 필요한 직업이 많은데 실제로 일할 사람은 별로 없다는 거야. 학교를 1년 줄이면 정부 입장에서 1년을 버는 거지. 그런데 학생들 입장에서는 이건 정말 말도 안 되는 거거든. 고등학교 3년 과정을 2년 만에 배워야 하잖아. 수업 시간이 늘어날 뿐만 아니라 숙제도 많아지고 자유 시간도 줄어들기 때문에 음악을 하거나 운동을 하거나 자원봉사를 할 시간은 줄어든다는 거야."

나는 마음 깊숙한 곳에서 불타오르는 질투심을 애써 내리눌렀다. 독일은 고등학교 3학년생도 학교에서 보내는 시간이 하루에 다섯 시간밖에 안 된다던데 너무하는 거 아니야? 그렇다고 학원에 다니는 것도 아니면서!! 그렇지만 독일 학생들에게 수업 시간 연장은 결코 용납할 수 없는 일이었나 보다. 이해가 안 가는 것도 아니다. 그들은 삶을 '누리는 것'을 포기하고 싶지 않았던 것이다. 고3인데 자원봉사를 하고, 음악을 한다? 이곳에선 지극히 정상적인 일이지만 우리나라 고3들에게 그건 사치다. 아니, 사치를 넘어 꿈만 같은 일이다.

슈테판의 설명은 계속되었다. "어쨌든 이런 내용으로 발표를 하고 있었어. 그 학생은 말했지. '학교는 우리를 공부하는 로봇으로 만들고 있어요. 우리는 기계가 아니란 말이에요!' 그런데 그때 맨 앞에 앉아 있던 정치인이 웃었던 거야. 아마 웃겨서 그랬겠지? '그래 봤자 공부를 얼마나 한다고……' 이런 생각을 했을지도 몰라. 그런데 그 학생이 정치인한테 핵편치를 날린 거야. 다른 학생들도 그에 동의했기 때문에 다들 박수를 친 거지."

만약 내가 그 학생이었다면 창피해서 얼굴도 못 들었을 텐데 오히려 정치인을 무안하게 만들다니, 신기하고 또 놀라웠다. 어떻게 이런 일이 가능한 것일까? 정치인들이 학생들의 의견에 경청하고, 질문에 답하고, 또 그것을 제대로 하지 못하면 꾸중을 듣기도 하는 이런 일들은 도대체 어떻게 가능했던 것일까?

슈테판은 말했다. "원래 이런 행사를 마련하자는 아이디어는 주정부에서 낸 거야. 우리 주에는 35개의 조그만 지역이 있는데, 각 지역의회에서 행사를 기획하고 재정을 지원한 거지. 지역의회에서 지역의 모든 학교에 공지문을 보냈고 그중 관심 있는 학생들이 행사에 참여한 거야. 아, 거기 있었던 정치인들은 누구냐고? 서너 명은 지역의회에 속한 의원들이었고, 네다섯 명은 주의회에 속한 의원들이었어. 그중 두 명은 실제로 교육위원회에 소속돼 있기도 해. 오늘의 토론 내용은 이번 달 말 주의회에서도 토의에 상정할 거야. 그 결과에 따라 이것저것 변화가 생길 수도 있지."

독일은 교육 정책을 세울 때 주정부의 역할이 큰 편이다. 연방정부에서는 기본 가이드라인을 제공할 뿐 세세한 규칙이나 시스템 그리고 예산 따위는 모두 주 단위로 결정한다. 이러한 결정 과정에 학생들의 의견이 반영된다는 사실이 나로서는 놀라운 일이었다. 그러나 슈테판은 대수롭지 않다는 듯 말을 이었다.

"이건 정치인들에게도 굉장히 중요한 문제야. 왜냐하면 그들은 젊은 사람들이 자기 지역에서 떠나지 않길 원하거든. 주정부에서 교육 재정을 부담하는데 그렇게 교육한 학생들이 학교를 졸업한 뒤 다른 나라나 다른 주로 가버린다고 생각해봐. 완전 허사가 되는 거지. 그래서 학제나 졸업 후 진로, 일자리 문제 등 여러 가지가 이번 행사에서 중요하게 다뤄졌던 것이고……. 실제로 옛 동독 지역에서는 지난 몇 십 년간 젊은 사람들이 많이 떠났잖아. 우리도 이를 반면교사로 삼아야 하지."

"아, 그렇구나." 잠시 머리가 멍해졌다.

"더 궁금한 건 없고?"

"네."

청소년은 국민인가?

나는 지금 이 순간에도 책상에 앉아 꾸역꾸역 무언가를 머리에 쑤셔 넣고 있을 불쌍한 영혼들이 생각났다. 그러나 슈테판에게는 차마 이야기할 수 없었다. 너무도 부끄러웠기 때문이다. 이곳의 교육은 그곳과는 달라도 너무 다르다. 그 다름은 과연 어디서 비롯된 것일까. 단순한 의문이 머릿속을 맴돈다. '과연 청소년도 국민인가?'

'국민'의 사전적 정의에 따르면 그렇다고 할 수 있다. '한 국가를 구성하는 사람' 또는 '그 나라의 국적을 가진 사람'의 범주에 청소년이 포함되지 않을 리 없다. 그러나 청소년을 국민이라고 가정하면 대한민국이 민주주의 국가라는 명제는 성립될 수 없지 않을까? 민주주의는 '민'이 '주'가 되는 사회인데 한국 사회는 전혀 청소년이 '주'가 되는 것 같지 않으니 말이다.

대한민국의 청소년들은 아무런 의문도 제기하지 못한 채 '닥치고 공부'만 해야 한다. 공부가 무엇인지, 무엇을 공부하는지, 왜 공부하는지는 알 필요가 없다. 무작정 할 뿐이다. 질문은 허용되지 않는다. 주관적 생각도 별 쓸모가 없다. 그저 객관적 사실을 외우고 또 외울 뿐이다. 목적이 있다면 단 한 가지, 좋은 대학에 가서 성공하는 것이다. 그 목적을 위해 우리는 남을 짓밟기도 한다. 여기서 밀려나면 실패자가 되어 앞으로 비참한 인생을 살게 될 수도 있다. 우리는 불행하고 또 불안하다. 그렇기에 우리는 경쟁하고 또 경쟁한다. 이러한 경쟁과 불안 심리를 강요하며 부추기는 곳이 바로 한국 사회다. 이러한 사회를 어떻게 청소년(=국민)이 주인 된 민주주의 사회라 할 수 있을까? 청소년들이 국민으로 취급받지 못한다는 그 이유 하나만으로도 대한민국은 진정한 민주주의 국가라 일컬을 수 없을 것이다.

우리 사회는 여전히 정치 이야기를 금기시한다. 특히 청소년들이 정치에 관심을 가질 때면 "애들은 공부나 해!"라는 훈시

빌슈테트에서는 김나지움에서 교사로 일하는 슈테판을 만나,
그와 함께 독일 청소년들의 정치 토론회 현장을 다녀왔다.
대강당에서 열띤 발표가 진행되었으며,
각 워크숍별 토론 주제가 다채로운 형태로 소개되고 있었다.
맨 아래는 슈테판과 여자 친구 모르겐, 그리고 나.

가 떨어지기 마련이다. 그러나 돌이켜보면 역사의 중요한 순간에는 언제나 청소년이 있었다. 불의에 맞서 저항한 것도 사회의 변혁을 이끌어낸 것도 청년과 청소년이었다. 3·1운동 때도 그랬고, 5·18민주화운동 때도 그랬다. 그러나 지금은 어떠한가? 청소년은 수많은 제약과 편견에 억눌려 있고, 그들에게 정치는 금단의 영역이 되어버렸다.

그러나 독일 청소년은 달랐다. 그들은 어엿한 민주 사회의 일원으로서 정치에 적극 참여한다. 청소년들의 정치참여를 뒷받침하는 제도 역시 탄탄하다. 독일 학생들은 열네 살 때부터 정당에 소속되어 정치활동을 시작할 수 있고, 열여섯 살에는 교육감 선거와 지방의회 선거, 열여덟 살에는 연방의회 선거에 참여할 수 있다. 2002년 열아홉 살의 나이로 최연소 국회의원이 된 안나 뤼어만은 이러한 시스템이 낳은 대표적 정치인이다. 환경 문제에 관심이 많았던 뤼어만은 10대 시절 녹색당에서 활동했고 고등학교를 졸업하자마자 녹색당 비례대표로 독일 연방의회 의원에 당선된다. 독일만 이런 것은 아니다. 스페인의 포데모스당, 캐나다의 쥐스탱 트뤼도, 대만의 차이잉원의 사례에서 볼 수 있듯이 세계는 이제 젊고 참신한 목소리에 귀 기울이고 있다.

그러나 대한민국은 이러한 시대적 흐름에 역행하는 듯 보인다. 19세 미만은 정당에 가입하지도 선거에 참여하지도 못하고, 국회의원과 대통령은 각각 25세와 40세가 넘어야 후보로 출마할 수 있으니 말이다. 이러다 보니 청소년들은 대부분 정치에 무관심하고, 그중 일부는 정치를 혐오하기까지 한다. 이를 청소년 세대의 탓으로 돌릴 순 없다. 이들을 가로막는 공고한 유리천장을 구축해놓은 기성세대 탓이 크다고 생각한다.

"모든 민주주의에서 국민은 그들의 수준에 맞는 정부를 가진다"라고 프랑스의 정치학자 조제프 드 메스트르Joseph Marie de Maistre는 말했다. 그러나 되짚어보면 국민의 의식을 형성하는 것은 교육이고, 그 교육 시스템을 만드는 것은 정치다. 그리고 정치는 다시 시민의식을 반영한다. 이 반복되는 악순환의 고리를 이제는 끊어야 하지 않을까?

무엇보다 어른들, 특히 정치하는 어른들이 먼저 기득권을 내려놓아야 한다. 청소년들의 정치참여를 독려하지는 못할망정 가로막아서는 안 된다. 정치권은 청소년들이 민주 사회의 일원으로 성장하고 활동할 수 있도록 지원을 아끼지 말아야 한다. 더는 그들을 단순 암기 기계로 만들어 경쟁시키고, 또 그 성적에 따라 줄 세우는 일이 벌어져서는 안 된다. 정치인들은 청소년들의 목소리에 더욱 귀를 기울여야 하며, 특히 그네들의 삶과 밀접하게 연관된 학교라는 공간을 청소년들이 주체적으로 가꿔나갈 수 있도록 도와야 한다.

그렇게 의미 있는 변화가 지속될 때, 청소년들이 국민으로 인정받고 권력이 국민에게 되돌아가는 바로 그때라야 우리도 고등학생이 정치인에게 할 말을 하는, 필요하다면 버럭 호통까지 치는 장면을 볼 수 있지 않을까? 언젠가 그런 광경을 목격한다면 슈테판에게 자랑스럽게 말할 작정이다. 나도 이제 민주주의 국가에서 살게 되었다고 말이다. 그렇지만 그날이 과연 올까? 나는 애꿎은 돌멩이를 발로 찼고 내 속마음을 모르는 슈테판은 그저 허허 웃을 뿐이었다.

고마워, 이 순간을 평생 잊지 못할 거야

—— 일키르히, 7/5~9

7월의 어느 일요일, 빌슈테트의 조그만 시골 마을에 엔진 소리가 시끄럽게 울려 퍼졌다. "헤이~ 잇츠 힘!" 마당에 앉아 책을 읽고 있던 슈테판이 나를 불렀다. 낡은 시트로앵 승용차에서 내리는 사람은 클레망, 나의 아홉 번째 카우치서핑 호스트다. 나는 슈테판과 모르겐에게 작별인사를 건네고 클레망의 차에 몸을 실었다. 며칠 사이 독일과 프랑스를 뻔질나게 넘나들고 있지만 이 비효율적 이동이 바로 배낭여행의 묘미가 아닐까. 때로는 즉흥적으로 때로는 충동적으로. 만나고 싶은 사람을 만나기 위해 왔던 길을 되돌아갈 수도 있다. 그렇게 나는 슈테판을 만났고, 생각보다 많은 것을 얻어 떠난다.

"그래서 우린 어디로 가는 거야?" 차에 타자마자 클레망에게 물었다.

"어, 우리 부모님 집으로. 스트라스부르 밑의 일키르히라는 도시인데 한 20분 걸릴 거야."

클레망은 전에 연락할 때만 해도 낭시에 있었지만, 방학을 맞아 부모님 댁으로 돌아왔다고 했다. 그 바람에 클레망의 기숙사에 묵으려던 계획도 틀어졌지만, 나쁠 건 없었다. 아니, 나쁘기는커녕 오히려 잘된 일이다. '가족'과 함께 머무르는 것은 항상 즐거운데, 더군다나 이번에는 좀 더 '프랑스스러운' 가족일 테지 않은가. 아직 전형적인 프랑스 가족을 경험해보지 못한 나는 클레망의 성이 '앙리'라는 점에 기대를 걸었다.

처음 문을 열자마자 나를 맞은 것은 엄청난 속도로 키보드를 두드리며 모니터에 초집중하고 있는 클레망의 두 동생 플로리앙과 비올렌이었다. 역시 방학 때 게임 삼매경에 빠지는 것은 한국이나 프랑스나 별 차이가 없는 듯.

"그런데 부모님은 어디 계셔?"

"아, 극장에 영화 보러 가셨어."

"무슨 영화?"

"〈터미네이터〉라고, 알지?"

"물론 알고말고." 그런데 〈터미네이터〉라니? 프랑스 사람들은 보통 할리우드 영화를 별로 좋아하지 않는다고 들었는데 '미국 문화에 물든 프랑스인들'이신 건가. 나는 헷갈리기 시작했다. 그러나 의문이 풀리는 데는 그리 오랜 시간이 걸리지 않았다. 무슈 앙리와 마담 앙리는 영어를 한마디도 못하시는 것으로 밝혀진 것이다. 그 말인즉슨, 일반적인 중년 프랑스인에 가깝다는 것! 그래서 내가 프랑스어를 하는 수밖에 없었다. 나는 앞뒤가 맞지 않는 어설픈 문장을 쏟아내며 어떻게든 말끝을 맺으려 애썼다. "음식이 아주 맛있네요!", "저는 열여섯 살이에요.", "날씨가 덥네요" 같은 아주 단순한 문장들이었다. 물론 쉽지는 않았다.

분위기가 썰렁해지자 건너편의 무슈 앙리가 내 잔에 와인을 따라준다. 부끄러운 마음에 열심히 받아마셨다. 그러자 무슈 앙리는 내가 술을 좋아한다고 생각했는지 커다란 술병을 하나 더 들고 온다. 클레망의 할아버지가 미라벨 Mirabelle 이라는 과일로 직접 담근 술이라고 했다. 원래 프랑스에서 개인이 술을 제조하는 것은 불법이지만, 프랑스인들이 워낙 술과 떼려야 뗄 수 없는 사람들이다 보니 이 부분에서는 톨레랑스가 작용한다고 했다.

무슈 앙리는 음흉한 미소를 지으며 나에게 미라벨 술을 따라주었다. 불길한 예감은 적중했다. 으악!!! 한 모금 마시니 목구멍이 불타오르면서 머리가 어질어질하다. 클레망은 웃음을 참을 수 없다는 듯 옆에서 키득거린다. 알고 보니 무려 50도가 넘는 독주였다. 그래도 자존심이 있지, 대놓고 해롱거릴 순 없었다. 나는 괜찮은 척하며 앉아 있다가 저녁식사가 끝나자마자 방으로 들어가 곯아떨어졌다. 꽤나 호된 신고식이었다.

다음 날 아침에는 또 다른 고역이 계속되었다. 마담 앙리가 빵과 함께 조그만 상자를 들고 왔는데, 거기에는 네 종류의 치즈가 들어 있었다. 나는 그 치즈를 모두 하나씩 맛보아야 했다. 암양 젖으로 만든 에토르키, 염소젖 치즈인 로카마두르까지는 그래도 버틸 만했지만, 카망베르와 묑스테르는 참… 힘들었다. 십 년 묵은 양말 냄새가 코를 쑤셔 오는데 표정 관리가 쉽지 않았다. "세봉"을 외치며 미소를 짓고는 있지만, 웃는 게 웃는 게 아니었다. 입안을 싸고도는 칙칙한 맛을 느끼며 나는 전형적인 프랑스 가족의 아침식사가 어떤 것인지 조금이나마 알게 되었다.

오후에는 클레망과 함께 집을 나섰다. 〈꽃보다 할배〉의 영향인지 스트라스부르 시내에서 한국 사람들을 어렵지 않게 찾아볼 수 있었다. 올해로 지은 지 천 년이 된다는 대성당을 시작으로 프티 프랑스, 오랑주리 공원, 그리고 유럽의회까지 우리는 순식간에 둘러보았다. 결국 스트라스부르 기행은 반나절 만에 막을 내렸는데 나로서는 정말이지 받아들이기 힘든 일이었다. 박물관을 둘러보지도 도시를 천천히 걷지도 못했다. 명상과 사색도 물

건너갔다. '여기는 유명한 관광지니까 한국에 돌아가서도 충분히 공부할 수 있을 거야.' 나는 서운한 마음을 애써 진정시키며 집으로 돌아왔다. 그렇지만 아쉬움은 여전했다.

역시 이런 이유로 나는 혼자 여행하기를 좋아하는가 보다. 나만의 호흡을 유지하며 여행하는 것 말이다. 스트라스부르에서 나의 호흡은 느렸고 클레망의 호흡은 빨랐다. 여행자와 현지인. 이 두 색다른 개체의 호흡은 애초 엇박자가 날 운명인지도 모르겠다.

상황이 이렇다면 그냥 집에서 노는 게 낫겠다는 생각이 들었다. 날도 너무 더워 일키르히에서 스트라스부르까지 걸어가긴 아무래도 무리였다. 어차피 바캉슨데 뭐. 지적 의무감은 잠시 접고 오랜만에 늦잠을 자면서 마담 앙리가 해준 음식을 맛있게 먹었다. 그중 최고는 단연 '타르트 플랑베 Tarte flambée'라는, 피자같이 생긴 음식이었다. 조리법도 아주 간단해서 밀가루 반죽에 크림을 바르고 잘게 자른 베이컨과 양파를 올려 오븐에 살짝 구워주면 완성이다. 얇고 맛있고 또 중독성까지 있어서 먹고 또 먹어도 계속 입으로 들어간다.

한편 나는 클레망과 같이 할 수 있는 일이 뭐가 있을까 골똘히 생각해보았다. 하염없이 소파에 앉아 있자니 시간이 아깝고, 그렇다고 밖에서 뭘 하기에는 날씨가 너무 더웠다. 그래서 시작되었다. 바로 즉석 한글 수업! 이번 기회에 기역부터 히읗까지, 그리고 '아야어여오요우유으이'를 몽땅 가르쳐줄 생각이었다.

"옛날에 한국에 세종대왕이라는 왕이 있었는데, 그 사람이 학자들과 함께 문자를 발명했다고. 신기하지?"

"응, 그렇긴 하지만 조금 어려울 거 같은데……."

클레망은 처음 보는 희한한 문자들 때문에 뇌에 과부하가 걸렸는지 "세 디피실C'est difficile!"을 외치며 포기하려 했다. 그래도 나는 불타는 애국심으로 계속 밀어붙였다. "괜찮아, 조금만 더 하면 잘할 수 있을 것 같은데? 네가 무려 한글을 읽을 수 있게 되는 거야! 멋지지 않니?" 수업은 이어졌고, 곧 클레망은 자기 이름을 한글로 읽고 쓸 수 있게 되었다.

한글 수업은 어느새 역사 수업으로까지 이어졌다. 한국에 관심이 많은 클레망에게 나는 우리 현대사를 구구절절 이야기해 주었다. 일제강점기, 분단, 전쟁 그리고 독재와 학살에 대한 이야기. 잠자코 듣고 있던 그는 느닷없이 일어나 내 손을 잡아끌었다.

"따라와, 널 위한 장소가 있어."

"어딘데?"

"와보면 알아."

난생처음 걸어서 국경을 넘다

우리는 차를 타고 어디론가 향하였다. 그리고 어떤 강 앞에 다다랐다. 강기슭을 따라 걷다 보니 다리가 하나 있었다. 클레망이 말했다.

"자, 건너. 우리가 지금 있는 곳이 프랑스고 건너편이 독일이야. 어서!"

그랬다. 이 다리는 라인 강 위에 놓인 다리였다. 클레망은 내가 한 번도 걸어서 국경을 넘어본 적이 없다는 말이 못내 마음에 걸렸던 것이었다.

"얼마나 시간이 걸리든 괜찮아. 나는 여기서 기다리고 있을 테니 다녀와."

나는 천천히 발걸음을 옮겼다. 그리고 몇 분 뒤 독일에 닿았다. 주변은 고요하고 평화로웠지만 그 고요함과 평화로움이 나를 더욱 우울하게 했다. 언젠가 DMZ에서 본 '돌아오지 않는 다리'가 생각났다. 한번 건너면 돌아올 수 없었던 다리. 이제는 그 누구도 건널 수 없게 된 다리. 우리는 언제 그 다리를 다시 건널 수 있을까? 우리는 언제 걸어서 중국에, 러시아에 닿을 수 있을까?

나는 하염없이 프랑스 땅을 바라보다 다시 다리에 올랐다. 그리고 건너편 독일 땅을 또 하염없이 바라보았다. 클레망은 다리 끝에서 나를 기다리고 있었다. 그곳에는 독일 국기와 프랑스 국기 그리고 유럽 연합기가 한데 펄럭이고 있었다. 나는 클레망에게 말했다.

"고마워. 정말 고마워. 이 순간을 평생 잊지 못할 거야."

"고맙기는……. 북한이 어서 개방되어 서로 아무런 장애물 없이 오갈 수 있는 날이 왔으면 좋겠다."

"그럴 거야. 언젠가는 그날이 올 거야. 그때가 되면 내가 너를 꼭 한국에 부를게. 우리 같이 걸어서 북한에 가고 또 압록강을 건너 중국에도 가자고. 그날이 언제가 될지는 아무도 모르지만 말이야."

집으로 돌아가는 길은 왠지 쓸쓸했다. 희망을 노래하기엔 반복되는 역사가 너무도 쓸쓸했고 그 쓸쓸한 역사를 되새김질하는 건 언제나 쓸쓸한 일이었다. 해 질 녘 스피커에서 흘러나오는, 프랑스 가수 르노 Renaud 의 엑사곤 Hexagone (육각형이라는 뜻으로 흔히 '프랑스'를 지칭하는 데 쓰이는 표현이다)이 그날따라 더욱 서글프게

클레망이 말했다. "자, 건너. 우리가 지금 있는 곳이
프랑스고 건너편이 독일이야. 어서!" 그랬다. 이 다리는
라인 강 위에 놓인 다리였다. 클레망은 내가 한 번도
걸어서 국경을 넘어본 적이 없다는 말이 못내 마음에
걸렸던 것이었다. "얼마나 시간이 걸리든 괜찮아. 나는
여기서 기다리고 있을 테니 다녀와."

앙리 가족과 즐거운 한때.
마담 앙리가 해준 별미, '타르트 플랑베'.
클레망과 함께 즉석 한글 수업도 했다!

들렸다.

사람들은 1월에 서로 인사를 나누네 Ils s'embrassent au mois de Janvier

새해가 시작되었으므로 Car une nouvelle année commence

그러나 영원 전부터 Mais depuis des éternités

프랑스는 그리 변하지 않았네 Elle n'a pas tellement changé la France

시간이 흘러도 Passent les jours et les semaines

겉치레만 변하고 Y'a qu'le décor qui évolue

사고방식은 그대로네 La mentalité est la même

모두가 멍청이에 위선자일 뿐 Tous des tocards, tous des faux culs

그들은 나를 구경하고 나는 그들을 구경하고

—— 낭시, 7/9~11

낭시에서는 사진작가 티에리 아저씨와 며칠을 지내게 되었다. 수염을 덥수룩하게 기르고 가끔 마당에 텐트를 치고 밤을 지새운다는 이 독특한 아저씨는 언뜻 보기엔 티베트에서 온 수도승 같기도 했는데, 그 외모만큼이나 풍기는 기운도 범상치 않았다. 하루에 몇 시간씩 소파에 앉아 명상에 잠기고 기묘한 요가 동작을 하며 죽음에 관한 책을 읽는다. 그리고 언제나 채식을 하는데, 그것도 그냥 채소가 아닌 신선한 유기농 채소만 용납했다. 지금까지 많은 채식주의자를 봐왔지만 티에리 아저씨 같은 채식주의자는 처음이었다. 그는 무조건 채소와 과일로 매 끼를 해결했다. 그와 함께하는 동안 내게 할당된 분량을 먹고도 항상 배가 고팠다. 나는 탄수화물을 간절히 기다렸지만 끝내 빵은 식탁에 오르지 않았다. 그날도 티에리 아저씨는 우리의 배 속으로 사라질 또 다른 채소를 사러 시장에 간다고 했다. 나도 바이올린을 메고 따라나섰다. 이번 여행에서 나의 분신이 되어버렸지만, 사실 얽히고설킨 애증이 깊이 새겨진 악기다.

처음 바이올린을 잡은 건 일곱 살 때였다. 그때 어머니도 나와 함께 바이올린을 시작했다. 우리의 첫 선생님은 홈스쿨을 하는 친구네 어머니였는데, 안타깝게도 기본자세와 소리 내는 법만 익히고는 이내 다른 선생님을 찾아야 했다. 그래서 우리는 꽤 먼 곳으로, 열댓 명이 참석하는 그룹레슨을 받으러 갔다. 어머니는 늘 바이올린 두 개를 어깨에 걸머메고 버스를 탔다. 나, 그리고 다섯 살배기 동생을 데리고. 우리는 버스를 몇 번 갈아타고 조금 걸은 뒤에야 레슨 장소에 다다랐다. 나는 말썽꾸러기였기 때문에 무언가를 참고 배우는 것을 그리 좋아하지 않았다. 그래서 엄마는 항상 나를 구슬리고 타일러 레슨에 데리고 갔다. 레슨은 아마 한 사람당 10분도 채 되지 않았을 거다. 그렇지만 집안 형편상 꾸준히 배울 수는 없었다. 중간에 몇 년을 쉬었고, 그러다 선생님이 연결되면 또 배우기도 했다. 잘 기억나지는 않지만 나는 레슨을 못 가게 되는 날이면 무척 좋아했던 것 같다. 좀 철이 없었던 시절의 이야기니까 말이다.

엄마가 운전을 배운 뒤로 우리는 바이올린 레슨을 받으러 파주 한구석에서 목동까지 갔다. 엄마는 불안해하며 운전을 했고 나는 뒷자리에 누워 잠을 청했다. 바이올린 선생님은 엄마가 교회 청년부 시절 알고 지내던 언니라고 했다. 레슨이 끝나면 나는 그 집 거실에 있는 일간지를 뒤적이곤 했다. 신문은 언제나 뒤에서부터 봤는데, 좋아하는 스포츠 면이 뒤쪽에 있었기 때문이다. 집에 가기 전 우리는 종종 포장마차에 들렀다. 떡볶이국물에 오징어튀김을 찍어먹는 것이 내가 바이올린을 배우는 거의 유일한 낙이었다.

중학생이 될 무렵 나는 오디션을 보고 어느 단체에 들어갔다. 음악을 가르치는 선생님들이 모여 재능 기부를 하는 곳이었다. 생애 최초로 수준 높은 레슨을 꾸준히 받으면서 실력이 일취월장했다. 만약 그때부터 꾸준히 연습했다면 지금쯤 전문 연주자가 되었을지도 모른다. 그러나 내게는 음악보다 재미있는 것들이 많았고, 그래서 끝도 없이 연습만 해야 하는 그 시간은 그야말로 고역이었다. 선생님은 매번 연습이 부족하다며 핀잔을 주기 일쑤였고, 그래서 어떤 날은 레슨이 끝나면 하염없이 눈물이 흘러내리기도 했다.

결국 그때 바이올린을 포기했다. 다니던 오케스트라도 그만두었다. 어차피 내가 갈 길은 아니었기 때문에 미련은 없었다. 아니, 미련 따위는 없다고 생각했다. 완전히 없었다면 거짓말일 것이다. 부모님과 주변 사람들이 안타까워했지만 거기까지였다. 그동안 줄곧 애증의 관계였지만, 마지막에는 좋고 싫음을 떠나 그냥 오랜 친구 하나를 떠나보내는 느낌이었다. 내 인생의 한 시절이 그렇게 저물어갔다.

떠나보낸 악기를 다시 붙잡은 것은 유럽으로 오기 몇 달 전부터였다. 돈이 다 떨어질 경우 무언가 생존 수단이 필요했고 나를 보살펴준 사람들에게 조금이나마 즐거움을 드리고도 싶었다. 바이올린을 가져가기로 결정하면서 연습을 꾸준히 해야 했는데 그때마다 내 실력이 형편없어졌음을 실감하곤 했다. 시간이 흘러 많은 것을 잊었지만, 각고의 노력 끝에 예전의 감각을 조금이나마 되찾을 수 있었다. 바이올린을 위해서도 나를 위해서도 좋은 일이었다. 예전에 배운 곡 중 몇몇 쉬운 작품을 골라 한 시간짜리 레퍼토리를 만들어 연습에 연습을 거듭했다.

"바흐라서 내가 이 돈을 주는 거라고!"

그러나 막상 거리에 서는 일은 쉽지 않았다. 파리에서 첫 연주를 할 때는 자그마치 한 시간이나 벤치에 앉아 머뭇거렸다. 바이올린과 나, 단둘만 덩그러니 남겨진 고독한 시간이었다. 꼭 이렇게까지 해야 하나? 한 푼도 못 벌면 어떡하지? 실수라도 했다가는 사람들의 비웃음만 살 텐데……. 오만 가지 생각이 머리를 스쳤다. 여행을 시작한 이후 가장 외롭고 서러운 시간이었다.

사람들이 힐끗힐끗 쳐다봤다. 쓸쓸한 동시에 무섭기도 했다. 집으로 돌아가고 싶다는 마음이 들었다. 어차피 뭐라 하는 사람도 없는데. 그렇지만 지금 용기를 내지 못하면 앞으로도 계속 용기를 내지 못할 것이다. 그렇기에 해야 한다. 해야만 해! 짧은 찰나에 나는 이곳까지 오면서 마주쳤던 거지들을 떠올렸다. 나역시 이제 사람들 주머니에서 돈이 떨어지기를 오매불망 기다리는 거지와 같은 신세가 되고 말았다. 거지들은 과연 창피함을 느낄까? 처음에는 그랬겠지. 그러나 점차 무뎌졌을 터이다. 그래, 나도 무뎌지면 되는 거야. 바이올린 케이스를 발 앞에 내려놓고 바이올린의 음정을 맞춘 다음, 드디어 연주를 시작했다.

첫 곡은 바흐의 〈무반주 바이올린 파르티타 2번〉이었다. 총 다섯 부분(알라망드−쿠랑트−사라방드−지그−샤콘느)으로 이루어진 이 곡은 맨 마지막의 '샤콘느'가 가장 유명하지만 정작 나는 샤콘느는 배우지 못했다. '알라망드'를 끝내고 '쿠랑트'를 중간쯤 연주했을 무렵 한 신사분이 지나가며 1유로를 던져주었다. 계속할 수 있는 용기를 얻은 것은 다 그분 덕분이다. 파르티타가 끝날 때까지 한 푼도 벌지 못했다면 지레 포기해버렸을지도 모른다.

가장 기억에 남는 관중은 아빠와 딸이었다. 파리지앵이 틀림없는 그 아빠는 어린 딸의 손을 잡고 걸어가다 나를 보고 벤치에 앉았다. 둘은 끊임없이 소곤소곤 이야기를 나누었다. 몇 곡이 흐를 무렵 나는 연주를 잠시 멈추고 이마에서 흘러내리는 땀을 닦았다. 여태 지켜보고만 있던 꼬마아이가 내게 와서 에디트 피아프의 〈라 비 앙 로즈 La Vie En Rose〉를 연주해줄 수 있냐고 물었다.

그것이 아빠가 시킨 것인지 아니면 그 아이가 듣고 싶었던 것인지 물어보고 싶었지만 나는 프랑스어를 잘하지 못했기 때문에 짧게 "위Oui"라고 대답할 수밖에 없었다. 그래도 뒤에서 웃음 짓던 그 아빠의 표정을 보며 당신이 부탁한 것이겠거니 짐작했다.

잠시 기억을 더듬어보았다. 〈라 비 앙 로즈〉는 전에 프랑스어 수업에서 공부한 적이 있는 노래였다. 가사는 잊었지만 멜로디는 기억이 났다. 노래를 부른 가수 에디트 피아프의 인생만큼이나 구슬픈 멜로디였다. 연주가 끝나자 그 둘은 박수를 쳤다. 나는 인사를 해야 할지 말아야 할지 고민하며 멋쩍게 웃었다. 잠시 후 두 부녀는 사이좋게 떠났다. 나는 레퍼토리를 몇 곡 더 연주한 끝에 주섬주섬 돈을 챙겨 모자에 담았다. 그리고 그 모자를 바이올린 케이스에 넣었다. 그다음 아까 왔던 길을 다시 터벅터벅 걸었다. 한 발짝 내딛을 때마다 등 뒤에서 짤랑거리는 소리가 들렸다. 그 소리는 나에게 무슨 의미였을까…….

낭시는 어느덧 내가 거리 연주에 도전하는 두 번째 도시였다. 티에리 아저씨가 쇼핑을 하는 동안 나는 샤를 3세 광장에서 바이올린을 연주하기로 했다. 전에 해보아서 괜찮을 것 같았지만 역시 용기를 내기가 쉽지만은 않았다. 나는 나 자신을 다독인다. 때론 생계를 이어야 한다는 절박함으로 다그치기도 한다.

그렇게 어찌어찌 연주를 시작하는데, 시간이 지나면 이내 여유를 찾게 되고 주위를 둘러보게 된다. 겉으로는 음악에 푹 빠져 있는 듯 보이지만 실제로는 그렇지 않았던 것이다. 일례로 바람이라도 부는 날엔 활을 켜면서도 마음은 온통 딴 곳에 가 있다. 바람이 불면 케이스 속의 지폐가 다 날아가버리기 때문이다. 지켜보는 사람도 많은데 연주하다 말고 지폐를 주우러 가기도 그렇고 여간 난감한 일이 아니었다.

벤치 앞에서 연주하는 날이면 커플이 자주 눈에 띈다. 주로 손을 맞잡고 음악을 감상하는데, 가끔은 입을 맞춘다든지 한국에서 나고 자란 내가 보기에는 다소 민망한 행동을 한다. 그때마다 나는 시선을 어디에 두어야 할지 곤혹스러워진다. 땅바닥만 쳐다볼 수도 없고 그렇다고 아예 모른 척할 수도 없고…… 그럴 땐 일단 연주에 심취해 있는 척 눈을 감는다. 그러고는 실눈을 뜨고 훔쳐본다. 그렇게 애정행각을 벌이던 커플은 몇 분 뒤 2유로짜리 동전을 집어넣고 다시 길을 간다. 이 경우, 돈은 보통 여자가 낸다.

연주를 하는 도중에도 나는 사람들이 얼마를 넣고 가는지 최대한 티 나지 않게 지켜본다. 가끔 아리따운 누나들이 수줍게 돈을 넣고 종종걸음으로 자리를 떠나는데 그럴 땐 그 수줍음에 나도 덩달아 부끄러워진다. 그런가 하면 사진 찍고 동영상 찍고 할 거 다 하면서 돈은 안 넣고 가는 얌체 아주머니들도 있다. 한번 째려보는 것밖에는 딱히 복수할 방법이 없다.

더운데 고생한다며 옆에 물을 놓고 가는 아저씨도 있고 음반을 살 수 있는지 물어보는 젊은 총각도 있다. 음악은 듣지도 않은 채 불쌍하다는 표정으로 돈을 휙 던지고 가는 사람도 있고 선심 쓰듯 5유로나 10유로짜리 지폐를 넣고 가는 사람도 있다. 이런 부류의 사람은 특유의 느리고 과장된 몸짓으로 지갑에서 돈을 꺼내는데, 꼭 이렇게 말하는 것만 같다. '똑똑히 보라고. 나는 꽤 큰돈을 넣었어!' 그럴 때면 나는 고개를 살짝 끄덕이며 감사 인사를 전한다. 하루는 어떤 괴팍해 보이는 할아버지가 와서는 이렇게 소리치기도 했다. "바흐, 바흐라서 내가 이 돈을 주는 거야. 원래 안 주려고 했는데 바흐는 내가 제일 좋아하는 작곡가라고!"

바이올린을 연주하면서 나는 이렇게 거리의 사람들을 구경한다. 나는 제자리에 있지만 주변의 사람들은 시시각각 달라진다. 그들은 나를 구경하고 나는 그들을 구경한다. 이렇게 서로 구경하는 것이 거리 연주의 묘미가 아닐까.

낭시에 하루만 더 있었더라면

이곳 낭시에서 거리 연주를 하는 동안은 유독 한 아주머니가 눈에 띄었다. 프랑스 여인답지 않은 수수한 옷차림에 머리를 뒤로 넘겨 묶고 주의 깊게 나의 연주를 감상하고 있었다. 꽤 긴 연주가 끝나자 그녀는 "브라보!"라고 외치며 열렬한 박수를 보내주었다. 그리고 동전을 몇 푼 쥐어주며 어느 나라에서 왔느냐고 물었다. 나는 한국이라 답했고 그녀는 왠지 그럴 것 같았다고, 나의 레퍼토리가 사라 장의 것과 많이 비슷하다고 말했다.

잠시 후에는 재미있는 상황이 벌어졌다. "어, 엘리슨?" "어, 티에리?" "잘 지냈어?" "그럼, 잘 지내지." 둘은 이미 서로를 아는 사이였던 것이다. 엘리슨 아주머니의 제안으로 우리는 저녁에 다 같이 클래식 공연을 보러 가기로 했다.

매해 7월과 8월, 낭시는 음악으로 가득하다. 낭시포니 Nan-cyphonies 라는 클래식 축제가 두 달간 진행되기 때문이다. 때로는 실내에서 때로는 야외에서, 도시 곳곳에 끊임없이 음악이 흐른다. 그날 우리는 살 푸아렐에서 열리는 첼리스트 마크 코페이 Marc Coppey의 공연을 보러 가기로 했다. 티에리 아저씨와 나는 콘서트 시작 30분 전쯤 도착했는데 정작 티켓을 구할 수가 없었다. "그럼 저희는 어떻게 들어가요?"라고 물으니, 티에리 아저씨 왈, 다 방법이 있단다. 그러면서 연주회장에 입장하려는 사람들에게 혹시 안 쓰는 초대권이 있는지 물어보기 시작했다. 얼마 지나지 않아 우리는 초대권 세 장을 손에 넣을 수 있었다. 티에리 아저씨는 이 점이 무척 불만인 듯했다. "아니, 항상 부자들은 초대권을 받아서 공짜로 들어오고 꼭 우리같이 가난한 사람들만 돈을 내고 봐야 한다니까! 이런 불공평한⋯⋯!"

그렇게 해서 우리는 공연을 볼 수 있었다. 낭시의 여름밤은 더할 나위 없이 멋졌다. 베토벤과 프랑크의 첼로 소나타에 이어 앵콜로는 가브리엘 포레의 〈꿈을 꾼 후에〉가 이어졌다. 더욱 반가운 것은 마크 코페이가 한국에도 온 적이 있다는 점이었다. 협연자 목록에서 내가 무척이나 좋아하는 피아니스트 백건우 선생님의 이름을 찾을 수 있었다.

우리는 연주회가 끝나고도 그곳을 쉬이 떠나지 못했다. 결국 조금 더 기다렸다가 연주자들을 만나 사진도 찍고 사인도 받기로 했다. 연주가 끝나고 30분쯤 지난 시간, 드디어 첼리스트와 피아니스트가 모습을 드러냈다. 사인을 받는데, 나는 괜한 장난기가 발동했다. "안녕하세요. 저는 한국에서 온 학생인데요, 사실 여기 이 피아니스트가 저희 할아버지예요." 그러자 마크 코페이가 눈이 휘둥그레지면서 하는 말. "How is it possible? Is his wife your grandmother also? I love your grandfather! And your grandmother!" 이 아저씨가 너무도 진지하게 말하는 바람에, 당황한 나는 농담이라고 말하는 것조차 잊고 말았다. 졸지에 백건우 선생님과 윤정희 선생님의 손자가 되어버린 셈인데 생각할수록 두 분에게 정말로 죄송했다.

티에리, 엘리슨과 함께 살 푸아렐에 가서
마크 코페이의 공연을 봤다.
낭시의 여름밤은 더할 나위 없이 멋졌다.

집에 돌아온 나는 코페이 아저씨에게 짧은 편지를 썼다. 대강 이런 내용이었다. "안녕하세요, 저는 어제 인사드렸던 학생이에요. 멋진 연주에 다시 한 번 감사하다는 말씀 드려요. 그런데 제가 본의 아니게 거짓말을 해버렸네요. 사실 저는 백건우 선생님의 손자가 아니에요. 같은 한국 사람이긴 하지만요. 착오가 없으시길 바라요. 정말 죄송합니다!" 코페이 아저씨에게 얼마 뒤 괜찮다는 답장이 도착했고, 그것으로 해프닝은 마무리되었다.

더욱 재미있는 일은 다음 날 벌어졌다. 티에리 아저씨가 갑자기 집을 떠나는 바람에 나는 졸지에 엘리슨 아주머니에게 맡겨졌다. 엘리슨 아주머니는 당시 중앙시장에서 가게를 하나 운영했는데, 내가 거기 온 것이 무척 기뻤는지 오는 손님마다 붙잡고 내 자랑을 늘어놓으셨다. "여기 한국에서 온 젊은 바이올리니스트가 있는데 얼마나 잘하는지 몰라요. 아, 마담이 들어보셨어야 하는 건데!" 정말 내가 듣기에도 무안할 정도의 칭찬이었다. 가게에는 꾸준히 손님들의 발걸음이 이어졌는데, 그중에는 당시 지역 신문사에서 일하는 기자도 있었다. 엘리슨 아주머니 이야기를 한참 듣더니 그 기자가 나에게 명함을 건네며 물었다.

"낭시에는 언제까지 있을 예정이에요?"

"아, 저는 몇 시간 뒤면 떠나요……."

"그럼 낭시에 다시 들를 일 있으면 연락해요. 내가 신문에 꼭 기사로 써줄게요. 알았죠?"

"네, 그럴게요."

파리행 기차에 오르며 생각했다. '혹시 모르지. 낭시에 하루만 더 있었더라면 이런 제목으로 기사가 실렸을지도. 〈한국에서 온 16세 소년, 바이올린을 연주하며 유럽을 여행하다!〉' 그렇지만 쩝, 어쩔 수 없었다. 나는 낭시로 돌아가지 못했고, 기자 아저씨의 모습도 그게 마지막이었다.

18

장대비를 맞으며 흘린 눈물, 눈물

파리 동역에 내리자마자 걸었다. 걷고 또 걸었다. 온힘을 다해 내리 걸었다. 길거리에서 풍기는 시큼한 여름 냄새. 아, 파리구나. 원래 계획대로라면 낭시에서 남행열차에 몸을 실었어야 했다. 풍요로운 역사를 간직한 부르고뉴 지역을 둘러보는 것은 나의 오랜 소원이었다. 그런데 발걸음이 떨어지지 않았다. 마음의 병이 도진 것일까. 여행의 가쁜 호흡을 멈춰 잠시만이라도 일상으로 돌아가고 싶었다. 다짜고짜 베르나르 아저씨에게 전화를 걸었다. "저 다시 파리 가고 싶어요." 아저씨는 말했다. "그래, 오고 싶으면 언제든지 와!" 그렇게 해서 느닷없이 파리행 기차표를 끊었던 것이다.

분주히 발걸음을 놀린 끝에 해가 뉘엿뉘엿 저물 무렵 9구에 도착했다. 딩동, 벨을 누르니 베르나르 아저씨가 환하게 반겨준다. "웰컴 백, 하영!" 얼마 만에 받아보는 따뜻한 환대인지. 하마터면 눈물이 왈칵 쏟아질 뻔했다. 애써 마음을 진정시키며 가족들 안부를 물었다. 바캉스를 맞아 유나 아주머니와 막내 둘은 러시아에 갔고 마크는 미국으로 떠났으며, 야나와 소피도 곧 예루살렘으로 향할 계획이라고 했다. 베르나르 아저씨만 회사일 때문에 파리에 남겨진 신세. 한 달 전만 해도 북적북적했던 집안은 이제 몰라보리만치 조용했다.

서둘러 짐을 풀고 화장실로 향했다. 쏴아, 쏟아지는 물을 맞으며 묵은 살갗을 벗겨냈다. 몸을 정성스레 닦은 뒤 삐걱거리는 침대에 누웠다. 그러고 보니 오늘은 여행을 떠나온 지 41일째 되는 날. 총 88일을 계획했으니 아직 절반도 채 지나지 않은 셈이다. 이제껏 용감하게 잘 지내고 있다고 여겼는데 금세 의기소침해진 것을 보면, 나, 생각보다 여린 사람이다. 어울리는 것을 좋아한다고 생각했는데 어느새 버거워하는 것을 보니 꽤 내성적이기도 한가 보다. 그리고 남의 집에서 눈칫밥 먹는 것은 또 왜 이렇게 힘든지. 어쩌면 사회 부적응아인지도 모르겠다. 그래도 한편으로는 대견했다. 낯선 땅을 돌아다니며 40일을 버틴 것이. 하룻밤 푹 자면 다시 힘이 생기겠지. 토닥토닥, 나 자신을 다독이며 눈을 감았다.

나, 지금 잘하고 있는 걸까?

문제는 다음 날부터였다. 눈을 떴음에도 정신을 차릴 수가 없었다. 그저 뚫어져라 허공을 응시할 뿐. 머릿속으로 온갖 회의가 밀려들었다. 나, 지금 잘하고 있는 걸까? 누군가 만날 때마다 마치내가 한국의 미래를 전부 책임질 것처럼 호들갑을 떨고 되돌아오는 칭찬에 뽕 맞은 듯 취해 있었던 것 같다. 그러면서 내가 꽤 멋있는 사람이라고 착각했다. 그러나 사실 나는 아무것도 아니다. 제 마음 하나 제대로 가누지 못하는 나약한 인간일 뿐. 나의 능력이란 전무하고, 노력도 턱없이 부족하다. 내가 이렇게 낯선 땅을 배회하는 동안 친구들은 더 치열하게 자신을 가다듬고 있을 텐데. 안일하다고밖에, 나를 묘사할 수 없다.

　　여태까지는 사람들의 선의에 기대 살아왔다. 그것이 부모님이든 지인들이든. 그러나 그들의 기대만큼 성장하리라 자신할 수 없고, 그것이 나를 두렵게 한다. 언젠가 내가 정말 보잘것없는 사람이 되어버린다면 누가 나에게 애정 어린 관심과 격려를 보내줄까. 돌아오는 것은 냉소뿐이겠지. 정확히 뭔지도 모르는 물음에 답을 찾겠답시고 유럽에 와서 박물관이나 돌아다니는 것, 모두 자아도취요 허세인 것 같다. 이 여정을 지속하는 것이 무슨 의미가 있는지, 솔직히 잘 모르겠다.

해가 중천에 이르렀을 즈음 몸을 일으켜 한국 마트를 찾았다. 호주머니의 동전을 탈탈 털어 라면과 즉석밥을 샀다. 한 숟갈 떠서 입에 넣는 순간 눈물이 핑 돌았다. 국물이 매워서인지, 감정이 북받쳐서인지……. 내가 나를 봐도 정상은 아니었다. 몸도 축나고 마음도 축났나 보다.

그렇게 며칠을 파리 9구 프로방스가 46번지 4층 구석의 어느 침대 위에서 멍하게 보냈다. 퇴근한 베르나르 아저씨는 이런 나를 걱정스러운 눈길로 바라보았지만 괜스레 이래라저래라 하지는 않았다. 그저 비스킷에 카망베르 치즈를 발라 건네주고 잔을 꺼내 와인을 따라 주었다. 그리고 자기가 사랑하는 한국인들의 이야기를 들려주었다. 나지막한 목소리로.

"김영하의 《나는 나를 파괴할 권리가 있다》는 정말 독특해. 우선 제목부터가 사람을 확 끌어들이지. 문장을 읽다 보면 인간의 심리에 대한 묘사가 정말 탁월하다는 걸 발견할 수 있어. 등장인물도 특이하고 매력적인데, 그러면서도 충분히 있을 법한 이야기라는 것이 장점이야. 내가 여태까지 읽은 한국 문학 중 가장 좋아하는 작품이야.

가장 좋아하는 한국 영화감독은 봉준호. 〈괴물〉이나 〈마더〉도 좋았지만 그중 최고는 역시 〈살인의 추억〉이지. 선과 악을 이분법적으로 나누지 않는다는 점이 굉장히 신선했어. 처음에는 선한 사람이라고만 생각했는데 그 안에 표독스러운 면이 보이기도 하고, 악당이었는데 점점 인간적인 모습이 드러나기도 하고……. 묘하더라고. 생각할 거리가 많았지."

나는 그때껏 김영하의 소설을 읽어본 적이 없었다. 살인의 추억도 내가 여섯 살밖에 안 되었을 때 개봉한 영화. 어떻게든 나와 눈을 맞춰주려는 베르나르 아저씨의 따뜻함에 감동하며, 그리고 이에 부응하지 못하는 나의 소양 부족에 자괴감을 느끼며 조용히 고개를 끄덕였다.

베르나르 아저씨는 잠시 이야기를 멈추고 물었다.

"그래서 내일은 뭐 할 생각이야?" 나는 망설였다. 사실 아무 계획도 없는데……. 뭐라고 답하지? 그래, 박물관에 간다고 해야겠다.

"루브르, 루브르에 가려고요."

"그럼 5시쯤 오스만 대로에서 만나 커피 한잔 마시자. 아 참, 너는 커피 안 마시지? 그럼 쇼콜라 쇼 사줄게!"

그리하여 다시 나는, 뜻하지 않게 몸을 일으켜 거리로 나섰다. 갓길에 늘어선 상점들은 바캉스로 문을 닫았지만 수많은 관광 인파로 파리지앵의 빈자리는 잘 느껴지지 않았다. 잠시 박물관에 들렀다가 어느 빨간 지붕 카페에 도착했다. 잠시 후 베르나르 아저씨가 성큼성큼 걸어왔고 우리는 테라스에 나란히 앉아 쇼콜라 쇼를 홀짝이며 사람들을 구경했다. 그리고 종종 서로 눈을 맞추며 미소를 지었다. 그 시간이, 좋았다.

베르나르 아저씨는 내가 맥없이 주저앉지 않도록 여러 날 동안 이리저리 나를 잡아끌었다. 아저씨를 따라 옷가게도 가고 식료품 매장도 들르고 근사한 공연도 관람하고 아름다운 석양도 감상했다. 하루는 아저씨가 러시아 친구들과 만나 저녁을 먹는 자리에도 동참했다. '세 개의 왕국 Les Trois Royaumes'이라는 이름의 중국음식점이었는데, 발걸음을 들여놓자마자 풍채 좋은 중년 남성 두 명이 번갈아가며 내 손을 세차게 흔들었다. 세르게이와 니콜라스. 보드카를 꽤나 들이킬 것 같은 인상이었다.

중국집 안은 왁자지껄했다. 주문을 받으러 온 종업원이 나에게 중국어로 무어라 재잘거렸다. "저 중국인 아닌데요." 나는 영어로 대꾸했다. "쿠아 Quoi?(뭐라고?)" 종업원이 잠시 말을 멈추더니 나를 추켜 보았다. 아참, 여기는 프랑스지. 옆에 앉아 있던 베르나르 아저씨가 프랑스어로 주문을 했다. 잠시 후 나온 생선요리는 꽤나 매콤해서 먹는 내내 땀이 비 오듯 쏟아졌다. 서툴게 젓가락질을 하던 세르게이가 다급히 사람을 불러 칭다오 맥주 네 병을 시켰다. 아, 저는 괜찮은데. "그래도 마셔! 마시는 데까지. 이럴 때 아니면 언제 또 마시겠어!" 오호라, 여기가 로도스 Rhodes 섬이로구나! 뚜껑을 딴 뒤 한 모금 들이켰다. 속이 부글거렸다. 두 모금, 세 모금. 생각보다 술술 넘어간다. 그래, 부어라 마셔라! 모범생활이여 안녕! 정신이 조금씩 흐무러져갔다.

바깥에는 빗방울이 하나둘씩 떨어졌다. 그리고 식사를 마칠 무렵에는 억수로 들이붓기 시작했다. 하염없이, 우리는 문간에 서서 비가 멈추기를 기다렸다. 그러나 소용없는 일이었다. 베르나르 아저씨는 잠시 고민하더니 준비가 되었느냐고 물었다. 나는 말없이 고개를 끄덕였다.

우리는 누가 먼저랄 새도 없이 장대비 속으로 뛰어들었다. 그리고 전속력으로 달렸다. 이내 머리칼부터 시작해 온몸이 홈빽 젖었다. 이윽고 우리는 달리기를 멈추고 서로를 쳐다보며 깔깔 웃었다. 그리고 다시 천천히 걷기 시작했다. 노르무레한 가로등이 비 젖은 거리에 비쳐 아름답게 빛났다. 나는 하늘을 향해 고개를 들었다. 빗물인지 눈물인지 알 수 없는 것이 뺨을 타고 주르륵 흘러내렸다. 나는 가슴을 움켜쥐고 알 수 없는 소리를 질렀다. 그리고 이내 비틀거리며 웃음을 터뜨렸다. 불현듯 가슴속에서 정체 모를 희열이 솟구쳤다. 그것은 일종의 해방감이었다. 나는 흥얼거리기 시작했다. 인생은 살아봄 직하다고 혼잣말로 중얼거렸다. 바보같이 또 눈물이 났다.

나는 가슴을 부여안고 잠자리에 누웠다. 벽을 바라보며 뇌고 되뇌었다. 꼭 대단한 사람이 되지 않아도 된다고. 커다란 일을 이뤄내야 하는 건 아니라고. 그저 나답게 살면 된다고. 힘들 땐 힘들게, 즐거울 땐 즐겁게, 다만 최선을 다해. 이 생명 다하는 날, 안개처럼 사라질 때까지. 흐르는 눈물이 그칠 줄 몰랐다. 여행의 처음이자 마지막 눈물이었다.

다음 날 나는 파리를 떠났다. 베르나르 아저씨가 꼭 안아주었다.

'아르메니아인 대학살'이라고 들어본 적 있니?

—— 발랑스, 7/21~23

여행을 다니다 보면 종종 새로운 만남보다 익숙한 사람이 그리울 때가 있다. 눈에 익은 외모, 귀에 익은 목소리, 그리고 어깨동무를 해 오는 다정한 손길. 내가 어떤 헛소리를 늘어놓아도 가만히 들어주고 위로해줄 수 있는 사람. 딱 반나절이라도 그런 사람을 만날 수 있다면 얼마나 좋을까. 하루하루가 서럽고 울적할 때면 그 얼굴들이 하나둘 머리에 떠오른다.

사실 파리를 떠나기 직전 조그만 사건이 하나 있었다. 내가 쓴 글이 예상치 못한 화를 불러온 것이다. 그동안 나는 오마이뉴스라는 인터넷 매체에 틈틈이 여행기를 써 보내고 있었는데, 참으로 고달프기 그지없는 일이었다. 아침 일찍 일어나 하루 종일 걷고 숙소에 돌아와서는 새벽까지 자판을 두드리고……. 체력적으로 너무나 힘이 들었지만 포기할 수 없었던 이유는, 이렇게라도 하지 않으면 기록을 남길 수 없다는 절박함이 있었기 때문이다. 나의 게으름을 제어하고 또 소정의 원고료를 챙기기 위해 나는 글쓰기에 매달렸다.

문제의 글은 내가 파리를 처음 방문했을 때 개선문에 갔던 이야기를 다루고 있었다. 나는 아직 만 16세밖에 되지 않았는데 개선문 입구에 다음과 같은 안내문이 붙어 있었다. "18세 미만은 부모님 없이는 올라갈 수 없습니다." 그렇다고 한국에서 부모님을 모셔올 수도 없고. 고민 끝에 20대 초반으로 보이는 영국인 커플에게 부모님이 되어달라고 부탁했다. 매표소 직원은 우리 세 명을 미심쩍은 눈초리로 쳐다보았지만 그냥 표를 찌~익 끊어주었다. 하, 나의 기지란! 나는 이 에피소드를 자랑스럽게 글로 썼고, 오마이뉴스 메인 화면과 네이버 생활/문화 코너에 실리는 '쾌거'를 이룩했다.

그러나 그 기쁨도 잠시, 얼마 지나지 않아 악성댓글이 줄줄이 달리기 시작했다. "여기가 무슨 네 일기장이냐?" "초딩 백일장만도 못한 글", "아 짜증, 너 앞으로 절대 글 쓰지 마", "아무리 시민기자라도 기사 제목을 쓰레기처럼 지었네요" 등등. 100여 개에 이르는 댓글이 하나하나 비수가 되어 가슴에 꽂혔다. 처음에는 억울했다. '기사 제목을 내가 정한 것도 아닌데 왜 나한테 이럴까.' 그다음에는 화가 났다. '이런 저질스러운 놈들 다 고소해버려야지. 이제야 연예인들 심정이 조금 이해가 가네!' 그러고 나니 자괴감이 밀려들었다. '그래, 역시 나는 글을 못 쓰는 거였어. 이렇게 욕먹을 줄 알았으면 아예 시작을 마는 건데…….' 슬럼프에서 겨우 헤어나려던 참에 다시 마음이 걷잡을 수 없이 울렁거렸다.

나의 베프 티모시

그날 절친인 티모시에게 전화를 걸었다. 그리고 한참을 떠들었다. 내가 정말 글을 못쓰나 보다고, 사람들이 내 글을 아주 싫어한다고, 여행과 글쓰기를 동시에 하는 게 너무 버거워 이제 포기할까 한다고……. 티모시는 잠자코 듣더니 나보다 더 열을 내며 핏대를 세웠다. "사람들이 완전 이상하네! 원래 인터넷에 댓글 남기는 애들 치고 정상적인 인간 없다니까. 너 글 잘 쓰는 거 내가 아니까 걱정 말고 써!" 어이구, 알긴 뭘 알아. 한글도 제대로 못 읽으면서. 속으로 생각하면서도 그의 말이 그렇게 고마울 수가 없었다.

티모시는 마침 여름방학을 보내러 발랑스의 할머니 댁에 와 있다고 했다. 단짝이 가까이 있다는데 그냥 지나칠 수는 없는 법! "조금만 기다려, 당장 내일이라도 보러 갈게!" 나는 모처럼 흥분해서 호언장담을 하고 말았다. 그러나 전화를 끊고 나니 정말 이래도 되는 건가 싶었다. 여태까지 공들여 세워둔 계획이 엉망진창이 되어버릴 텐데. 최대한 효율적이고 교통비가 적게 드는 경로를 생각해두었는데 변덕스러운 마음에 이끌려 갔던 곳에 또 가고 예정에 없던 장소를 방문하면서 모든 것이 어그러지고 말았다. 이렇게 엉킨 실타래처럼 돌아다닌다면 더 많은 경비와 시간이 소모될 것은 불 보듯 뻔한 일. 여행의 묘미가 즉흥성이라고는 하지만 나는 한 푼이라도 아껴야 하는 처지가 아닌가.

프랑스 철도청 홈페이지를 들락거리며 예매 버튼을 누를까 말까 한참을 망설이다가, 이번에는 차량 공유 사이트 '블라블라카'를 이용해보기로 했다. 출발지에 '파리'를 넣고 목적지에 '발랑스'를 입력했더니 수십 명의 운전자가 나타났다. 약간의 가격차가 있지만 다들 기차보다는 30유로 이상 저렴했다. 나는 그중 평가가 괜찮고 인상도 꽤 좋아 보이는 65세의 중년 남성 제라르 씨의 차를 선택했다. 결제를 마치니 운전자의 전화번호가 나왔고, 베르나르 아저씨의 휴대폰을 빌려 전화를 걸었다. 우리는 메트로 4호선의 종점이자 파리 남쪽 끝에 위치한 포르트 도를레앙 Porte d'Orléans역에서 오전 11시에 만나기로 했다.

다음 날 아침, 서둘러 밥을 먹고 짐을 챙겨 역으로 향했다.

처음에는 7호선을 탔는데 우여곡절 끝에 환승을 해서 종점에 도착했다. 시계는 10시 40분을 가리키고 있었고, 역 바깥에는 아무도 보이지 않았다. 20분이나 남았지만 왠지 불안해졌다. 설마 돈만 받고 안 오는 건 아니겠지? 그런데 운전자가 온다 해도 불안하기는 마찬가지였다. 혹시 이상한 사람이면 어쩌지? 유괴라도 당하면 어떡하나? 대사관에서 나를 찾으러 오긴 할까? 박정희 정권 시절 중앙정보부장 김형욱도 파리에서 납치돼 죽었다는데……. 이런저런 걱정에 시달리는 사이 시간은 10시 55분이 되었다. 나는 안절부절못하며 초조하게 제자리를 맴돌았다. 지하철역은 사거리 한가운데 있었는데 어디가 어딘지 갈피를 잡을 수 없어 일단 아무 대로로든 걸어가기로 했다.

시간은 계속 흘렀고, 뭐라도 해야 할 듯싶어 지나가는 사람들에게 말을 걸었다. "저기요, 혹시 휴대폰 좀 빌릴 수 있을까요? 제가 급해서 그러는데……." 사람들은 하나같이 나를 사기꾼 보듯 쳐다보며 선뜻 전화를 빌려주지 않았다. 갈수록 속이 타들어갔다. 몇 번을 시도한 끝에야 겨우 빌릴 수 있었는데, 그마저도 통화를 1분 내에 끝내는 조건이었다. 나는 서둘러 제라르 씨에게 전화를 걸었다. 그는 서툰 영어로 길을 설명하다 내가 잘 알아듣지 못하자 다른 사람을 바꿔달라고 했다. 옆에 있던 전화기 주인이 전화를 낚아채더니 고개를 몇 번 끄덕이며 남쪽을 가리켰다. 내가 걸어온 방향과는 정반대였다. 나는 죽을힘을 다해 뛰었다. 마초같이 생긴 아저씨가 손을 휘휘 내젓는 것을 보았을 때야 비로소 발놀림이 무뎌졌다.

가쁜 숨을 몰아쉬며 트렁크에 짐을 싣고 뒷자리에 털썩 주저앉았다. 그러나 한참이 지나도 제라르 씨는 꿈쩍도 하지 않았다. 알고 보니 나 말고도 두 명의 승객이 더 있었는데, 나란히 30분을 지각한 것. 하여 우리는 11시 30분에야 본격적인 여정에 오를 수 있었다. 기온은 40도에 육박했고 차 안은 에어컨이 나오지 않아 숨 막힐 듯 더웠다. 나와 함께 뒷자리에 탄 시몽이라는 친구는 며칠간 씻지 않았는지 온몸에서 견디기 힘든 냄새를 풍겼다. 엎친 데 덮친 격으로 고속도로에서는 사고가 나서 차들이 굼벵이처럼 느릿느릿 기어가는 상황. 싼 게 비지떡이라더니 역시 조상님 말씀은 하나도 틀린 것이 없군.

덜컹거리는 찜통에 갇혀 일곱 시간이 경과하자 그야말로 파김치가 되어버리고 말았다. 땀에 쩐 몸, 너덜너덜한 정신으로 제라르 씨의 휴대폰을 빌려 티모시에게 전화를 걸었더니 기꺼이 마중을 나오겠다고 했다. 그런데 기차역 앞에서 한참을 기다려도 티모시가 나타나지 않았다. 혹시나 해서 역 안에 들어갔더니 플랫폼을 이리저리 분주하게 들쑤시고 다니는 친구가 보였다. 기차 타고 오는 줄 알았나 보다.

우리 둘은 서로를 와락 껴안았다. 눈가에 살짝 이슬이 맺혔다. 언어는 다르지만 세상에 둘도 없는 동갑내기 친구. 얼마나 반갑던지! 그동안 함께한 시간들이 주마등처럼 눈앞을 스쳐갔다.

우리가 처음 만난 것은 2013년, 강원도에서였다. 그때 우리는 밤새 카드게임을 하며 알콩달콩 시간을 보냈더랬다. 이듬해인 2014년에는 내가 텍사스에 있는 티모시네 집에 놀러 갔다. 한창 비판의식이 강렬할 때라 오바마케어, 복지, 무상교육 등의 이슈를 놓고 틈만 나면 아이들과 논쟁을 벌였다. 물론 영어가 잘되지 않아 얻어터지기 일쑤였지만. 반면 티모시는 약초와 식물 그리고 분자생물학에 관심이 많았고, 언제나 돋보기를 몸에 지니고 다녔다. 우리는 관심사가 어지간히 달랐음에도 죽이 잘 맞았다. 낮에도 꼭 붙어 다니고 밤에도 나란히 누워 잠들고. 나는 그때 처음으로 깨달았다. '같은 공간에 있는 것만으로도 좋은 친구'가 세상에 존재할 수 있음을.

　　우리는 간단히 안부를 묻고 티모시네 할머니가 계신 아파트로 향했다. 거기서도 여러 반가운 얼굴을 보았다. 티모시의 형 매튜와 동생 제레미, 엄마 캐롤린, 아빠 브루노, 그리고 브루노의 어머니 레지나 할머니까지. 즐겁게 인사를 나눈 뒤 온 가족이 둘러앉아 저녁을 먹었다. 레지나 할머니는 프랑스랑 독일에서 먹은 음식 중 뭐가 가장 맛있었느냐고 물어 왔다. 순간 말문이 막히면서 조금 서글퍼졌다. 내 돈 주고 사 먹은 음식 중 기억에 남는 것은 햄버거와 샌드위치밖에 없었기 때문이다.

　　식사를 마치고 우리는 낡은 소파에 드러누워 TV를 봤다. 타이어와 트랙터를 끌고 고속도로 한복판에 나와 시위를 벌이는 농부들의 모습이 비쳤다. 아마 농산물 가격 협상 때문이리라. 그러고 보니 한국 뉴스를 안 본 지도 꽤 오래되었다. '거기는 지금 메르스 때문에 난리가 났다던데. 이제 조금 괜찮아졌으려나?' 나는 뉴스를 확인하려고 티모시의 노트북을 열었다가 그만 미소를 짓고 말았다. 예전에 우리 둘이 찍은 사진이 바탕화면에 대문짝만 하게 깔려 있었던 것이다. 별안간 온몸의 긴장이 풀리면서 마구 졸음이 몰려왔다. 비몽사몽간에 비틀거리며 침대에 나가곤드라졌다. 참으로 지난한 하루였다.

　　티모시와 나 사이에는 웃으며 떠올릴 만한 추억거리가 참 많다. 그중에서도 단골 소재는 조그만 앙상블에서 같이 활동했던 일. 열다섯 명 남짓의 학생들이 모인 이 앙상블은 매주 목요일마다 연습을 했고 한 달에 몇 차례 조그만 교회와 병원 같은 곳에서 연주를 했다. 때로는 고교 졸업식에 초청되어 배경음악을 담당할 때도 있었다. 끝나면 20달러씩 수고비를 건네받았는데 그때 얼마나 기쁘던지. 물론 책 한 권 사면 다 사라지는 돈이긴 했지만 말이다.

목요일이 특별했던 또 하나의 이유는 티모시의 아빠 브루노의 존재였다. 컨설팅 회사를 운영하던 브루노는 목요일마다 재택근무를 해가면서까지 우리를 꼬박꼬박 연습 장소에 데려다주었다. 우리는 오가는 시간 내내 온갖 이야기를 주고받았다. 하루는 브루노에게 물어봤다. 미국에 어떻게 처음 오게 되었느냐고. 브루노는 자랑스레 자신의 무용담을 늘어놓았다. 고등학생일 때 처음 왔는데 교회에서 세 살 많은 캐롤린을 만났고, 영어를 못했음에도 연애에는 성공해서, 같은 대학교에 입학해 붙어 다니다가 졸업하자마자 결혼에 골인했다는 것이다. 누가 적극적인 프랑스 남자 아니랄까.

그런데 결론이 조금 이상하게 흘러갔다. "하영, 너는 내가 고등학생일 때보다 영어도 잘하잖아. 내가 볼 때 넌 노력이 부족하다니까. 그래서 되겠니? 미국에 자주 오는 것도 아닌데. 앞으로 더욱 분발하도록!" 브루노는 짓궂게 히죽히죽 웃으며 말했다. 나는 무언가 반격을 하고 싶었지만 마땅히 대답할 말을 찾을 수 없어 가만히 있었다. 그러나 곧 좋은 생각이 떠올랐다. 최선의 방어는 공격이라고, 화제를 바꿔 병인양요에 대해 물어보기로 한 것이다. "프랑스가 예전에 한국 쳐들어왔던 건 알아요? 와서 사람 죽이고, 책이랑 건물 다 불태우고, 보물도 싹 모아서 훔쳐갔잖아요. 그리고 제대로 따지면 지금 루브르에 있는 것들도 다 도둑질

한 거 아니에요? 완전 나쁜 사람들이라니까!" 브루노는 눈 하나 깜작하지 않고 답했다. "그래? 그때 우리 조상들은 프랑스에 있지도 않았어. 터키에 살았지. 우리 할머니랑 할아버지는 다 아르메니아 사람이라니까. 그러니까 프랑스 사람들이 잘못한 것 가지고 자꾸 나한테 덮어씌우려 하지 마!" 결국 회심의 일격은 실패했고, 나는 그런가 보다 하며 말꼬리를 흐리는 수밖에 없었다.

레지나 할머니의 기억

발랑스에서 아침을 먹고 있는데 문득 그때의 기억이 머리를 스쳤다. 나는 브루노와 레지나 할머니에게 더 자세히 물어봐야겠다고 생각했다. 도대체 무슨 일이 있었던 것인지. 왜 브루노의 조상들은 터키에 살다가 프랑스로 이주하게 되었는지 말이다. 그리고 이튿날 늦은 저녁, 나는 두 사람과 마주 앉아 진지한 이야기를 나눌 수 있었다.

"혹시 아르메니아인 대학살이라고 들어본 적 있니?" 먼저 말문을 연 것은 레지나 할머니였다.

"물론 모를 수 있어. 네가 이상한 건 아니란다. 지극히 자연스러운 것이지." 레지나 할머니는 깊은 한숨을 내쉬었다.

"아르메니아인 대학살은 지금으로부터 꼭 100년 전에 일어났단다. 당시 아르메니아인들은 오스만 튀르크에서 튀르크인들과 함께 살아가고 있었어. 서로 종교가 달랐지만 그래도 꽤 오랜 세월 더불어 지냈지. 그런데 1915년 어느 날, 튀르크 군대가 아르메니아인들을 무차별적으로 학살하기 시작했어. 처음에는 병사들을, 그다음에는 지식인들을, 마지막으로는 일반 시민들을 말로 다할 수 없는 잔인한 방법으로 죽였지. 이후 2년 동안 총 150만 명이 목숨을 잃었는데, 아르메니아어로는 이를 '메즈 예게른 Medz Yeghern(대재앙)'이라고 불러."

레지나 할머니는 잠시 말을 멈추고 서랍장을 열어서는 사진 한 장을 꺼내 보여주었다.

"여기 가장 왼쪽에 있는 사람이 우리 아버지야. 말라티아Malatya라는 도시에서 태어났는데, 살구가 맛있기로 유명한 곳이었지. 학살이 시작되었을 당시 아버지는 일곱 살이었어. 부모님과 누나, 여동생이 모두 튀르크 군인에게 죽임을 당했고, 아버지와 바로 위의 형, 이렇게 단 두 명만 목숨을 부지했어. 두 사람은 곧바로 집을 떠나 외딴 농장에 숨어들었지. 노예까지는 아니었지만 마구간에서 자면서 하루 종일 고된 노동에 시달렸어. 거기서 몇 년을 버티다가 여러 사람의 도움으로 오스만 튀르크를 탈출했지. 아버지는 항상 이야기하곤 했어. 모든 튀르크인이 다 나쁜 건 아니라고.

우리 어머니도 비슷한 시기에 오스만 튀르크를 탈출했어. 사실 탈출했다기보다는 추방당한 거지. 수십만의 아르메니아인들이 터키 정부의 강제이주 정책에 따라 사막 한가운데로 쫓겨났거든. 거기서 강간, 굶주림, 구타에 시달리며 죽어갔지. 배고픔을 견디다 실성한 여자들은 자기 자식 시체를 먹기도 했다네. 다행히도 우리 어머니는 끔찍한 시간을 겨우 버텨내고 레바논 난민 캠프에 도착했어. 그렇지만 함께했던 막내동생은 끝내 사막에서 죽고 말았지. 지금 내 이름, 레지나가 바로 그 막내동생의 이름이야. 아무튼 우리 부모님은 둘 다 천신만고 끝에 발랑스에 도착했고, 1930년에 처음 만나 결혼식을 올렸어. 발랑스는 아직까지도 아르메니아인들이 가장 많이 살고 있는 프랑스 도시야."

나는 궁금해졌다. 왜 그렇게 많은 사람이 하필 발랑스에 정착했는지. 더 살기 좋은 도시도 있었을 텐데 말이다. 이유는 간단하다고 했다. 역사적으로 아르메니아인들은 손으로 무언가를 만드는 데 탁월한 재능을 갖고 있었는데, 발랑스가 당시 프랑스에서 가장 수공업이 발달한 도시였던 것이다. 피난민들은 이곳에서 신발, 레이스, 옷, 공예품 등을 만들며 생계를 꾸려나갔다. 브루노의 어머니 레지나 할머니, 그리고 지금은 돌아가신 아버지 장 할아버지도 모두 발랑스에서 태어났다고 했다.

"그런데 하영, 우리 집 성씨가 조금 이상하다고 생각해본 적 없어?"

브루노가 뜬금없는 말을 꺼냈다. 음, 타테오시안Tateossian 말인가? 지금 보니 조금 특이하긴 하다. 뭔가 러시아 이름 같기도 하고.

"미국 사람 중에 존슨Johnson, 잭슨Jackson, 리처드슨Richardson, 이런 이름 들어본 적 있지? 그와 비슷하게 아르메니아 사람 이름 끝에는 대부분 '−이안(-ian)'이 붙어. 이 역시 '~의 아들'이란 뜻이지. 타테오시안Tateossian은 타테오Tateo의 아들, 시모니안Simonian은 시몬Simon의 아들… 이런 식으로 말이야. 미국 모델 중에 킴 카다시안Kim Kadarshian이라고 들어봤지? 그 사람도 실은 아르메니아인의 후손이야."

브루노의 이야기가 이어졌다. "그런데 한 가지 재미있는 사실 알려줄까? 원래 우리 조상들 이름은 타테오시안이 아니었어. 우리 친할아버지가 대학살 당시 이웃집 아저씨 신분증을 빌려서 탈출했거든. 거기 적힌 이름이 타테오시안이었기 때문에 이

난생처음 이용해본 차량 공유 시스템 '블라블라카'. 하지만 다시는 타고
싶지 않다! 블라블라카를 타고 발랑스로 간 나는 절친 티모시를 만나
박물관에서 행복한 시간을 보냈다. 티모시는 마침 여름방학을 보내러
발랑스의 할머니 댁에 와 있었다.

후 쭉 그 이름을 사용했던 거지. 그런데 딱 한 사람, 친할아버지의 막내동생은 원래 이름 졸티안Zortian을 가지고 프랑스 국적을 취득하는 데 성공했어. 여기서부터 잘 들어봐. 우리 친할아버지한테는 자식이 네 명 있었는데 그중 막내가 우리 아버지였거든. 그런데 아버지가 여섯 살 때 할아버지가 돌아가시는 바람에 돌봐줄 사람이 없었던 거야. 그래서 할아버지의 막내동생이 우리 아버지를 입양했지. 아버지는 나중에 성인이 되었을 때 친아버지의 성과 작은아버지의 성을 둘 다 간직하기로 마음먹었어. 그래서 이름을 타테오시안 – 졸티안Tateossian-Zortian이라고 바꿨지. 나 역시 그 이름을 물려받은 것이고……."

레지나 할머니와 브루노의 이야기를 들으며 나는 부끄러웠다. 왜 이제껏 몰랐던 것일까. '인류 최초의 제노사이드'라 불리는 사건을. 언제나 가해자는 너무도 쉽게 망각한다. 과거는 과거일 뿐이라고, 침을 튀기며 이야기한다. 그러나 이 모든 기억은 피해자의 뼛속 깊숙이 각인되어 후손 대로 전해지고 또 전해져 내려온다. 브루노와 레지나 할머니는 말로 다할 수 없이 비참했던 역사의 산증인인 것이다.

나는 궁금했다. 아르메니아 사람들은 이 깊은 상처를 어떻게 견뎌내고 있는지. 가해자로부터 진정 어린 사과가 있었는지 말이다. 브루노는 이야기했다. "우리 할머니 할아버지 때만 해도 어떻게든 새로운 땅에 정착하려 몸부림쳤고 과거를 잊으려고 노력했어. 당시에는 아무도 대학살에 대해 이야기하지 않았다고 해. 그런데 우리 부모님 세대는 조금 달랐어. 직접 현장에서 조사를 하진 못하더라도 이런 일이 있었다는 사실만은 알려야 한다는 생각을 하기 시작했지. 그리고 지금 우리 세대에서는 좀 더 목소리를 내고 있어. 우리의 뿌리를 밝혀내고자 하는 의지가 강해. 사실 터키는 지금 이 순간까지도 학살이 있었다는 사실을 부인하고 있어. 아마 배상금과 영토 문제 때문이겠지? 그런데 생각해보면 우리는 잘 몰라. 우리 조상들이 어디에 살았는지, 집이 몇 채 있었는지, 얼마나 부자였는지 말이야. 지금 와서는 증명하기조차 힘들어. 그러니까 그냥 자기네가 잘못했다고, 우리 조상을 죽이고, 영영 고향을 떠날 수밖에 없게 만든 것이 자기네들이라고 인정하고 사과했으면 좋겠어. 그래야 우리도 마음이 조금은 편해질 것 같아."

히틀러는 1941년, 폴란드 침공을 앞두고 장군들에게 이렇게 말했다. "누가 지금 아르메니아인 대학살을 기억하는가?" 그리고 곧이어 유대인, 정신병자, 집시 들을 지구상에서 쓸어버릴 것을 명령했다. 우리 모두는 잘 알고 있다. 우리가 기억하지 않으면, 또 다른 어딘가에서 동일한 역사가 반복된다는 사실을. 우리는 히틀러의 질문에 답해야 한다. 여기 내가, 우리가 기억하고 있다고. 브루노는 언젠가 아들들을 데리고 아르메니아에 가볼 생각이라고 했다. 자신들의 뿌리를 잊지 않기 위해서. 민족에게 무슨 일이 일어났는지 기억하기 위해서 말이다. 나도 멀찍이서 함께 기억하려고 한다. 그리고 응원할 것이다. 살아남은 이들의 발걸음을. 진실이 밝혀질 때까지.

발랑스역에서 도심 쪽으로 10분만 걸어가면, 옛 발랑스 대학 자리에 아르메니아 민속 박물관Centre du Patrimoine Arménien이 있다. 아르메니아인에 대한 설명, 대학살 당시의 사진과 영상을 볼 수 있는 곳이다. 거기서 몇 블록 위로 올라가면 '아르메니아'라

이름 붙은 길 Rue d'Arménie도 있는데, 그 근처에 아르메니아 사람들이 몰려 살아서 그렇다고 한다. 발랑스에 올 일이 있다면 이곳들을 방문하는 것도 의미 있는 여정이 되지 않을까?

나의 바이올린 버스킹과 그녀의 고토 琴

— 리옹, 7/23~28

사실 발랑스에 좀 더 눌러앉고 싶은 마음이 굴뚝같았다. 7월의 햇살이 반짝이는 거리가 그리 부산스럽지도 고즈넉하지도 않았고, 친구와 단둘이 걷는 시간이 그저 좋기만 했다. 티모시와 나는 마음껏 늦잠을 잔 뒤 해가 중천에 이르렀을 즈음 하루를 시작했다. 서점에 들러 어린 시절 깔깔거리며 읽던 《꼬마 니콜라》를 뒤적여보고, 나폴레옹이 첫 보직을 받고 거주했다는 동네도 기웃거리고, 배가 출출해질 무렵 동네 빵집에 들어가 간단히 요기를 했다. 늦은 오후에는 한적한 박물관을 몇 군데 둘러보고, 해가 저물 때쯤 집으로 발걸음을 향했다.

그동안은 초시계가 재깍거리듯 숨 가쁘게 흐르던 시간이 마치 성당 괘종시계처럼 느릿느릿 기어갔다. 간만에 몸과 마음이 산뜻해서 이대로 며칠만 더 발랑스에 머물렀으면 싶었다. 원래 두 밤을 묵기로 하고 왔지만, 우리가 뭐 처음 보는 사이도 아니고, 한번 부탁해보면 되지 않을까? 그러나 나의 기대는 산산조각 나고 말았다. 브루노는 고개를 절레절레 흔들며 말했다. "온 가족이 이탈리아 여행을 가야 하니 너도 원래 계획대로 다른 곳을 찾아 떠나렴. 당장 내일!"

맙소사, 이제 어디로 가야 하지? 벽에 걸린 지도를 봤더니 발랑스 바로 위에 리옹이 있었다. 그래, 리옹에 들러야겠다. 기차표를 끊고 급하게 카우치서핑 웹사이트에 접속했다. 그리고 수많은 호스트에게 쉴 새 없이 메시지를 보냈다. 심지어 인상이 험악

한 사람에게까지. 그러나 돌아오는 것은 거절뿐이었다. 일해야 돼. 시간 없어. 휴가 중이야. 다른 사람 찾아봐. 그리고 결정적으로, 난 네가 별로 마음에 들지 않아. 아이고머니나.

<hr />

'오늘도 머리 뉘일 곳을 주셔서 감사합니다'

한국을 떠나기 전까지 나는 떠돌이 삶에 대해 어렴풋한 환상을 가지고 있었다. 카우치서핑. 소파를 찾아다니는 것. 카, 얼마나 멋들어져 보이던지. 현지인도 만나고 여행경비도 아끼고 문화체험도 하고! 일석이조가 아니라 일석오조쯤은 될 것 같았다. 그러나 여행 중반으로 접어들수록 생각만큼 낭만적이지만은 않다는 사실을 깨달았다. 재워줄 사람이 생길 때까지 애간장을 졸여야 하지, 호스트에게 사정이 생기면 또 다른 사람을 찾아야 하지, 설령 숙소를 구한다 하더라도 난생처음 보는 사람에게 눈치를 봐가며 나 자신을 소개하고, 한국 대통령은 김정은이 아니라고 말해주고, 또 다른 도시에 가서 같은 이야기를 반복하며 진을 빼야 하고… 이 모든 과정이 마치 외줄타기라도 하듯 아슬아슬하기 짝이 없었다.

부엌 식탁에 앉아 초조하고 불안한 마음으로 100여 개에 이르는 메시지를 보낸 끝에, 마침내 마갈리라는 친구가 재워주겠다는 답신을 보내왔다. 나는 티모시 가족과 여유 있게 인사를 나눌 틈도 없이 허둥지둥 배낭을 챙겨 기차역으로 뛰어갔다. 그리고 간발의 차로 열차에 올라탔다. 좌석에 앉자마자 안도의 한숨과 함께 기도가 절로 터져 나왔다. '오 주님, 오늘도 머리 뉘일 곳을 허락해주셔서 감사합니다.'

잠시 후 리옹역에서 만난 마갈리는 영국계 보험회사에서 일하고 있다고 했다. 우리는 버거를 하나씩 집어 든 뒤, 론 Rhône 강변에 앉아 저녁 늦게까지 이야기를 나누었다. 그리고 집으로 향하는 길, 어둠이 짙게 깔린 거리에는 맥주병을 손에 쥔 남성들이 널브러져 있었다. 너저분한 수염, 헝클어진 머리칼, 그리고 매스꺼운 목소리로 "어이 이쁜이~" 하고 불러대는데, 불쾌감을 넘어 두려움과 위압감이 느껴졌다. 마갈리는 이들을 매서운 눈초리로 쏘아보며 쌍욕을 한 바가지씩 퍼부었다. 술 취한 남성들의 이런 희롱 섞인 언행을 캣콜링 Catcalling 이라 부른다는 것을 그때 처음 알게 되었다.

이튿날 아침, 마갈리는 자신의 지갑에서 카드 한 장을 꺼내 나에게 건네주었다. "이건 내 자전거 정액권인데 빌려줄 테니 타고 싶은 만큼 타!" "메…… 메르시 보쿠!" 이게 웬 횡재인지, 덩실덩실 춤이라도 추고 싶었다.

나는 곧바로 자전거를 빌려 론 강과 손 강 Saone 을 건너고, 쏟아지는 빗방울에 몸을 쫄딱 적시기도 하고, 공원에 우뚝 서 있는 생텍쥐페리 동상을 몇 번이고 빙글빙글 맴돌며 올려다보기도 했다. 오후에는 맥도날드에서 햄버거 세트를 먹고, 박물관을 몇 군데 둘러보고, 조그만 가게에 들러 엽서를 사니 하루가 금방 갔다.

집으로 돌아와 넋 놓고 앉아 있다가, 돈을 벌어야겠다는 생각이 들어 바이올린을 어깨에 걸머멨다.

"어디 가?" 마갈리가 저녁을 먹다 말고 어리둥절한 눈빛으로 물었다.

"음, 거리 연주를 할 건데 구도심 쪽으로 가보려고. 거기

리옹에서 만난 나탈리는 영국계 보험회사에서 일하고 있다고 했다.
나는 마갈리의 친구들과 버거를 하나씩 집어 들고 론 강변에 앉아
저녁 늦게까지 단란하게 이야기꽃을 피웠다.
그리고 이튿날의 바이올린 버스킹. 연주를 끝내자 나탈리가 사진을
찍었다. 애써 웃는 표정을 짓고 있긴 하지만 기진맥진 그 자체.

사람들이 많은 것 같아서."

"진짜? 재밌겠다! 같이 가도 돼?"

"응, 마음대로 해." 그리하여 7시 30분쯤 우리는 집을 나섰다.

마갈리는 마트에 들러 감자칩과 캔맥주를 사더니 흥얼흥얼 콧노래를 불렀다. 그리고 친구들 여럿에게 일일이 전화를 걸었다. 대화 내용을 다 이해하지는 못했지만 대충 이런 내용이지 않았을까. "너 지금 시간 되니? 글쎄 우리 집에 온 어떤 동양인 꼬마가 거리 연주를 한다네, 바이올린으로! 완전 신기하지 않냐? 그럼 거기서 보자!"

한편 옆에서 걷는 나의 마음은 비장하기 짝이 없었다. 오랜만인데 틀리지 않고 잘할 수 있을까? 오늘은 얼마나 벌 수 있을까? 끝나고 나면 몸과 마음이 정말 피곤할 텐데…….

우리는 구도심을 돌아다니다가 결국 법원 앞에 자리를 잡았다. 장소가 너무 탁 트여 썩 마음에 들지는 않았지만 마갈리와 친구들이 앉을 곳이 필요했기에 어쩔 수 없는 선택이었다. 나는 한 시간 정도 레퍼토리를 연주했고, 생애 최초로 10유로짜리 지폐도 벌었다. 음, 이 정도면 나쁘지 않군! 흡족한 마음으로 동전을 주섬주섬 비닐봉지에 담고, 저만치 앉아 있는 마갈리를 향해 털레털레 걸어갔다. 나는 곧바로 집에 돌아가자고 할 생각이었지만 왁자지껄한 분위기를 보고는 차마 그럴 수 없었다.

미쓰코 아주머니의 '고토'

그래서 여행 최초로 거리 연주 2라운드에 돌입했다. 이번에는 큼

직한 나무들과 벤치 여섯 개로 둘러싸인 아담한 공원에서 연주했다. 법원 앞보다는 자그마했지만 주위가 산만해서 그런지 이목을 끌기가 쉽지 않았다. 있는 힘껏 〈라 폴리아〉의 소란스러운 부분을 연주한 뒤에야 사람들이 하나둘 나를 쳐다보기 시작했는데, 그중 한 동양인 여성이 눈에 띄었다. 원래 조금 멀찍한 벤치에 앉아 있었는데 세 곡 정도 연주했을 무렵 가장 가까이 있는 벤치로 오더니 턱을 괴고 지그시 음악을 감상하기 시작했다. 그분은 한곡이 끝날 때마다 꼬박꼬박 박수를 쳤고 연주가 끝나고 땀범벅이 된 내게 가장 먼저 말을 걸어왔다.

"안녕, 나는 미쓰코라고 해요. 일본에서 왔어요."

"아… 저… 잠시만요!"

나는 그 이상의 프랑스어는 알아들을 자신이 없어서 친구들과 수다 떠느라 여념이 없는 마갈리를 급히 불러 왔다. 미쓰코 아주머니는 자신도 음악가라고, 그런데 지금 호주머니에 남은 돈이 없어 미안하다고 했다. 나는 괜찮다면서 무슨 악기를 연주하시느냐고 물었다. 마갈리는 미쓰코 아주머니가 '고토'라는 일본 전통악기를 다룬다고 말해주었다. 나는 갑자기 어디서 그런 용기가 났는지 당돌하게 물어봤다. "이렇게 만난 것도 인연인데, 혹시 내일 아주머니 집에 가면 고토를 들려주실 수 있나요?" 미쓰코 아주머니는 몹시 당황스럽다는 표정을 지으며 머리를 긁적였다. 나는 너무 무리한 부탁을 드린 것을 후회하며 곧바로 해명에 나섰다. "아, 제가 곧 리옹을 떠나서 내일밤에 시간이 없거든요. 그래서 혹시나 하고 여쭤본 거였어요!" 미쓰코 아주머니는 한동안 고민하더니, 알 수 없는 미소를 지으며 내일 오전 10시에 만나자고 했다.

다음 날 아침, 소파에서 일어나 시계를 보니 8시 55분. 서둘러 샤워를 하고 부엌에 돌아다니는 빵쪼가리를 몇 개 챙겨 먹었다. 그리고 주말이라 곤히 잠들어 있던 마갈리를 깨워 함께 집을 나섰다. 미쓰코 아주머니의 집은 구도심의 어느 오래된 건물 꼭대기에 있었다. 현관에 발을 들여놓자마자 보글보글 차 끓이는 소리가 들렸는데 그 향긋한 냄새에 기분이 아주 좋아졌다. 아주머니는 리옹에 산 지 8년 정도 되었고, 연주 활동을 하는 틈틈이 그 지역의 일본 학생들을 가르치기도 한다고 했다.

마갈리와 나는 고토에 대해 좀 더 자세히 설명해달라고 부탁했다. 사실 우리 둘 다 '고토'라는 악기 이름을 태어나서 처음 들었기 때문이다. 아주머니는 잠시 표정을 꼼지락거리더니 말문을 열었다.

"고토는 17세기 무렵부터 독주 악기로 연주되기 시작했어요. 한국의 가야금 알죠? 그와 비슷하게 오동나무로 만들어졌지만 가야금과는 달리 현이 열세 개이고, 상아로 만든 고토즈메琴爪라는 손톱 깍지를 손가락에 끼우고 줄을 튕기는 방식으로 연주해요. 고전음악과 현대음악 둘 중 하나를 고르면 내가 연주해줄게요!"

우리는 한순간의 망설임도 없이 "둘 다요!"라고 말했다.

예상하기로는 고전음악이 더 내 취향에 맞으리라 생각했지만 듣고 나서 더 인상이 깊게 남은 것은 의외로 현대음악이었다. 미쓰코 아주머니가 들려준 곡 중에는 미야기 미치오宮城道雄라는 작곡가의 곡이 있었다. 1894년에 태어난 미야기 미치오는 여덟 살 때 시력을 완전히 잃고 장님이 되었다고 한다. 그 무렵 고토의 매력에 빠져들기 시작한 그는 이후 평생을 고토와 더불어

고토를 연주하는 미쓰코 아주머니.
아주머니는 리옹에 산 지 8년 정도 되었고, 연주 활동을 하는 틈틈이
그 지역의 일본 학생들을 가르치기도 한다고 했다.

살았다고……. 흥미로운 점은 미야기가 13세 때인 1907년부터 1917년 일본으로 돌아가기까지 유년기와 청소년기를 조선에서 보냈다는 사실이다. 나는 그가 식민지 조선에서 과연 무엇을 경험하고 느꼈을지 문득 궁금해졌다. 아주머니가 연주한 곡은 〈런던의 밤비ロンドンの夜の雨〉였다. 1953년 런던을 방문한 미야기가 한밤중 토도독토도독 떨어지는 빗소리에 영감을 받아 써내려간 곡이라고 했다.

때론 부드럽게 때론 격렬하게 미쓰코 아주머니의 손가락은 현 위에서 춤을 췄다. 우리는 넋 놓고 그 장면을 바라보다 천천히 눈을 감았다. 소리가 귀를 타고 들어와 머리를 울렸다. 등줄기에 소름이 죽죽 그어질 정도로 황홀했다. 우리는 한 곡이 끝날 때마다 열렬히 박수를 쳤고 아주머니는 수줍은 미소를 지으며 살짝 고개를 숙였다. 그 시간이, 좋았다.

나는 이 독특한 선율을 품은 악보가 어떻게 생겼는지 궁금해 보여달라고 했다. 짐작한 대로 우리가 보통 사용하는 서양 악보랑은 완전히 달라, 한자로 된 숫자가 세로로 빼곡히 적혀 있었다. 미쓰코 아주머니는 숫자 하나하나가 음을 의미한다고 말해주었다. 나는 그때 알아챘다. 어느새 아주머니가 존댓말인 부부아예 vouvoyer가 아닌 반말인 튀투아예 tutoyer를 사용하고 있다는 것을. 우리는 녹차를 마시며 조금씩 조금씩 살아온 이야기를 나누기 시작했다.

도대체 왜 일본을 싫어하는 거야?

시간이 얼마나 흘렀을까, 갑자기 미쓰코 아주머니가 눈을 동그

랗게 뜨더니, "질문이 하나 있는데…" 하며 말을 꺼냈다. 순간 본능적으로 직감했다. '분명 한일관계에 대한 것이겠군.' 아니나 다를까, 나의 예상이 맞아떨어졌다. 못내 심각한 표정으로 아주머니가 물었다. "그런데, 한국 사람들은 도대체 왜 일본을 싫어하는 거야?"

"아, 그게요. 저희가 일본 전체를 싫어하는 것이 아니라 특정 부분을 별로 좋아하지 않는 것이죠. 예를 들어 극우 세력이나 아베 신조 총리 같은 경우를 말이에요."

"아니, 아베 신조가 어때서? 아베는 항상 한국과 관계가 좋아지길 원하는데 그걸 가로막고 있는 게 한국 정부인걸? 지난 세월호 사건 때도 아베 총리가 도와주겠다는 의사를 밝혔지만 거절한 것은 박근혜 대통령이었잖아."

음… 뭔가 대화가 심상찮은 방향으로 흐르고 있었다.

"아, 저희가 어떤 도움을 거절했는지는 정확히 모르겠지만, 해상자위대 파견 말씀이신가 보네요. 아시다시피 한일 양국은 군사적인 문제에선 굉장히 민감하잖아요."

"어쨌든 우리 일본은 최선을 다하고 있는데 한국에서 뭔가 오해를 하고 있는 게 아닌가 싶네."

"그런데 저희 입장도 생각해주셔야 해요. 저희는 피해자 입장에서 아베 총리가 계속 야스쿠니 신사 참배를 한다거나 평화 헌법을 개정하고자 하는 데 민감하거든요."

"아니 우리는 분명 수없이 사과를 했는데 한국인들이 정말 모르는 건가? 혹시 한국 정부에서 언론을 통제해서 진실이 제대로 알려지지 못하고 있는 것 아니야? 그리고 자위대는 말 그대로 우리 자신을 지키기 위해 있는 거야. 일본이 외부로부터 침략을 받거나 일본 국내에서 큰 사고가 일어났을 때 일본 국민을 지키기 위해 자위대가 존재하는 것이라고. 그야말로 평화지킴이 역할인 것이지. 그런 점에서 볼 때 평화헌법 개정은 한국을 침략하고자 하는 목적이 아니라 남을 돕기 위해 진행되는 거야. 요즘 이슬람국가IS가 끔찍한 일들을 많이 벌이고 있잖아, 그들을 격퇴하는 데 도움을 주기 위해 자위대를 일본 밖으로 벗어나지 못하게 한 평화헌법을 개정하는 것이지. 야스쿠니 신사 참배도 전쟁에서 죽은 사람들을 기리기 위한 것이니까 그렇게 민감하게 반응할 필요는 없지 않나 싶어."

그동안 애써 침착하게 대꾸했는데, 이제 그저 듣고만 있을 수는 없었다. 나는 가슴 깊숙한 곳에서 무언가 부글부글 끓어오르는 것을 느끼며 다시 말문을 열었다.

"아주머니, 아무리 한국에서 비상식적인 일이 많이 벌어진다 해도 우리는 민주주의 국가고, 제가 믿기로 비교적 정확한 정보들을 날마다 접하고 있어요. 누군가 의도적으로 일본에 관한 사실을 왜곡하거나 걸러내고 있다고는 생각지 않아요. 그리고 사실 IS를 격퇴하려 헌법을 개정한다는 것은 앞뒤가 맞지 않는 주장이라고 생각해요. 굳이 지구 반대편에서 벌어지고 있는 일 때문에 나라의 헌법까지 바꾼다는 건 조금 이상하다고밖에 생각되지 않네요. 그리고 헌법 개정의 궁극적 목적이 한국을 침략하는 것이 아니라고는 해도 어쨌거나 일본이 전쟁 가능 국가가 되는 거잖아요. 한국인들은 그 점이 두려운 거죠. 야스쿠니도 마찬가지로 수많은 전쟁 범죄자들이 묻힌 곳이잖아요. 아베가 그곳을 참배하는 것은 앙겔라 메르켈 총리가 나치 전범들의 죽음을 기리는 것이나 마찬가지 아닐까요? 저희로선 이해할 수 없는 일이지요."

대화는 여기서 잠시 중단되었다. 통역을 해주던 마갈리가 잠시 자리를 비웠기 때문이다. 아주머니와 소파에 앉아 있는 잠깐의 찰나에 아주 생각이 많아졌다. 우리는 도대체 일본을 어떻게 대해야 하는 것일까.

이제껏 살면서 일제 강점기를 다룬 영화나 시대극을 수없이 봐왔다. 수요집회의 위안부 할머니들을 보았고, 흐릿한 다큐멘터리 속 강제징용으로 끌려간 젊은이들을 보았다. 나는 수많은 사람의 인생을 이토록 처참하게 짓밟은 이들에게 분노했다. 그리고 생각했다. 일본은 모든 악의 시초이자 근원이라고. 그러나 시간이 지날수록 나라 전체를 한통속으로 싸잡아 함부로 말해서는 안 된다는 점도 깨닫게 되었다. 일본인들은 수많은 영역에서 우리보다 탁월했다. 학문·문화·스포츠·예술 등. 지난한 역사를 거치며 쌓아온 내공이 쉽게 넘볼 수 없을 만큼 탄탄했던 것이다. 그렇기에 일본을 바라보는 나의 시선은 양가적이다. 마음속으로는 일본의 젊은이들보다 영어도 더 잘하고 싶고 더 똑똑하고 싶고, 어떻게든 그들을 이겨서 콧대를 납작하게 해주고 싶었다. 그러나 머릿속으로는 인정한다. 그들이 어떤 면에서는 우리보다 몇 발짝 앞서 있음을, 그래서 배우고 극복해야 할 대상임을 말이다.

골몰히 생각에 잠겨 있는 사이 마갈리가 화장실에서 돌아왔다. 마갈리는 우리의 갑론을박에 적잖이 당황했는지 황급히 화제를 돌렸다. 우리는 다시 프랑스 남자와 일본 남자와 한국 남자의 차이점을 논하며 킬킬거렸고 일본 녹차와 한국 녹차는 맛이 얼마나 다른지 의견을 나누었다. 리옹에서 사는 것과 파리에서 사는 것의 장단점은 뭔지 흥미로운 이야기를 주고받기도 했다.

어느새 아쉽게도 헤어질 시간이 되었다. 미쓰코 아주머니는 딱 한 달 남은 나의 여정에 행운을 빌어주었고, 마갈리에게는 연락처를 주며 종종 놀러 오라고 했다. 미쓰코 아주머니와 작별 인사를 나누며 한 가지 생각이 번뜩 머리를 스쳤다. 나는 일본을 모른다. 몰라도 너무 모른다. 이웃나라에 대해 정말로 무지하다는 사실을, 머나먼 프랑스에 와서야 비로소 알아차렸다. 그렇다면 이제 무엇을 해야 하는가. 지피지기면 백전불태知彼知己百戰不殆라 했으니 부단히 공부하는 수밖에. 그런데 내 마음속 일본은 아직 프랑스보다도 더 먼 곳에 있다.

어느 루마니아인 광대의 하루

—— 제네바, 7/28~31

리옹에서의 마지막 밤은 고요했다. 마갈리의 룸메이트들은 모두 외박을 한다고 했고 마갈리는 파티에 나가 동틀 녘에나 돌아온다고 했다. 나는 부엌 탁자에 앉아 카우치서핑 웹사이트에 접속해 메시지를 이리도 보내고 저리도 보냈다. 그리고 하염없이 시계를 보며 손톱을 물어뜯었다. 어느덧 새벽 1시. 제네바에서 나를 재워주겠다는 사람은 끝내 아무도 나타나지 않았다. 막연한 내일을 불안해하며, 나는 소파에 누워 몸을 뒤척였다.

이튿날 아침, 눈뜨자마자 노트북을 열어보았다. 역시나 좋은 소식은 없었다. 나는 최후의 방책으로 '라스트 미닛 카우치 인 제네바Last Minute Couch in Geneva'라는 그룹에 가입했다. 말 그대로 마지막 순간까지 숙소를 구하지 못할 경우 사용할 수 있는 카우치서핑 그룹인데 어지간한 대도시에는 하나씩 있었다. 거기에 짧은 글을 하나 올렸다. "저는 한국에서 온 임하영이고, 앞으로 사흘 정도 머물 숙소가 필요합니다. 도와주세요! 제발!" 누군가 답글을 달아주길 간절히 기다렸지만 그런 일은 벌어지지 않았다. 여태까지 숙소를 구하지 못한 적은 한 번도 없었는데, 올 것이 오고야 말았구나. 안절부절못하며 기차에 몸을 실었다.

리옹에서 제네바는 그리 멀지 않았다. 국경이 어디쯤이었나, 어리둥절해하는 사이 제네바역에 도착했다. 나는 역사 안에 있는 스타벅스 옆 계단에 쭈그리고 앉아 노트북을 열었다. 자포자기 심정으로 호스텔이나 알아보려는 생각이었다. 그런데 거짓말처럼 알렉산더라는 사람이 메시지를 보내온 것을 발견했다. "헤이, 아 유 오케이 Hey, are you okay? 뭐 좀 찾았니? 여기 내 번호로 연락해!" 피식 웃음이 나왔다. 이토록 극적인 막판뒤집기라니! 서둘러 번호를 저장한 뒤 왓츠앱 메시지를 보냈다. 알렉산더는 오후 3시까지 레만 호숫가 옆 영국 정원 Jardin Anglais 으로 오라고 했다.

　한 고비를 넘기자 긴장이 가시며 배가 고파졌다. 여느 때와 다름없이 맥도날드를 찾았다. 주문을 하려고 보니 가격이 만만치 않았다. 프랑스와 독일에서는 5유로(6500원가량) 정도면 햄버거와 감자튀김, 음료를 주문할 수 있었는데, 여기는 15프랑(1만 6900원가량)을 내야 세트메뉴를 사 먹을 수 있었던 것이다. 스위스 물가가 살인적이라더니, 맞는 말이군. 한참을 망설인 끝에 결국 치즈버거만 하나 시켜 조금씩 오랫동안 아껴 먹었다. 내 신세가 조금은 처량하다고 생각되었다.

　살짝 기운을 차린 뒤 몽블랑 다리를 건너 영국식 정원 입구에 도착했다. 그러나 아무리 두리번거려도 알렉산더는 보이지 않았다. 나는 카우치서핑 웹사이트에서 본 알렉산더의 프로필 사진을 떠올렸다. 길쭉한 얼굴에 갈색 눈 그리고 뾰족한 턱. 이중 두 가지라도 들어맞는 사람을 찾아 말을 걸었다. "저기, 혹시 이름이 알렉산더?" "아닌데요." 열이면 열, 사람들은 손을 홰홰 내저었다. 그럼 그렇지. 이건 완전 서울에서 김 서방 찾기네. 이만 포기하려던 참에 누군가 뒤에서 어깨를 툭툭 쳤다. "하융 림?" 나는 뒤를 돌아보고 까무러치게 놀랐다. 그는 반쪽 얼굴을 새빨갛게, 나머지 반쪽을 시퍼렇게 칠한 채 우스꽝스러운 복장을 하고 있었다. 어안이 벙벙한 채로 일단 악수를 나눴다.

거리에 서게 된 두 사람, 악사와 광대

알렉산더는 길모퉁이에 자리를 잡더니 베레모를 발 앞에 놓고 기다란 풍선들을 꺼냈다. 그리고 덩실덩실 춤을 추며 어린이들의 시선을 사로잡은 뒤 "튀 브 앙 프티 시엥?(Tu veux un petit chien?; 강아지 한 마리 갖고 싶어요?)"이라며 서툰 프랑스어로 말을 걸었다. 대부분의 부모들은 애써 시선을 피하며 아이 손을 붙들고 서둘러 발걸음을 옮겼지만, 간혹 미소를 지으며 내버려두는 이들도 있었다. 알렉산더가 풍선을 이리 비틀고 저리 비틀어 건네면, 부모들은 1프랑이나 2프랑, 아니면 5프랑을 베레모에 떨어뜨렸다. 알렉산더는 있는 힘껏 "메르시"라고 외쳤다.

나는 장장 두 시간 동안 이 광경을 지켜보고 있었다. 그사이 알렉산더는 내게 눈길 한번 주지 않았다. 이렇게 하염없이 기다릴 바에야 나도 돈을 버는 게 낫겠다 싶어서 다시 역 근처로 향했다. 번화가에는 이미 거리 연주자들이 상당했다. 나는 그들과 나의 소리가 섞이지 않게 신중히 자리를 택했다. 오가는 사람들이 많지도 적지도 않아 적당했다. 며칠 전 마갈리가 한 이야기가 머리를 스쳤다. 스위스 사람들은 부자라서 거리의 악사들에게 매우 관대하다고. 떼돈 벌 생각에 벌써부터 가슴이 부풀어 올랐다.

막 바이올린을 꺼내 음정을 맞추고 첫 곡을 시작하려는 찰나 어디선가 경찰 두 명이 나타났다. 그들은 허가증을 발급받았느냐며, 허가증을 가진 사람만이 거리 공연을 할 수 있다고 했다.

"허가증 받으려면 얼마 내야 하는데요?" 나는 떨떠름한 말투로 물었다.

둘 중 오른편에 있는 사람이 친절한 표정으로 답했다. "저쪽 밑으로 내려가면 경찰서가 있는데, 거기에다 30프랑을 내면 발급받을 수 있어요!"

"네 알겠습니다." 애꿎은 바이올린을 도로 케이스에 넣으며 생각했다. 30프랑이라니, 솔직히 너무 비싸다. 한 시간 내내 연주해도 벌 수 있을까 말까 한 돈인데…… 그러고 보니 프랑스랑 독일에서는 한 번도 이런 일이 없었는데 정말 재수가 없군! 경찰이 없는 구석진 곳을 찾아봐야겠다.

나는 주변을 돌아다니다가 어느 좁고 허름한 골목을 찾아 냈다. 그 중간쯤 자리를 잡고 바이올린을 꺼내 연주를 시작했다. 이번에는 한 5분쯤 지났을까, 또 어디선가 경찰들이 귀신같이 나타났다. 다른 곳으로 가도 발각되지 않는다는 보장이 없어 깔끔하게 포기했다. 대신 제네바를 조금 둘러보기로 했다. 나는 호숫가를 걷다가 시계 파는 가게에 들어갔다. 주인아저씨가 매서운 눈초리로 쳐다보는 바람에 다시 밖으로 나와 거리를 쏘다녔다. 그러다 조금 지루한 생각이 들어 다시 알렉산더가 있는 곳으로 왔다.

알렉산더는 여전히 분주했다. 나는 멀찍이 서서 그를 지켜 봤다. 그렇게 오 분이 지나고, 십 분이 지나고, 한 시간이 지나고, 세 시간이 지났다. 다리에 쥐가 나려 해서 바닥에 주저앉았다. 밤이 깊어갈수록 아이들은 점점 자취를 감췄다. 드문드문해지더니 결국 한 명도 나타나지 않았다. 알렉산더는 그제야 주섬주섬 동전을 주워 담기 시작했다.

나는 슬그머니 알렉산더에게 다가갔다. 그는 나를 보더니 다짜고짜 신경질을 냈다.

"여태까지 여기서 뭐 하고 있었어!"

나는 아무런 대꾸도 하지 않았다. 알렉산더는 한숨을 푹 내쉬었다.

"나는 너를 재워준다고 한 적이 없단 말이야."

어안이 벙벙했다. 아니 재워주지도 않을 거면 연락을 왜 하라고 한 거지?

"그래, 시간도 늦었고, 네가 불쌍하니까 집에 데려간다. 따라와."

알렉산더의 집은 시내에서 꽤 멀었다. 나는 다리도 아프고 배도 고팠다. 걷고 또 걸은 끝에 어느 아파트 단지에 도착했다. 승강기도 없어서 5층까지 무거운 짐을 들고 낑낑거리며 올라가야 했다. 어느덧 시간은 자정에 가까웠다. 현관문을 열고 들어가니 퀴퀴한 냄새가 코를 찔렀다. 바닥에는 동전들이 나뒹굴었다. 알렉산더는 가발을 벗고 부엌으로 가서 낯을 씻었다. 칠을 지운 그의 얼굴이 참 초췌했다. 그는 나더러 먼저 샤워를 하라고 했다. 나는 화장실에 들어가 몸을 씻고 옷을 갈아입었다. 뒤이어 알렉산더가 씻고 나왔다. 방 중간에는 기이한 형상을 한 바람 빠진 에어 매트가 있고 그 위에 옷가지가 널브러져 있었다. 알렉산더가 바람을 집어넣자 매트가 부풀어 올랐다. 그는 어느 구석탱이에서 스티로폼을 가져오더니 나더러 그 위에서 자라고 했다.

나는 멍하니 스티로폼 위에 앉아 있었다. 알렉산더는 한쪽 구석에서 오늘 번 돈을 세기 시작했다. 그는 나에게 자기가 돈을 셀 동안 다른 곳을 보고 있으라고 했다. 그의 마지막 자존심인 듯했다. 멀뚱멀뚱 벽을 쳐다보고 있는데 허기진 위장에서 연방 꼬르륵 소리가 났다. 알렉산더는 내가 조금 가련했던지 냉장고에 있는 버섯을 꺼내 먹으라고 했다. 냉동실 문을 여니 딸랑 비닐봉지 하나가 놓여 있었는데 그 안에 느타리버섯 비슷하게 생긴 것이 들어 있었다. 나는 얼어붙은 버섯덩어리를 숟가락으로 힘겹게 부셔 그릇에 올려놓고 레인지에 데웠다. 얼음은 녹아 물로 변했고 아무 맛도 나지 않는 물컹물컹한 버섯을 질겅질겅 씹어 먹었다. 그 모습을 지켜보던 알렉산더가 말했다. "너는 어떻게 자기 먹을 것만 데우니? 참 이기적이구나!" 나는 알렉산더가 먹을 버섯도 마저 데웠다. 그는 표정을 찡그리며 자기는 원래 버섯을 싫어한다고 말했다.

나는 가방에서 얇은 담요를 꺼내 스티로폼에 깔고 그 위에 누웠다. 잠이 오지 않았다. 스마트폰을 만지작거리는 알렉산더에게 어느 나라 사람이냐고 물었다. 그는 "루마니아"라고 짧게 답한 뒤 일어나 전등을 껐다. 희미한 가로등 빛이 창문을 통해 들어왔다. 살다 살다 스티로폼 위에 누워 잠을 청하게 될 줄이야. 내 신세가 조금은 기구하다는 생각도 했다.

기억을 되짚어보니 여태까지 만난 호스트들은 모두 여유가 있었다. 손님을 맞을 정도의 경제적 여유, 그도 아니면 호의를 베풀 만한 마음의 여유. 물론 이상한 사람도 더러 있었지만 대부분은 둘 중 하나를 지니고 있었다. 그러나 알렉산더는 그렇지 못했다. 그는 이곳 스위스에서 이방인이었고, 가장 낮은 곳에 있었다. 알렉산더는 머나먼 타국에서 사람들의 웃음거리가 되며 줄곧 업신여김을 당했는데, 과연 나라면 그러한 모멸감을 며칠이나 견뎌낼 수 있을지 가늠이 되지 않았다. 그는 하루 벌어 하루 먹고사는 일용직 노동자였고 일당도 정해져 있지 않았다. 그날그날 사람들 주머니 사정이나 마음 씀씀이에 따라 벌이가 좋을 때도 있고 안 좋을 때도 있을 것이었다. 월세는 꼬박꼬박 내야 하는데 수

입이 일정하지 않으니 얼마나 불안할까. 나로 비유하자면 하루 종일 거리 연주를 해서 생활을 꾸리는 것과 비슷할 텐데, 그 삶의 무게가 잘 짐작이 가지 않았다.

가족은 있는지, 비자는 받았는지, 언제부터 광대 노릇을 했는지 궁금했으나 물어보지 않았다. 왜 하필 스위스에 왔는지, 본인이 이 길을 선택한 것인지 아니면 상황이 그리 몰아갔는지 묻고 싶었으나, 차마 질문을 던질 수 없었다. 아까 환한 전등에 비친 그의 머리칼은 땀으로 뒤범벅이 되어 있었고 눈의 흰자위는 벌겋게 충혈되어 있었다. 그를 스쳐가는 사람들은 이런 사실 따위는 신경 쓰지 않을 것이다. 나 역시 그가 재워주지 않았다면 똑같이 웃으며 그 자리를 지나쳤겠지. 제네바의 우스꽝스러운 광대는 자그마한 기억거리조차 되지 않았을 것이다. 이제껏 나도 거리의 사람들을 그저 하나의 물건 보듯 대하지는 않았나, 반성했다. 만약 내가 알렉산더와 같은 처지였다면 선뜻 누군가에게 손을 내밀 수 없었을 텐데, 그의 선의에 감사했다.

다음 날 아침 우리는 조금 늦게 눈을 떴다. 날씨가 우중충해서 곧 비가 내릴 것만 같았다. 알렉산더의 표정도 덩달아 어두워졌다. 그는 창문을 열었다 닫았다 안절부절못하며 손을 내밀어 비가 오는지 확인했다. 머지않아 비가 내리기 시작했다. 그의 한숨이 깊어졌다.

알렉산더는 나더러 짐을 챙겨 나가라고 했다. 나는 군말 없이 짐을 챙겼다. 그는 미안한 마음이 들었는지 5프랑짜리 동전 4개를 건넸다. 차마 받을 수 없는 돈이었다. 우리는 헤어지며 일종의 신사협정을 맺었다. 서로의 카우치서핑 프로필에 좋은 평가를 남겨주기로. 나는 가랑비를 맞으며 골목길을 걸었다. 중간에

길 위의 광대, 알렉산더.
그는 이곳 스위스에서 이방인이었고, 가장 낮은 곳에 있었다.

맥도날드에 들러 치즈버거를 하나 사 먹었다. 그리고 근처 유스호스텔에 체크인을 했다. 거기서 이틀 밤을 묵었다. 며칠 뒤 확인해보니 알렉산더의 프로필은 사라지고 없었다. 가슴 한구석이 아려왔다.

오래전 이미륵의 유럽, 그리고 오늘 나의 유럽

—— 뮌헨, 8/10~13

나는 제네바를 떠난 뒤 얼마간 취리히, 인스부르크, 파두츠에 머물렀다. 세월이 고요하고도 천천히 흐르던 세 도시. 툭 건드리면 와르르 쏟아져 내릴 것만 같은 파두츠의 별무리를 바라보며, 나는 오랜 여정이 막바지에 다다르고 있음을 깨달았다. 처음의 설렘은 어느새 익숙함이 되었고 고단함과 아쉬움이 뒤섞인 묘한 감정으로 차츰 바뀌어갔다. 나는 끝을 기다리면서도 실은 그것이 존재하지 않기를 바라고 있었다. 마치 그리스 신화에 나오는 오디세우스처럼 기약 없이 떠돌며 방랑할 수 있기를. 물론 방랑하는 동안은 힘들고 고통스럽겠지만 훗날 인생을 되돌아보며 술회할 수 있지 않을까. 내가 이렇게 기상천외한 모험을 했노라고, 그것이 지금의 나를 만들었노라고. 그러나 나에게는 여정의 끝이 있고 돌아갈 곳이 존재한다. 나는 내일이면 독일로 떠날 것이고 그 땅에서 여행의 마침표를 찍게 될 것이다. 그러니 미몽에 빠져들 때가 아니다.

리히텐슈타인에서 보낸 마지막 밤은 끔찍하기 그지없었다. 온몸을 미친 듯 긁어대던 나는 더는 견딜 수 없어 이불을 박차고 일어났다. 한동안 전등 스위치를 찾아 벽을 더듬거리다가 실눈을 뜨고 필사적으로 모기를 때려잡았다. 새하얀 벽지에 시뻘건 핏자국이 내번졌다. 모기 네 마리를 잇따라 처단하고 보니 이미 새벽 5시. 한 시간만 더 눈을 붙여야지, 생각했다. 그런데 웬걸 정신 차리고 보니 8시가 넘어 있었고, 헐레벌떡 일어나 호스트에게 인사할 새도 없이 총알처럼 튀어나왔다. 마구 달리고 달려 정류장에 도착. 간발의 차로 11번 버스에 몸을 실었다. 나는 리히텐슈타인의 샨이라는 국경도시에 내려 14번 버스로 갈아타고 오스트리아 펠트키르히로 갔다. 거기서 브레겐츠행 열차를 탔고, 브레겐츠역에서 독일 뮌헨행 유로스타에 탑승했다. 그러고는 세 시간을 달려 뮌헨에 도착했다. 세 나라의 국경을 넘나드는, 유럽에 온 이래 가장 고난이도의 일정이었다.

나는 오래간만에 햄버거 세트메뉴로 배를 채운 뒤 마리아-테레사라는 친구를 만났다. 그녀는 원래 이탈리아 북부의 과수원에서 나고 자랐는데, 지금은 뮌헨의 루트비히-막시밀리안 대학에서 미국학을 공부하고 있다고 했다. 나는 태어나서 이탈리아 사람을 처음 만난지라 신기한 기분이 들었다. 우리는 잠시 마트에 들러 장을 본 뒤 지하철에 올랐다. 마리아-테레사의 집은 시내에서 30분 정도 떨어진 한적한 주택이었다. 대학생 다섯 명이 얼기설기 모여 살고 있었는데, 그중 몇몇은 달갑지 않은 눈빛으로 나를 빤히 쳐다봤다. 그리 놀랍지는 않았다.

마리아-테레사는 마침 방학이라 수업이 없으니 직접 뮌헨을 구경시켜주겠다고 했다. 나는 잔뜩 기대에 부풀어 그녀를 따라나섰으나, 머지않아 이글거리는 태양 아래 땀을 비 오듯 흘리며 그늘을 찾아 헐떡이는 신세가 되고 말았다. 마리아-테레사는 슈퍼에 들러 물 한 병을 건네며 말했다.

"쯧쯧, 이럴 거면 내일은 아예 잉글리시 가든에 가자. 거기는 나무도 많고 그늘도 많고 수영도 할 수 있으니까. 가서 하루 종일 여유를 즐기다 오는 거지."

"근데 박물관도 몇 군데 가봐야 하지 않을까?"

"박물관? 그런 지루하고 따분한 데가 뭐 재미있다고 그래? 차라리 잉글리시 가든에서 돌아다니는 오리를 구경하는 게 고리타분한 유물을 보는 것보다 낫겠다."

"응 그래……." 박물관을 포기하기가 못내 아쉬웠지만, 결국 그녀의 말에 따르기로 했다.

이튿날 우리는 달랑 선글라스와 돗자리 그리고 읽을 책 한 권을 들고 집을 나섰다. 날씨는 여전히 무더웠지만 습하지는 않았고 살랑살랑 불어오는 바람이 머리칼을 흩날렸다. 나무그늘에 누워 책 읽기 딱 좋은 날, 나는 배낭 한구석에서 잠자던 《압록강은 흐른다》를 꺼내 들었다. 첫 장을 펼치니 이목구비가 뚜렷한 이미륵의 사진이 눈에 들어왔다. 말끔히 빗어 넘긴 머리에 동그란 안경, 단출한 복장. 두루마기를 입지 않았는데도 청초한 선비의 기운이 고스란히 느껴졌다.

수많은 질문을 품고 압록강을 건넌 사람

이야기는 미륵의 어린 시절로 거슬러 올라간다. 1899년 황해도 해주에서 태어난 이미륵은 유복한 가정에서 성장했다. 성공한 상인이었던 아버지는 어린 아들이 학문으로 이름을 떨치기를 원했고, 그래서 일찍부터 훈장 선생님을 모셔와 미륵을 비롯한 집안 아이들을 가르치게 했다. 미륵은 사촌 형 수암과 벗하여 사서삼경을 익히고 자연에서 뛰어놀며 남부러울 것 없는 유년기를 보냈다. 그러나 아버지의 병세가 위독해지고 집안 서당도 문을 닫게 되면서 미륵은 신식 학교에 입학하게 된다. 옛 질서는 허물어져 가나 새것은 잘 보이지 않던 시절. 진로를 두고 고민에 고민을 거듭하던 미륵은 열아홉 살 되던 해 경성의학전문학교로 진학한다. 아마 식민지 청년으로서 사회에 기여할 수 있는 몇 안 되는 길 중 하나였으리라. 그는 경성의전 3학년이던 1919년 3·1운동에 참가한 뒤 경찰에 쫓기는 신세가 되어 압록강을 건넌다. 그리고 상해에서 만난 안중근의 동생 봉근과 함께 머나먼 유럽 망명길에 오른다. 이윽고 독일에 도착해 어머니가 돌아가셨다는 소식을 접하며 이야기는 담담히 끝을 맺는다.

책장을 넘기는 내내 유난히도 눈길을 사로잡은 단어는 바로 '유럽'이었다. 이전까지는 한 번도 발견하지 못했던 메타포. 그 유럽은 때론 일상으로부터의 일탈, 미지의 세계 또는 머나먼 이상향으로 그려지고 있었다.

미륵이 신식 학교에 입학하자 아버지는 무엇을 '새로' 배웠느냐고 묻는다. "아주 많은 것을 배웠어요." 미륵은 답한다. 아버지는 되묻는다. "유럽에 관해서 들었니?" 미륵은 주절주절 이야기를 늘어놓는다. "선생님은 네 마리의 말이 공 하나를 반대 방향으로 끌고 간다고 이야기하셨어요. 저녁이 되자 유리관을 보았어요. 학교 교정의 모든 돌이며, 사람들의 옷, 지붕의 기왓장, 모든 것이 유리를 눈앞에 대기만 하면 온갖 색으로 빛났어요. 전 그게 왜 그런지 모르겠어요······." 열여섯 살의 미륵에게 유럽은 이상스럽고도 낯선 세상이었다.

신식 학교를 다니며 건강이 악화된 미륵은 연평도 부근 송림마을로 요양을 떠난다. 그는 동무들이 이야기해준 신세계 유럽에 관해 겨우내 생각하고 또 생각한다. "그들은 지상의 근심을 몰랐고 생존 경쟁의 쓰라림을 몰랐다. 그들은 자연과 우주에 관해서만 연구하였고 현자의 길만 걸었다. 새 교육으로 이루어지는 참다운 교양 있는 사람이 되기 위해서는 그곳에서만 공부를 하여야 할 것 같았다." 그리하여 봄이 찾아오던 3월의 어느 날, 미륵은 집을 나선다. 며칠을 걷고 또 걸어 기차역에 도착한다. 그는 심양까지 가는 표를 구했지만, 처음 보는 소란스러운 소리에 놀라 차마 열차에 오르지는 못한다. 플랫폼에서 얼쩡거리는 미륵에게 역원이 묻는다. 만주에 가서 무엇을 하려 했느냐고. 미륵은 답한다. "계속해서 유럽으로 가려고 했습니다." 집으로 돌아오는 그의 발걸음은 쓸쓸하기 그지없다.

　　그로부터 몇 년이 흐른 경성의전 시절, 경찰의 수배 명단에 오른 미륵에게 어머니는 말한다. "너는 도망쳐야 한다." 이 말은 유럽으로 가서 학문을 이어가라는 뜻이다. 미륵은 알고 있다. 유럽에서 공부하는 것이 굉장히 어려운 일이며 언어 장벽도 만만치 않다는 사실을. 그러나 어머니는 거듭 힘주어 말한다. "너는 겁쟁이가 아니다. 너는 쉽사리 국경을 넘을 것이고, 또 결국에는 유럽에 갈 것이다. 이 에미 걱정은 말아라. 나는 네가 돌아오기를 조용히 기다리겠다." 끝내 미륵은 압록강을 건너고 만다.

　　나는 미륵과 내가 조금은 비슷하다고 생각했다. 그가 느꼈던 격차를 나도 느꼈고 그가 품었던 동경을 나 역시 품었다. 그와 마찬가지로 어려서부터 유럽을 꿈꿨고 그곳에 가면 답이 있을 거라고 믿었다. 그리고 나는 지금 유럽에 있었다. 그것도 오래전 이미륵이, 그리고 이후 전혜린이 발을 디뎠던 바로 그 장소에.

　　구름 한 점 없이 카랑카랑한 하늘을 바라보며, 문득《압록강은 흐른다》의 그다음 이야기가 궁금해졌다. 스물두 살 청년 이미륵의 질문은 무엇이었을까? 그는 과연 유럽에서 답을 찾았을까? 그 시대의 다른 청년들이 그랬듯, 이미륵 역시 끝없이 고뇌했을 것이다. 왜 우리는 이 모양이 되었나? 나라다운 나라란 무엇인가? 어떻게 우리나라를 되찾을 수 있을까? 자신과 조국의 운명을 놓고 고민에 고민을 거듭했을 것이다.

그러나 유럽은, 그가 어릴 적부터 꿈꾸던 그 신학문의 세계는, 별다른 답을 내줄 수 없었다. 혼란스러운 바이마르 공화국이 막을 내리자 히틀러가 등장했고 얼마 후에는 2차 대전이 발발했으니까 말이다. 수많은 도시가 폐허로 변했고 독일은 갈기갈기 찢겼다. 이러한 일련의 사건을 지켜보며 그는 무슨 생각을 했을까? 유럽에서 무언가 답을 찾으려 했다면 필시 좌절했으리라, 나는 감히 어림해보았다.

처음 파리에 도착했을 당시의 내 모습이 떠올랐다. 가슴이 잔뜩 부풀어 한시도 가만있을 수 없었던 그때. 나는 나의 모든 물음을 보따리장수처럼 바리바리 싸들고 돌아다녔다. 사회안전망·양극화·복지·교육·기후변화 등등. 틈만 나면 조금씩 펼쳐놓고 똑 부러진 답을 찾아가려고 했다. 한 가지의 간단한 정답이 존재하리라 여겼고 그것을 찾아 한국 사회에 적용시키기만 하면 될 것이라 생각했다.

그러나 시간이 지날수록 그게 불가능한 일임을 알게 되었다. 그들의 해법은 그들의 삶의 현장에서 지난한 고민 끝에 도출된 것이었으며, 거기에는 그들만의 땀과 노력, 갈등, 헌신이 짙게 배어 있었다. 그리고 중요한 또 한 가지. 그들의 정답은 완벽하지 않았다. 설령 완벽하다손 치더라도 그것을 기계적으로 도입하는 일은 너무나도 위험했다. 결론에 이르기까지 거쳐온 모든 사회적 배경과 맥락은 무시된 채 껍데기만 남을 터이기 때문이다.

그렇다면 나의 여정은 무의미한 것이었을까? 한참을 고민하며 머리를 싸맨 끝에 나는 이런 결론을 내렸다. 아니다. 답이 한 문장으로 존재하지 않는다는 사실을 깨달았다는 것, 이 한 가지만으로도 충분하다. 어쩌면 터득하는 데 일생이 걸릴 수도 있을 교훈을, 나는 꽤나 일찍 얻게 된 것이니까.

이미륵이 그랬듯 이제 나도 내가 할 수 있는 가장 작은 일들을 찾을 것이다. 내가 선 바로 그 자리에서 최선을 다해 고민할 것이다. 어떻게 하면 더 나은 내일을 만들 수 있을지 사람들과 함께 머리를 맞대고 찾아볼 것이다. 결국 우리의 답은 우리 곁에 있고 그 답을 찾는 것은 앞으로 한국 사회를 살아갈 우리 자신의 몫이니 말이다.

여행이 나에게 선사한 것은 수많은 물음과 그 물음을 감내할 강단이 아니었을까. 뮌헨에서 마음이 한결 가벼워졌다.

세상에 선량한 나치란 없다

뮌헨에서 북쪽으로 150킬로미터가량 떨어진 뉘른베르크는 여러 모로 멋들어진 도시다. 낮에는 도심을 가로지르는 물줄기를 따라 그림 같은 풍경이 연달아 펼쳐지고, 밤에는 오렌지색 조명에 비친 고성의 몽환적 자태가 여행자의 마음을 사로잡는다. 시간이 넉넉하다면 케밥 하나 사들고 동물원 나들이를 가거나 근사한 장난감박물관을 둘러보아도 좋다. 그리고 해 질 녘 배 속이 허할 즈음 슈바인스학세 Schweinshaxe를 도톰하게 썰어 입안에 넣고 오물거리다 보면 뉘른베르크와 진심으로 사랑에 빠지게 된다.

그러나 나는 '뉘른베르크' 하면 가장 먼저 머릿속에 '나치 Nazi'라는 단어가 떠오른다. 매년 수많은 고위 관료와 당원들이 앞다퉈 몰려들었던 도시. 국가사회주의 독일 노동자당Nationalsozialistische Deutsche Arbeiterpartei의 상징이자 심장과도 같은 곳. 그리고 차마 입에 담을 수 없는 끔찍한 범죄의 주역들이 역사의 심판을 받았던 바로 그 장소. 잔잔한 정취를 간직한 오늘날과는 달리, 당시 뉘른베르크는 그야말로 광기 어린 흥분의 도가니였다.

거기에 한 사람이 있었다. 거세게 휘몰아치는 역사의 소용돌이에 온몸을 내던진 남자, 알베르트 슈페어Albert Speer. 나는 언젠가 900여 쪽에 이르는 그의 회고록을 펼쳐 든 적이 있다. 생각해보면 순전히 히틀러에 대한 호기심 때문이었다. 가까이서 본히틀러는 어떤 인간이었는지, 내부자의 시선으로 바라본 제3제국은 어떠했는지를 슈페어라는 렌즈를 통해 관찰해보고 싶었다.

그러나 책장을 넘기면 넘길수록 히틀러가 아닌 슈페어의 삶에 매료되고 말았다. 제3제국의 건축가이자 군수장관, 그리고 이른바 "선량한 나치 The Good Nazi". 다른 전범들이 자기변호에 급급했던 반면 지도부의 집단 책임을 주장하면서 나치 각료들 중 유일하게 교수형을 면했던 인물. 그의 기억은 놀랄 만큼 세밀했고, 글에서 묻어나는 인간성도 단연 돋보였다. 그러나 그 흥미진진한 일대기를 탐미하면서도 나는 한 가지 의문에 사로잡혔다. 과연 이런 사람이 존재할 수 있을까? 겉은 나치인데 속은 선량한 마음으로 가득한 사람이? 슈페어가 남긴 발자취를 따라가다 보면 조금의 실마리를 얻을 수 있지 않을까 기대하며 나는 뉘른베르크에 왔다.

알베르트 슈페어는 1905년 만하임의 부유한 집안에서 태어났다. 어려서부터 산수에 특출한 재능을 보였던 그는 수학자가 되길 원했지만, 건축가였던 아버지의 가업을 잇는 것만이 유일한 선택지였다. 건축가 자격시험에 합격한 뒤 베를린에서 조교로 일하던 어느 날, 그는 동료 학생들과 함께 히틀러의 연설을 듣게 된다. 수많은 인파로 뒤덮인 어느 맥주홀에서 히틀러는 독일의 희망을 말했고 가능성을 이야기했다. 그 순간 슈페어의 인생은 완전히 뒤바뀌었다. 1931년 그는 나치의 47만 4481번째 당원이 되었다.

공부를 마치고도 일자리를 구하지 못하던 슈페어는 구직활동을 하는 틈틈이 나치당 소유의 건물을 수리하는 일을 맡았다. 처음에는 조그만 사무실부터 시작해 지역본부와 괴벨스의 관저까지 점점 사업을 확장해나가던 슈페어는 1933년 총리 관저 개조에 참여하며 마침내 히틀러의 눈에 들게 된다. 그때의 그 감격을 슈페어는 이렇게 표현한다. "위대한 건물을 지어달라는 의

뢰를 받는다면, 파우스트처럼 영혼이라도 팔았을 것이다. 나는 나의 메피스토펠레스를 찾은 것이다. 그는 괴테만큼이나 매력적으로 다가왔다."

진정 어린 반성인가, 가식적인 반성인가

슈페어가 생애 처음으로 담당한 비중 있는 프로젝트는 1934년 뉘른베르크 전당대회였다. 그는 정성스레 땅을 고르고, 웅장한 계단을 짓고, 페르가몬 제단을 본뜬 연단을 세우는 등 심혈을 기울여 행사를 준비했다. 그중 압권은 방공 탐조등을 활용해 만든 빛의 성전Lichtdom이었다. 광장을 빙 둘러싼 130개의 광선은 해발 7000미터 상공을 파고들며 사람들을 압도하고도 남을 어마어마한 아우라를 뿜어냈다.

나는 지금은 폐허가 된 거대한 연단 앞에 서서 상상해보았다. 그 숨 막히는 분위기, 열광하는 사람들, 쩌렁쩌렁 울리는 바그너의 오페라 〈뉘른베르크의 명가수〉, 열변을 토하는 히틀러, 그리고 이 모든 광경을 만족스러운 듯 바라보는 슈페어의 모습을. 힘차게 오른손을 뻗고 "하일 히틀러!"를 외칠 때 그는 어떤 기분이 들었을까? 가슴이 찌릿찌릿 저려오지 않았을까? 불과 몇 년 전까지만 해도 실업자였는데, 아 이제 내 인생도 탄탄대로를 달리겠구나! 꿈이 현실이 되는 순간, 감격의 눈물이 볼을 타고 줄줄 흘러내렸을 것이다.

이후 슈페어는 승승장구하며 1937년 '제국 수도 건설 총감독관' 지위에 오른다. 그는 히틀러의 원대한 구상에 따라 베를린을 '게르마니아'라는 세계제국의 수도로 탈바꿈시키는 중요한

1934년 뉘른베르크 전당대회 당시
알베르트 슈페어가 방공탐조등을 활용해서 만들어낸 〈빛의 성전〉.

임무를 맡았다. 마지막 돌이 놓이는 순간, 오직 로마와 바빌론에 비견되며 파리를 난쟁이처럼 만들어버릴 도시. 슈페어는 불타는 사명감으로 작업에 착수한다. 훗날 발견된 문서에 따르면, 당시 베를린에서는 7만 5000명에 이르는 유대인이 추방되었다고 한다. 위대한 세계제국의 수도에 "열등한" 민족을 위한 자리란 없었다. 대다수 유대인들이 죽임을 당하거나 강제수용소로 끌려갔다. 슈페어는 과연 이 사실을 알았을까. 그는 아무 말이 없다.

그로부터 5년이 흐른 1942년, 히틀러는 슈페어를 군수장관으로 임명한다. 이제 그는 나치 정권에서 누구 못지않은 막강한 권력을 소유하게 되었다. 슈페어는 이번에도 총통 각하의 두터운 신임에 보답하는 데 성공했다. 그는 이제껏 군이 주도하던 산업을 민간 주도로 전환했고, 단기간에 생산성을 세 배나 상승시켰다. 그러나 이는 700만 명에 이르는 노동자들이 있었기에 가능한 일이었다. 그중 대부분은 강제수용소에서 차출되었으며, 쓰러져 숨을 거둘 때까지 노동에 시달렸다. 수많은 사람이 죽어나갔지만 마치 무한리필이라도 하듯 끊임없이 인력이 충원되었다. 훗날 슈페어는 이를 자신은 알지 못했고 그랬기에 관여할 수도 없었다고 말한다. "더욱 견디기 힘든 것은 내가 죄수들의 얼굴에 거울처럼 반사되는 히틀러 정권의 골상학을 읽는 데 실패했다는 점이다. 내가 수주 혹은 수개월이라도 더 지속되도록 강박적인 노력을 기울였던 그 정권의 실체를 말이다."

나는 전당대회장 바로 옆에 위치한 기록보관소를 거닐다 6번 트램에 몸을 실었다. 하늘은 온통 잿빛을 드리워 금방이라도 비가 쏟아질 것 같았다. 제3제국은 이제 끝을 향해 달려가고 있었다. 독일의 패색이 짙어지면 짙어질수록 슈페어의 운명에도 그림자가 어른거렸다. 그는 내심 전후 재건에서 중요한 역할을 맡으리라 기대했지만 중대 범죄로 기소되어 옴짝달싹할 수 없는 신세로 전락했다. 나는 트램역에서 15분을 걸어 정의의 전당Justizpalast에 도착했다. 그리고 역사적 재판이 열린 600호 법정으로 발걸음을 향했다. 방청석 맨 앞줄에 놓인 조그만 모니터에서 70년 전의 현장이 흐릿하게 흘러나오고 있었다.

뉘른베르크 재판은 1945년 11월에 시작되어 10개월 이상 지속되었다. 엎어지면 코 닿을 거리의 독방에 갇힌 슈페어는 매일 아침 기나긴 터널을 지나 법정에 모습을 드러냈다. 그는 재판 과정 내내 자신이 여타의 전범들과는 다르다는 사실을 강조했다. 피해자들의 증언을 들으며 뉘우치는 태도를 보였고, 나치 이름으로 자행된 범죄의 집단 책임을 인정했다. 그러나 결코 유죄를 시인하지는 않았다. 슈페어는 자신에게 적용된 강제동원 혐의를 모두 수하인 프리츠 자우켈Fritz Saukel에게 떠넘겼다. 강제수용소의 실상이나 유대인 학살에 대해 전혀 아는 바가 없지만, 지도부의 일원으로서 책임을 통감한다는 것이 그의 거듭된 주장이었다.

그러나 이것만으로도 연합국 검사들의 마음을 사로잡기는 충분했다. 슈페어는 다른 전범들과는 달리 좋은 집안에서 자랐고 선한 인상을 지녔으며 무엇보다도 인간으로서 최소한의 양심은 지닌 것처럼 보였다. 그는 침착하고도 논리적으로 이야기했고, 인정할 것은 인정하면서 또 부정할 것은 부정했다. 그리하여 1946년 10월 1일, 정의를 찾는 대장정이 막을 내리던 날, 자우켈은 "파라오 이래 최악의 노예주"라 지칭되며 교수형에 처해진 반면, 슈페어는 "선량한 나치"로 불리며 20년형을 선고받는 데 그쳤다. 진실한 것일까, 영악한 것일까? 갓 40대에 접어든 슈페어는 이제 베를린 외곽에 위치한 슈판다우 형무소로 이송된다.

차디찬 감방에 앉아 긴긴 겨울밤을 지새우며, 그는 자신의 인생을 돌아보았다. 빛나는 순간을 떠올리며 미소 짓고, 잘못된 선택을 후회하며 회한에 잠기고, 때로는 죄책감에 몸서리치며 고통스러워했다. 그러나 슈페어에게는 아직 인생 후반전이 남아 있었다. 그는 결심했다. 자신을 재창조하기로. 그리고 펜을 들어 무언가를 적어 내려가기 시작했다. 종이가 한장 한장 쌓여갈수록 있는 그대로의 이야기와 사람들이 기억해주었으면 하는 이야기의 경계는 희미해졌다. 슈페어가 쓴 원고는 무려 2만 5000장에 이르렀고, 형무소 밖으로 밀반출되어 친구들에게 전해졌다.

1966년 10월 1일, 어느덧 환갑노인이 된 슈페어는 마침내 석방의 기쁨을 맛보았다. 그는 고향집으로 돌아가 막바지 원고 작업에 열중했고, 머지않아 《기억》이라는 회고록을 펴냈다. 전쟁의 후유증으로 신음하던 독일 사회는 그의 작품에 열화 같은 반응을 보냈다. 아마 그들 중 대다수는 슈페어의 이야기에 자신의 과거를 투영했을 것이다. '그래, 우리는 아무것도 몰랐어. 히틀러라는 미치광이한테 속았을 뿐이야. 선량한 시민들에게는 아무런 죄가 없다고!' 슈페어의 몸값은 천정부지로 치솟았고 이곳저곳에서 인터뷰 요청이 쇄도했다. 그는 이제 누구나 알아보는 유명 인사가 되었다.

그러나 곧 절체절명의 위기가 찾아온다. 1943년 친위대장 힘러 Heinrich Himmler가 유대인 몰살 계획을 발표하는 자리에 슈페어가 참석했다는 사실이 밝혀진 것이다. "나는 몰랐다"라는 슈페어의 주장이 더는 신빙성을 지니기 어렵게 된 것이다. 한번 균열이 생긴 둑은 순식간에 무너져 내리기 마련. 슈페어가 유대인

1945년 11월, 이곳 뉘른베르크 법정에서
슈페어를 비롯한 나치 전범들의 재판이 열렸다.

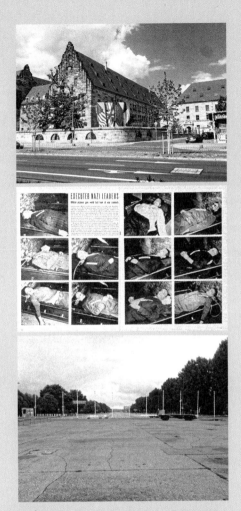

역사적 재판이 열린 600호 법정은 정의의 전당 안에 있다.
맨 위부터 정의의 전당, 처형된 나치 전범들 기록 사진,
그리고 나치 행진이 벌어졌던 대로의 모습.
이 길은 이제 그저 황량할 뿐이다.

소유의 미술작품 수십 점을 불법적으로 탈취한 일이 드러났고 그림의 원래 주인을 찾아 돌려주기는커녕 비밀창고에 보관해두었다가 출소한 뒤 야금야금 팔아치운 사실이 밝혀졌다. 이를 보다 못한 친구 루돌프 볼터스Rudolf Wolters는 1971년 슈페어에게 편지를 한 통 보낸다. "너는 그《기억》이후로도 그만두지 못하는구나. 너의 행동은 네가 범죄자라는 사실을 아주 철저히 드러내고 있어. 20년형은 너에게 결코 충분하지 않았다Was ist nur in Dich gefahren, dass Du nach den Schuldbekenntnissen Deiner *Erinnerungen* nicht aufhörst, Dich immer wieder und immer radikaler als Verbrecher hinzustellen, für den zwanzig Jahre Gefängnisstrafe 'zu wenig waren'." 슈페어의《기억》은 지우고 꿰매고 덧칠한 기억이었던 셈이다.

나는 법정을 바라보며 골똘히 생각에 잠겼다. 만약 재판관들이 그를 제대로 파악했다면 어떤 판결을 내렸을까. 두말할 것도 없이 사형이었겠지. 슈페어가 교수대에서 생을 마감했다면, 그의 흥미진진한 회고록은 빛을 볼 수 없었을 것이다. 게다가 우리는 그런 인물이 존재했다는 사실마저 까맣게 잊어버렸을 공산이 크다. 그러나 슈페어는 끝까지 살아남았고 자신의 이름을 사람들의 기억 속에 각인하는 데 성공했다. "선량한 나치". 이것이 아직까지도 대다수 사람들이 기억하는 그의 이름이다.

나는 슈페어를 어찌 대해야 할지 혼란스러웠다. 과연 반성이란 무엇인가? 어디까지가 진정 어린 반성이고 어디까지가 가식적인 반성인가? 여태까지 드러난 사실들에 비추어 슈페어의 진정성은 의심받을 수밖에 없다. 그러나 그의 모든 법정 증언을 사실무근으로 치부할 수만은 없다. 나 같아도 목숨이 경각에 달린 상황에서 제 입으로 유죄를 시인하기는 어려웠을 것이다. 그의 양심은 죽음에 이르지 않는 선까지만 부분적으로 작용했던 것이다.

그렇다면 슈페어는 1946년에 사형을 선고받아야 했을까? 그의 죗값을 따져본다면 그래야 마땅하다. 그러나 과연 그의 사형이 정의이고 20년형은 불의인 것일까. 분명한 한 가지는 그도 우리와 다를 것 없는 인간군상의 일부였다는 사실. 끊임없이 욕망하고 이익을 쫓고 권력을 탐하는. 그러면서 생을 간구하는…….

뉘른베르크에서 나는 깨달았다. 이 세상에 '선량한 나치'란 없다. 그저 불량한 나치와 악랄한 나치가 있을 뿐이다.

죽음의 수용소에서 주저앉다

— 바이마르, 8/16~19

나치의 강제수용소에 한 번이라도 가본 사람이라면 그곳이 얼마나 끔찍한 분위기를 자아내는지 잘 알 것이다. 광활한 대지에 빽빽이 들어선 막사, 핏기 하나 없는 팔초한 얼굴들, 화장터에서 피어오르는 자욱한 연기, 사방에서 들려오는 고함 소리. 지금은 모두 사라지고 없지만, 우리는 볼 수 있다. 전해 내려오는 수많은 기억을 통해. 손에 잡힐 듯 생생히. 그리고 비수에 잠긴다. 한동안 마음 가누기가 어렵고, 인간의 존재를 비관하게 된다. 사람이 사람에게 어느 정도까지 악할 수 있는지, 그 헤아릴 수 없는 심연을 목도하는 것은 참으로 힘에 겨운 일이다.

강제수용소가 어떤 곳인지 나에게 처음 가르쳐준 사람은 빅터 프랭클Viktor Frankl이었다. 《죽음의 수용소에서》를 통해 나는 그곳의 실상을 접했고 언젠가 두 발로 직접 그 땅을 밟아보리라 결심했다. 이번 여정에 바이마르를 넣은 것은 그 오랜 다짐을 지키기 위해서였다. 아우슈비츠를 보러 폴란드에 가기는 불가능하니, 독일에서 가장 규모가 큰 부헨발트 강제수용소를 방문하기로 한 것이다.

하늘이 불그스름하던 8월의 어느 일요일, 나는 바이마르에 있는 샤를로테 아주머니의 집에 도착했다. 현관에 발을 들여놓자마자 아주 흥미로운 이야기를 들었는데, 바로 한때 빈에서 베토벤의 라이벌로도 여겨지던 작곡가 요한 네포무크 후멜Johann Nepomuk Hummel이 200년 전 이 집에 살았다는 것이었다. 세상에 이런 일이!

샤를로테 아주머니에게는 자녀가 셋 있었는데, 두 명은 방학을 맞아 캠프에 갔고 집에는 막내 벤델린만 남아 있었다. 누가 봐도 귀엽고 깜찍한 벤델린은 시도 때도 없이 친구들을 초대해 낄낄거리며 뛰어놀았다. 그 해맑은 미소를 바라보며 왠지 쓸쓸한 기분이 들었다. 나도 저리 놀고 싶은데! 레스토랑에 가서 스테이크도 썰고, 콘서트장에서 마음껏 소리도 질러보고, 아니면 카페에 앉아 그저 멍 때리는 것도 좋고! 여태까지 이곳저곳 많이 둘러봤잖아. 그 정도면 충분하고말고. 이젠 머리에 과부하가 걸릴 것 같아! 강제수용소? 거기 좀 안 가면 어때. 바이마르에서는 좀 쉬면서 여유를 즐겨야겠어.

그러나 10분도 버티지 못하고 벌떡 일어났다. 옷을 주섬주섬 갈아입고, 잔돈을 챙기고, 크로스백을 어깨에 메고, 샤를로테 아주머니에게 물어봤다. "부헨발트로 가는 버스는 몇 번이에요?" "응, 중앙역에 가서 6번 타면 돼." 나는 이미 알고 있었다. 그곳에 가야만 하고 또 갈 수밖에 없다는 것을⋯⋯.

시내를 벗어난 버스는 구불구불한 언덕길을 오르기 시작했다. 에테르스베르크 산의 푸른 나뭇잎들이 햇살을 받아 싱그러웠다. 아마 괴테도 이 비탈진 기슭에 앉아 글을 쓰고 시를 읊었겠지. "모든 이론은 잿빛이고 빛나는 것은 생명의 푸른 나무뿐이다."《파우스트》에 나오는 유명한 구절의 주인공도 분명 여기 어딘가에 존재할 것이다. 그런데 괴테는 과연 상상이나 했을까? 훗날 이곳에 부헨발트 Buchenwald, 즉 '너도밤나무 숲'이라는 이름의 강제수용소가 들어설 줄을.

나는 안내소에서 오디오 가이드를 빌려 정문으로 걸어갔

다. 녹슨 손잡이에 손을 뻗으려는 순간 단출한 문구가 눈에 띄었다. "각자에게 제 몫을JEDEM DAS SEINE." 아우슈비츠를 비롯한 대부분의 강제수용소에 붙어 있는 "노동이 너희를 자유롭게 하리라ARBEIT MACHT FREI"라는 문구와는 사뭇 다르다. 한 가지 특이한점은 이 문장이 밖에서 볼 때 거꾸로 붙어 있다는 것이다. 다시 말해 수용소 안쪽에서 봐야 똑바로 읽힌다는 이야기. 수감자들은매일 녹슨 철문을 바라보며 무슨 생각을 했을까. "언젠가 너희의행위에 따른 응분의 대가를 치르리라"를 되뇌고 또 되뇌지 않았을까.

그저 끝없는 악몽에 불과한 삶들

수용소 안쪽으로 걸음을 옮겨 다시금 정문을 바라보면 꼭대기의 커다란 시계가 눈에 들어온다. 그 시곗바늘은 한참을 지켜봐도 전혀 움직임이 없다. 1945년 4월 11일 오후 3시 15분, 부헨발트가 해방되던 바로 그 순간만을 가리키고 있어서다. 당시미 육군 장군 조지 패튼과 부하들 눈앞에 펼쳐진 광경은 너무나도 끔찍했다. 곳곳에 쌓여 썩어가는 시체더미, 교수대에 걸려 대롱거리는 송장, 피로 얼룩진 고문실, 사방에서 풍겨오는 역한 냄새. 막사를 열어젖히자 몇몇 살아남은 이가 보였지만 모두들 피골이 상접해 만세를 부를 힘조차 없었다.

미군들은 수용소 남쪽의 46번 막사에서 생체실험의 흔적을 발견했다. 수감자들은 나체로 막사에 들여보내졌고 사슬에 묶인 채 앉아 있어야 했다. 나치의 의사들은 티푸스 병균이 든 주사를 수감자들의 팔에 놓았다. 그들은 고열, 기침, 두통, 인사불성

부헨발트 수용소의 정문에는 "각자에게 제 몫을JEDEM DAS SEINE"
이라는 문구를 단 간판이 걸려 있다. 한 가지 특이한 점은 이 문장이
밖에서 볼 때 거꾸로 붙어 있다는 것이다. 다시 말해 수용소 안쪽에서
봐야 똑바로 읽힌다는 이야기. 수감자들은 매일 녹슨 철문을 바라보며
무슨 생각을 했을까. "언젠가 너희의 행위에 따른 응분의 대가를
치르리라"를 되뇌고 또 되뇌지 않았을까. 사진은 부헨발트 정문에서
시작해 죄수 탈출 방지 철조망, 거대한 막사와 아이들의 모습.
그리고 3시 15분에 멈춰버린 시계를 담고 있다.

에 시달리다가 몇 주 뒤 숨을 거두었다. 시체에서 수집된 허파와 심장과 뇌 등은 표본병 속에 담겨 보관되었다. 모두 티푸스 백신을 개발하겠다는 명목하에 이루어진 일이었다.

가장 엽기적인 것은 '부헨발트의 마녀' 곧 일제 코흐 Ilse Koch의 만행이었다. 수용소장 카를-오토 코흐 Karl-Otto Koch의 아내였던 그녀는 걸핏하면 수감자들을 구타하고 유대인들을 곰우리에 먹잇감으로 던져 넣으면서 병적 쾌감을 느꼈다. 그녀의 취미는 인간가죽 공예품 수집이었다. 수용소를 돌아다니다 마음에 드는 문신을 발견하면 즉시 죽여 그 문신이 새겨진 가죽으로 자신의 손장갑과 전등갓, 서책 표지 등을 만들었다. 그녀는 타고난 악마였을까, 아니면 시대가 만들어낸 괴물이었을까. 내가 그녀와 똑같은 환경에서 똑같은 조건으로 태어나고 성장했다면 과연 그녀와 똑같이 행동했을까. 머리를 싸매도 정답을 찾을 수 없었다.

나는 수용소 안쪽의 조그만 추모비 앞에 주저앉았다. 이곳에서 죽어간 5만 6000여 명 중 집시들을 기리는 비석이었다. 가느다란 한숨이 새어 나왔다. 입술이 파르르 떨렸다. 왜, 도대체 왜, 이런 일이 일어났을까? 전지전능하다는 하나님은 어째서 이 상황을 그저 바라만 보고 계셨을까? 문명이란 무엇일까? 인류는 과연 진보하고 있는 것일까? 감당하기 힘든 물음들이 머리를 할퀴고 지나갔다. 나에게는 버거운 물음이었다.

그러나 내 마음을 더 괴롭히는 것은 바로 북한에도 이 같은 정치범 수용소가 여전히 존재한다는 것이었다. 이러저러한 추정치에 따르면 총 8만에서 12만여 명의 주민이 그곳에 갇혀 노예나 다름없이 생활하고 있다고 한다. 체제전복 기도, 우상화 반대, 종교 활동 등의 이유로 끌려간 사람들은 대부분 수용소에서 생을 다한다. 간신히 살아남은 사람들의 증언에 따르면 구타와 폭행, 고문, 장기 적출, 그리고 화학무기 생체실험이 일상적으로 이루어지고 있다고……. 부헨발트보다 더하면 더했지 결코 덜하지 않은 것이다.

　　나는 그곳 사람들의 삶을 생각해보았다. 인간으로서 최소한의 존엄성조차 지킬 수 없는 사람들. 그 사람들에게 살아간다는 것은 무엇을 의미할까. 오늘이 지나면 내일이 오고 내일은 또다시 모레가 되는 삶의 마땅한 이치가, 그들에게는 그저 끝없는 악몽에 불과할지도 모른다. 이 빼앗긴 세월들을 도대체 누가 갚아준단 말인가. 과연 독재자 한 사람을 단죄하면 해결되는 문제일까. 역시 답은 없었다.

　　평소 수많은 사람이 방문하곤 한다는 부헨발트에는 이날따라 사람이 별로 없었다. 뜨문뜨문 나고 드는 사람들 가운데 나란히 걸어오는 아버지와 아들이 보였다. 키가 큰 아버지는 허리를 숙여 아들과 눈을 맞추며 소곤소곤 이야기를 나누었다. 유대인일까, 독일인일까. 그 장면을 지켜보며 왠지 모르게 눈시울이 붉어졌다. 나에게도 언젠가 그런 날이 찾아올까. 쉰 살쯤 되어 아들과 함께 요덕수용소를 둘러볼 날. 저기 저 아버지가 그러하듯 "아들아, 네 나이만 한 아이들이 이곳에서 죽어갔단다"라고 나지막이 이야기해줄 그날이. 나는 알지 못했다.

　　나는 어지러운 듯 비틀거리며 정문을 향해 걸어갔다.

　　그리고 이튿날 다시 한 번 부헨발트를 찾았다.

25

동베를린의 유령역

—— 베를린, 8/19~24

바이마르에서 베를린으로 가는 고속버스의 출발시간은 오후 5시 20분이었다. 내가 머물던 숙소에서 중앙역까지는 걸어서 30분, 버스로는 5분. 간만에 늦잠에서 깨어나 어기적어기적 식빵을 씹으며, 오늘은 여유롭게 밀린 일기나 정리해야지, 생각했다. 그러나 곧 참을 수 없는 졸음이 몰려와 침대에 벌러덩 드러누웠고, 4시 50분쯤 후다닥 일어나 나를 재워준 샤를로테 아주머니께 인사를 건네고 집을 나섰다.

완만한 내리막길을 걸어 정류장에 도착하자마자 버스 탑승 성공. 그런데 웬걸, 독일에도 퇴근시간 교통혼잡이 있는지 차들이 꽉 막혀 움직이질 않았다. 10분, 15분, 20분. 야속한 시간은 내리 흐르고, 이마에 식은땀이 맺히며 절로 기도가 새어 나왔다. "하나님, 버스가 3분만 늦게 해주세요. 제발!"

조마조마한 마음으로 중앙역에 도착한 때가 5시 22분. 베를린행 버스는 눈을 씻고 찾아봐도 없다. 그야말로 망연자실. 나는 힘없이 주저앉아 애꿎은 뺨가죽을 세차게 때렸다. 어유, 정신 좀 차려라. 10분만 일찍 나오면 됐을 것을 이게 뭔 고생이래. 이제 어째야 하나…, 베를린에서는 약속시간도 정해져 있는데……. 바가지를 쓰는 한이 있더라도 얼른 기차표를 구해야 할 것 같았다.

서둘러 기차역으로 들어가려는 순간, 정류장을 서성이는 한 커플이 불현듯 눈에 들어왔다. 황급히 다가가 말을 걸었다.

"혹시 베를린 가는 버스 기다리시나요?"

"네 맞아요."

"어, 그러면 아직 안 왔나 보네요?"

"그러게요. 아까부터 기다렸는데 오늘은 좀 늦나 봐요."

으흐흑, 천만다행이다. 그러나 아직 안심은 금물. 하나님이 내 기도에 너무 완벽히 응답하신 나머지 버스는 3분이 아니라 33분이나 늦게 오고 말았다. 베를린에서 나를 재워줄 토비아스 아저씨와 9시에 만나기로 했는데……. 예정대로라면 터미널에 8시 반까지 도착해야 하지만 쉽지 않을 듯했다.

엎친 데 덮친 격으로 출발한 지 두어 시간 지났을 무렵 기사 아저씨가 갑자기 차를 세우더니 화장실에 다녀오라고 소리쳤다. "몇 분 동안이요?" 돌아오는 대답은 무려 25분. 아저씨… 진짜 이러시면 어떡해요. 가뜩이나 출발도 늦게 하셨으면서……. 나는 옆자리에 앉은 커플의 휴대폰을 빌려 토비아스 아저씨에게 전화를 걸었다.

"저 한 시간 정도 늦을 것 같아요. 정말 죄송해요."

"그래? 그럼 도착할 때쯤 다시 전화해!"

휴, 일단 발등의 불은 껐다. 내가 여행하면서 깨달은 한 가지는 전화를 빌리거나 길을 물을 때는 반드시 커플에게 부탁해야 한다는 사실이다. 두 사람 중에서도 특히 남자에게 물으면 아주 상냥하고 친절하게 가르쳐준다. 처음에는 왜 그럴까 조금 이상했는데, 나중에 곰곰이 생각해보니 다 여자 친구에게 잘 보이기 위해 그러는 거였다. 지금껏 열에 아홉은 그랬으니 여성분들에게 참 감사할 일이다.

이런저런 생각을 하다 보니 어느새 창밖은 어둑어둑해졌

고 베를린에 도착했을 때는 이미 9시 반이 훌쩍 지나 있었다. 터미널에 내리자마자 부랴부랴 지하철을 타고 12호선 동물원Zoolo-gischer Garten 역에서 하차. 밤 10시가 넘어서야 토비아스 아저씨와 접선하는 데 성공했다. 참으로 스릴 넘치는 여정이었다.

토비아스 아저씨를 처음 알게 된 것은 며칠 전 뉘른베르크에서였다. 거기서 나는 독실한 기독교인인 다니엘 아저씨네 집에 묵었는데 거실을 지나칠 때마다 아기자기한 소품들이 두 눈을 사로잡곤 했다. 나는 몇 번씩이나 물어봤다.

"이 찻잔은 어디서 구하신 거예요?"

"응, 베를린에 사는 큰형이 크리스마스 선물로 줬어."

"우와, 이 사진집은 어디서 사셨어요?"

"그것도 베를린에 사는 우리 큰형이 보내준 거야."

"그럼 혹시 이 식탁보도?"

"맞아, 그것도 베를린에 사는……."

이런 식의 문답이 몇 차례 이어지자 더는 궁금해서 참을 수가 없었다. 나이도 꽤 있으실 텐데 대체 어떤 분이기에 이토록 센스가 넘치실까? 가만있자, 나도 곧 베를린에 가는데……. 용기를 내서 물어봤다.

"혹시 저도 베를린에 가게 되면 그 '큰형'을 만나 뵐 수 있을까요?"

다니엘 아저씨는 말했다. "글쎄. 시간이 되는지는 모르지만, 한번 물어볼게."

그리고 그날 저녁.

"하영, 우리 큰형이 베를린에 오면 얼마든지 먹여주고 재워줄 수 있대!"

우아 신난다! 그리하여 나는 한껏 부푼 마음을 안고 베를린에 오게 된 것이다. 나는 토비아스 아저씨와 함께 전철을 타고 베를린 서쪽 끄트머리 슈판다우로 향했다. 알베르트 슈페어가 이 동네에서 20년을 지냈다고 생각하니 기분이 묘했다. 역에서 내리자 곧바로 아저씨가 주차해둔 조그만 자가용이 보였고, 차로 5분을 달려 한적한 이층집에 도착했다. 나는 토비아스 아저씨의 아내 가브리엘라 아주머니와 잠시 인사를 나누고는 곧바로 잠자리에 들었다. 천장에 뚫린 유리창으로 별무리가 내다보였다. 어릴 적 지도에서만 보던 베를린. 바로 거기에 내가 누워 있다니. 야밤중에 환호성을 질렀다. "우아, 베를린이다!"

그리고 순식간에 꿈나라로 빠져들었다.

베를린 ─ 호엔쇤하우젠 기념관에서

이튿날 아침을 먹으며 아주 흥미로운 사실을 알게 되었다. 바로 토비아스 아저씨가 베를린교통공사BVG, Berliner Verkehrsbetriebe에서 일한다는 것. 1988년, 그러니까 베를린장벽이 무너지기도 전부터 말이다. 어릴 때부터 기계를 좋아하던 토비아스 아저씨는 점점 커가면서 환경 문제에도 관심을 갖게 되었다고 한다. 특히 대기오염의 주범이 자동차라는 사실을 깨닫고 나서 본격적으로 대중교통 쪽으로 눈을 돌리게 되었다고. 기계와 환경을 사랑하는 젊은이가 베를린 공과대학을 졸업한 뒤 BVG에 입사한 것은 어찌 보면 당연한 수순이었다.

토비아스 아저씨의 이야기에 따르면 원래 베를린의 교통을 담당하는 회사는 딱 하나였다고 한다. 그런데 베를린이 분단

되면서 회사 역시 두 개로 쪼개졌고, 1992년에야 원상 복구되었다고. "통일 이후에 아주 할 일이 많으셨겠네요?" 하고 물어보니 "물론이지!"라는 답변이 돌아왔다. "원래 있던 철로 정비해야지, 새로운 노선 개통해야지, 낯선 사람들한테 적응해야지, 신경 쓸게 한두 가지가 아니었어."

토비아스 아저씨는 마침 그 시절과 연관된 전시가 하나 있다고 했다.

"옛날 동베를린에 유령역 Geisterbahnhöfe 이라는 게 있었거든. 베를린이 하나일 때는 문제가 없었는데 장벽이 건설되면서 지하철 운행에도 차질이 생긴 거야. 동베를린 영토를 통과해야하는 서베를린 노선이 몇 개 있었거든. 네가 동베를린 시장이라면 어떻게 했을 것 같니?"

"글쎄… 잘 모르겠어요."

"동독 정부에서는 그 역들을 폐쇄하고 군인들더러 지키도록 했어. 아무도 들어가고 나오지 못하도록. 그리고 열차는 그 역들을 그냥 지나쳐서 갔지. 이런 유령역들이 동베를린에 열다섯 개나 있었어."

우리는 그중 하나인 북역으로 발걸음을 옮겼다. 역사 안쪽 벽면을 이용해 자그마하게 상설전시가 열리고 있었는데, 몇몇 인상적인 일화가 눈에 띄었다. 첫 번째는 바로 쿠르트와 디터라는 두 남자 이야기. 베를린에서 170킬로미터 떨어진 곳인 할레에 살던 두 사람은 1966년 어느 가을날, 동독을 탈출하기로 마음먹고 베를린에 도착했다. 그들은 준비해 온 도구로 하인리히 하이네가 Heinrich Heine Str.에 있는 유령역의 입구를 부수고 들어갔다. 그러나 계단을 내려가자마자 맞닥뜨린 것은 두터운 장벽. 그것을 뚫는 데만 꼬박 4박 5일이 걸렸다. 각고의 노력 끝에 드디어 선로에 도달한 두 사람. 뒤도 안 보고 부리나케 뛰어가는데 그만 한 사람이 동작 감지 센서를 건드리고 말았다. 머지않아 터널에 불이 켜졌고 국경수비대가 나타났다. 결국 두 사람은 국경을 25미터 앞에 두고 체포되었다. 그들을 기다리고 있는 것은 철창살이었다.

이렇듯 안타깝기 그지없는 사건도 있지만 성공담도 있다. 1963년 하인리히 하이네가의 바로 그 터널에서 스물세 명의 인부가 망가진 선로를 수리하고 있었다. 혹시 모를 불상사에 대비해 동독 국경수비대원 네 명이 중간중간 배치되어 감시했다. 그때 에르빈이라는 인부는 자신에게 일생일대의 기회가 찾아왔음을 직감했다. 그는 작업을 하면서 슬금슬금 국경선 쪽으로 뒷걸음질을 쳤다. 때마침 운도 따랐는지 국경수비대원 네 명 중 절반이 저녁을 먹으러 갔다. 에르빈은 호시탐탐 기회를 엿보다 나머지 두 명의 대원 사이를 폴짝 뛰어넘어 서독으로 유유히 사라졌다. 미처 총을 꺼내들 사이도 없이 순식간에 벌어진 일이었다. 이런 일이 생기자 동독 정부는 선로 옆 보행자용 통로를 완전히 막아버렸다. 그러나 이후에는 국경수비대원들이 서독으로 탈출하는 사건이 종종 벌어졌다고 한다. 자유를 향한 갈망은 베를린장벽이 무너질 때까지 멈추지 않았다.

토비아스 아저씨와 나는 다시 전철에 올라 알렉산더 광장으로 향했다. 거기서 5번 트램으로 갈아타고 열세 정거장을 지나 프라이엔발더가 Freienwalder Str.에 내렸다. 우리는 저 멀리, 잿빛 담장으로 둘러싸인 건물을 향해 천천히 걸어갔다. 토비아스 아저씨는 이곳의 존재를 이미 알고 있었지만 한 번도 와본 적은 없다고 했다. 내가 이야기를 꺼내지 않았다면 아마 평생 오지 않았을 거라고. 나는 떨리는 마음으로, 정문 안으로 발걸음을 들여놓았다.

이곳의 정식 명칭은 베를린-호엔쉰하우젠 기념관 Gedenk-stätte Berlin-Hohenschönhausen. '호엔쉰하우젠'이라는 이름을 처음 접한 것은 영화 〈타인의 삶〉에서였다. 영화의 첫 시퀀스는 피도 눈물도 없는 비즐러 대위가 한 남자를 잔인하게 심문하는 장면으로 시작한다. 이웃의 동독 탈출을 도왔다는 이유로 체포된 그 남자는, 처음에는 혐의를 완강히 부인한다. 그러나 며칠간 잠을 재우지 않고 가족의 신변을 들먹이며 협박을 가하자 마침내 굴복하고 만다. 비즐러는 말한다. "누군가의 유무죄를 식별할 때는 그가 지칠 때까지 심문하는 것이 최선의 방법이다." 그가 이러한 '업무'를 밥 먹듯이 반복했던 장소, 그곳이 바로 호엔쉰하우젠이다.

우리는 시간을 잘 맞춘 덕에 영어로 진행되는 가이드 투어에 합류할 수 있었다. 우리의 가이드는 30대 초반으로 보이는 젊고 잘생긴 청년이었다. 그는 오른손을 쭉 뻗더니 조곤조곤한 목소리로 이야기를 시작했다. "저기 보이는 저 빨간 벽돌 건물은 원래 1939년, 나치 정권이 세운 공장이었습니다. 그러나 2차 대전이 끝나자마자 소련의 강제수용소가 들어섰고, 이후 동독 정부로 소유권이 이전되었죠. 이 건물 지하에는 유보트U-boat, 즉 독일어로 우부트U-Boot라고 불리는 거대한 공간이 있습니다. 바로 수감자들이 밤낮으로 강제노역에 시달리며, 본인 손으로 직접 지어야 했던 감옥입니다."

우리는 가이드를 따라 어둡고 음침한 지하로 내려갔다. 통로 양쪽으로 감방이 빽빽이 늘어서 있었다. 손톱만 한 창문도 존재하지 않았고 발광하는 백열등은 끊임없이 눈을 쪼아댔다. 2평 남짓한 공간에는 딱딱한 나무침대와 볼일을 볼 수 있는 바구니

하나가 덩그러니 놓여 있었다. 매스꺼운 냄새에 금방이라도 가위 눌릴 것 같은 기분이 들었다. 수많은 반혁명분자, 나치부역자, 민주 진영 인사, 무고한 시민 들이 이곳에서 목숨을 잃었다고 한다. 그중에는 심지어 서독에서 납치한 변호사까지 있었다고 하니 동독의 정보기관이 얼마나 물샐틈없이 잔인한지 짐작하고도 남을 일이다.

우리는 바로 옆에 위치한 커다란 베이지색 건물로 발걸음을 옮겼다. 가이드가 설명을 이어갔다. "1950년대 후반, 국가보안부Ministerium für Staatssicherheit, 곧 슈타지Stasi는 새로운 건물을 짓기 시작합니다. 물론 강제노역을 동원해서 말이죠. 1959년에 완공된 이 디귿자 모양의 건물은 바로 슈타지의 심장과도 같은 곳입니다. 수많은 사람이 여기 갇혀 취조를 받고 불량분자로 낙인 찍혔죠. 그러나 바깥사람들에게 이곳은 알 수도 없고 알아서도 안 되는 곳이었습니다. 당시에는 지도에조차 표시되어 있지 않았으니까요."

새로운 건물은 '유보트'보다는 그나마 말쑥해 보였다. 바닥에는 리놀륨이 깔려 있고, 방마다 화장실과 더불어 조그만 창문이 달려 있었다. 그러나 이곳의 인테리어는 공포감과 무력감을 조장하기 위해 매우 치밀하게 설계되었다고, 가이드는 말했다. 사람들은 정부에 반하는 사상을 지녔다는 이유로, 혹은 이웃의 동독 탈출에 협조했다는 이유로 불시에 끌려와 기나긴 조사를 받았다. 심리적 고문 기술은 한층 고도화되었고 취조실 안에서는 거짓진술과 허위자백이 난무했다.

당시 슈타지에는 상근 직원만 9만 5000명, 거기에 더해 비공식적으로 활동하는 정보원 18만여 명이 존재했다고 전해진다. 전체 인구로 따지면 예순 명 중 한 명꼴로 슈타지와 협력했다는 이야기다. 게슈타포가 사라진 지 얼마 되지도 않아 또다시 슈타지 치하의 세월을 견뎌야 했던 동독 주민들의 심정이 과연 어떠했을까. 가슴 한구석이 아르르 저며왔다.

슈타지의 취조실을 둘러보면서 나는 자연스레 남영동 대공분실을 떠올릴 수밖에 없었다. '탁' 치니 '억' 하고 죽었다는 박종철 열사, 그리고 차마 눈뜨고 볼 수 없는 야만적 고문에 시달린 김근태 의원을 떠올리면 우리의 안기부가 독일의 슈타지보다 한층 악랄하고 지독했던 게 아닐까 생각하게 된다. 그러나 지금 와서 그 포악함의 정도를 따지는 게 무슨 의미가 있을까. 정보기관이 국민의 안위가 아닌 정권의 존속을 위해 일했다는 사실만으로도, 그 존립 근거는 완전히 사라진 것이다. 게다가 그 과정에서 수많은 사람의 인생을 파멸로 몰고 갔다면 두말할 나위가 없다.

그럼에도 혹시, 혹시라도 최소한의 양심을 지닌 슈타지 요원은 없었을까? 〈타인의 삶〉의 주인공처럼 누군가를 감시하며 인간적인 정을 느끼고, 그 사람의 삶을 이해하게 되고, 마침내 그를 구하기 위해 소속 조직을 저버리는 그런 사람. 가이드는 고개를 절레절레 내저었다. "그런 영화 같은 일은 실제로는 벌어질 수 없어요. 전체주의 사회에서, 특히 정보요원에 대해서는 겹겹의 수직적·수평적 감시체계가 존재하기 때문에 그런 독단적인 행동을 감행할 여지가 전혀 없죠. '아름다운 슈타지 영웅'은 그저 실체 없는 판타지일 뿐이에요." 나는 말없이 고개를 끄덕였다. 머지않아 우리의 투어는 마무리되었다.

나는 정문을 나서며 생각해봤다. 내가 만일 그 시대에 동독이나 남한에서 태어났다면 어떤 삶을 살았을까. 아마 이불 뒤

집어쓰고 숨죽이며 지내지 않았을까. 불의에 감히 저항하지 못하고 적당히 협력하며 비겁하게 살았을 것 같다. 나같이 허약한 신체와 정신의 소유자는 심문을 받을 경우 10분 내에 아는 이름 모르는 이름 할 것 없이 나불나불 불어버렸을 것이다. 그런데 그 시대를, 그 사람들은 도대체 어떤 힘으로 싸우고 견뎌낸 것일까. 내가 오늘날 자유로운 사회에 살고 있음은 수많은 이의 희생이 존재했기 때문이라는 사실을 새삼 깨닫게 된다.

그러나 우리에게는 과거가 되어버린 일들이 끊임없는 현재진행으로 되풀이되는 장소가 있다. 내가 사는 도시에서 불과 수 킬로미터밖에 떨어지지 않은 곳, 북한. 그곳의 상황은 동독이나 남한보다 훨씬 참혹하다. 국가안전보위부가 주민들의 일거수일투족을 낱낱이 감시하고 조금이라도 눈에 거슬리면 정치범수용소에 수감한다. 나는 반성했다. 그동안 북한을 바라보는 시선이 김정은이나 핵 혹은 통일과 같은 거시적 담론에 국한되어 있었다. 북한을 하나의 거대한 실체로만 여겼지, 그 안에 살고 있는 2500만 명 사람들은 미처 생각지 못했다. 부끄러웠다. 한국에 돌아가서 무엇이라도 해야겠다고 생각했다. 한낱 화려한 정치적 수사가 아닌, 사람들을 실제적으로 도울 수 있는 무언가……. 결국 오늘 기념관에 찾아온 이유도 아픈 역사를 기억하고 되풀이하지 않기 위해서였으니 말이다.

토비아스 아저씨와 나는 집으로 가는 내내 각자 생각에 잠겨 아무 말도 하지 않았다. 지하철에서 내릴 무렵에야 토비아스 아저씨가 말문을 열었다.

"나는 베를린에 살면서도 호엔쉰하우젠에는 처음 가봤는데 정말 유익한 시간이었어. 대강 알고는 있었지만 눈으로 직접

Historie in der geteilten Stadt 1945 – 1961
Occupation in the Divided City 1945 – 1961

Bahnsteig auf dem Bahnhof Potsdamer Platz, von Grenzsoldaten bewacht.
Potsdamer Platz station platform guarded by border soldiers.

SPERRGEBIET BERLIN-HOHENSCHÖNHAUSEN
Berlin-Hohenschönhausen restricted area

Die unterirdische Mauer
Border Stations: The Underground Wall

Flucht: Ein Gleisbauarbeiter sprang über die unterirdische Grenze
Escape: A Rail Worker Jumped over the Underground Border

토비아스 아저씨와 함께 동베를린에 있었다는 유령역 중 한 곳인 북역에 들렀다. 역사 안쪽 벽면을 이용해 자그마하게 상설전시가 열리고 있었다. 전시 관람 후 다시 전철을 타고 프라이엔발더가에 내려 베를린-호엔쇤하우젠 기념관에 갔다. 가이드가 조곤조곤한 목소리로 안내했다. "저기 보이는 저 빨간 벽돌 건물은 원래 1939년, 나치 정권이 세운 공장이었습니다. 그러나 2차 대전이 끝나자마자 소련의 강제수용소가 들어섰고, 이후 동독 정부로 소유권이 이전되었죠. 이 건물 지하에는 유보트, 즉 독일어로 우부트라고 불리는 거대한 공간이 있습니다. 바로 수감자들이 밤낮으로 강제노역에 시달리며, 본인 손으로 직접 지어야 했던 감옥입니다." 호엔쇤하우젠의 독방, 우부트 안의 감방, 그리고 감방이 늘어선 복도 등의 모습.

보니 느낌이 또 다르더라고. 내 아내가 동독 출신이잖아. 아내의 삶을 더 생생히 이해할 수 있었던 것 같아. 고마워!"

집에 도착하니 고소한 슈니첼 냄새가 콧속으로 스며들었다. 가브리엘라 아주머니가 웃으며 우리를 반겨주었다.

"오늘 어땠어? 베를린, 꽤 매력적이지 않니?"

"네, 정말, 정말 인상적인 하루였어요!"

내일은 가브리엘라 아주머니에게 동독에서의 삶에 대해 더 자세히 물어봐야겠다고 생각했다.

전쟁의 참혹함 속에서 써내려간 일기

베를린에 오니 생각나는 사람이 있다. '베를린의 한 여인'. 이름도 없고 빛도 없는, 그녀는 그저 베를린의 한 여인이다. 나는 그녀가 몇 날 몇 시 어디서 태어나고 어디서 죽었는지 알지 못한다. 그러나 갓 서른을 넘길 무렵 베를린에 살았다는 것, 그때 한창 전쟁이 막바지였다는 것, 그럼에도 포화 속에서 하루도 빠짐없이 일기를 적었다는 것은 알고 있다. 2차 대전이 끝난 뒤 작자 미상으로 출간된 그녀의 일기는 지난겨울 어느 날, 나의 손에 들어왔다. 그 일기장을 한장 한장 애끓는 심정으로 넘겨보던 기억이 머리를 스친다.

그녀의 이야기, 《베를린의 한 여인》은 1945년 4월 20일 금요일로부터 시작된다. 독일을 향한 연합군의 공세가 절정에 다다른 그 시절. 하루가 멀다 하고 지속되는 폭격에 베를린 거리는 울부짖는 소리로 가득하다. 목숨을 건진 이들은 허겁지겁 지하실로 대피하기 바쁘다. 이 중 대다수는 지난 몇 주간 거의 아무것도 먹지 못했다. 분위기는 어수선하고 약탈이 횡행한다. 여기저기서 고성이 오간다. 바깥에서 오는 정보는 차단되어 있다. 사람들 사이로 불안이 증폭된다. 그녀는 이런 상황을 잊기 위해 흔들리는 촛불에 의지해 글을 쓰고 있다.

그로부터 일주일이 지난 4월 27일, 붉은 군대가 모습을 드러낸다. 며칠간의 공방전 끝에, 베를린은 소련군 손아귀에 들어간다. 사람들은 웅성거리며 동요한다. 이제 소련 병사들이 거리 곳곳을 활보한다. 그들은 걸핏하면 지하실로 침입해 난장판을 벌인다. 권총을 휘두르는 군인들에게 여자들이 속절없이 끌려간다.

"한 명이 내 손목을 잡고 통로 위쪽으로 끌고 간다. 다른 한 명도 나를 끌면서 내가 소리치지 못하도록 손으로 목을 누른다. 아니, 내가 숨이 막혀 죽을지도 모른다는 두려움에 질려 더는 소리칠 엄두를 내지 못할 만큼 억세게 조인다. 두 사람은 내 손을 잡아당기고 나는 바닥에 쓰러진다. 내 외투 주머니에서 무언가가 딸그락거리며 떨어진다. 집 열쇠. 내 열쇠 꾸러미가 틀림없다. 나는 머리를 지하실 계단 맨 아래에 두고 뉘어졌다. 등에서 차가운 액체가 느껴진다. 약간의 빛이 들어오는 문틈을 통해 한 사람은 망을 보고 있다. 그동안 나머지 한 사람은 내 옷을 찢고 강제로 내 몸을 파고든다……"

그녀는 이를 악물고 저항하다 나중에는 울먹이며 애원하기에 이른다. "단 한 사람만, 제발. 제발 단 한 사람만. 당신 한 사람이면 저는 괜찮아요. 하지만 나머지 사람들은 쫓아주세요." 자신의 아내, 누이, 이웃이 당하는 모습을 지켜보는 남성들은 아무 말이 없다. 그저, 바라만 볼 뿐이다.

소련군이 진주하는 베를린에는 이제 폭격이 멈추었다. 그러나 공포는 걷잡을 수 없이 전염되어 사람들은 집 안에 꼭꼭 숨어 좀처럼 나오지 않는다. 처녀라면 더더욱. 그러나 그녀는 그럴

만한 처지가 못 된다. 그녀의 집에는 아무런 안전장치가 없고 군인들이 수시로 들어와 오줌을 갈긴다. 그리고 겁탈한다. 그녀는 결심한다. "여기에 늑대를 불러들여야만 한다." 다른 늑대들이 귀찮게 굴지 못하도록 해줄 힘센 늑대, 곧 모자에 별을 단 사람이 필요하다.

그녀는 한 대위에 이어 소령과 관계를 가진다. 소령은 다른 늑대들을 쫓아주고 우유, 고기, 소금과 같은 식료품을 가져다준다. 아무런 의식주도 마련되지 않는 상황에서 이는 정말이지 소중한 것이었다. 그녀는 적는다. "…… 아직 해결하지 못한 부분은 이제 나 자신을 창녀로 여겨야 하느냐는 것이다. 사실 나는 실제로 내 몸을 팔아 살아가고, 그에게 몸을 내주고 먹을 것을 얻기 때문이다. …… 내가 그것을 좋아할 수 있을까? 아니야, 결코 그럴 수 없어. 그것은 내 기질에 맞지 않으며, 내 자존심을 상하게 할 것이며, 내 긍지를 짓밟을 것이다. 그리고 육체적으로도 견뎌내지 못할 것이다."

도시 곳곳에서 흉흉한 소식이 들려온다. 한 처녀는 스무 명의 병사들에게 집단강간을 당했고, 다른 소녀는 쫓아오는 군인을 피해 도망치다 4층에서 떨어져 숨졌다. 처음에는 그저 침묵하던 독일 남자들이 이제는 큰소리로 외친다. "제발 따라가세요. 당신은 우리 모두를 위험하게 만들고 있어요!" 그들은 참을 수 없을 만큼 비겁한 경지에 이른다.

5월 9일, 마침내 동부전선을 지키던 모든 독일군이 항복한다. 소련군 통제하에 다시 배급이 시작되고 나치당원 색출이 이루어진다. 사람들은 망치를 들고 히틀러의 흉상을 깨부순다. 조금씩 통행이 자유로워져 그녀는 친구 일제를 만나러 간다. 서로 얼싸안은 뒤 꺼낸 첫마디. "일제, 넌 몇 번이나 당했니?" "네 번, 너는?" "잘 모르겠어. 병참부대 대원들부터 소령까지 서서히 올라갔으니까." 이렇듯 끔찍한 나날을 버텨내며 그들이 할 수 있는 일은 함께 울며 서로를 위로하는 것뿐이다.

전쟁의 소용돌이가 한바탕 휩쓸고 지나간 베를린에, 그녀의 남자친구 게르트가 돌아온다. 오랫동안 소식이 끊겼던 그는 동부전선에서 도망쳐 오는 길이다. 현관문을 열고 들어온 게르트에게 그녀는 자신의 일기장을 내보인다. 그러자 게르트가 말한다. "너희들은 부끄러운 줄도 모르고 마치 암캐처럼 되었군. 이 건물에 있는 여자들 모두가 말이야. 너희는 그걸 깨닫지도 못하니? 너희들을 대하는 것이 끔찍해. 너희들은 모든 가치 기준을 잃어버렸어." 그는 집을 떠나 영영 돌아오지 않는다.

나는 내가 게르트와 비슷하지는 않은지 생각해본 적이 있다. 내가 만일 당시 독일에 태어났다면 게르트처럼 행동하지 않으리라 장담할 수 있을까? 잘 모르겠다. 나는 그 이후 공감한다는 말을 함부로 하지 않게 되었다. 내가 여성이 아닌 이상 여성의 삶에 온전히 공감하는 것은 불가능하다. 그저 조금씩 이해해보려 노력할 뿐……

전쟁은 언제나 남성들이 일으키는데, 참혹한 시련을 겪는 것은 주로 여성이다. 2차 대전 당시 베를린에서는 최소 10만 명의 여성이 강간을 당했다고 한다. 독일 전체로 따지면 200만 명에 이른다. 모두 소련·영국·프랑스·미국 군인들에 의해 벌어진 일이다. 물론 연합국 여성들 역시 독일군에 의해 대규모로 성폭행을 당했다. 그러나 이제껏 사람들은 쉬쉬해왔다.

1959년 《베를린의 한 여인》이 독일에서 처음 출간되었을 당시 저자는 곳곳에서 쏟아지는 빈축과 비난을 감내해야 했다. 독일 여성의 명예를 실추시켰다는 것, 그것이 가장 큰 지탄의 이유였다. 거기서 온 충격으로 그녀는 죽을 때까지 자신의 일기를 재출간하기를 거부한다.

'베를린의 한 여인'의 정체는 마침내 한 남자에 의해 밝혀졌는데, 그녀의 이름은 마르타 힐러스Marta Hillers. 잡지와 신문에 글을 기고하던 저널리스트였다고 한다. 그러나 그 이름은 중요하지 않다. 이것은 한 시대를 살아간 모든 여성의 이야기이기 때문이다. 전쟁이 한 인간의 삶을 얼마나 처참하게 짓밟을 수 있는지, 힐러스의 일기는 낱낱이 드러내고 있다.

한국어로 번역되었으나 오래전 절판된 《베를린의 한 여인》을 나는 헌책방에서 구해두었다. 그녀가 어딘가에 "폐허가 된 베를린이 다시는 재건으로 일어서지 못할 것"이라고 적은 것이 문득 생각난다. 그러나 지금 나의 눈앞에 보이는 베를린은 그저 찬란하기만 하다. 한국에 돌아가면, 그녀의 일기를 다시금 찬찬히 읽어봐야겠다. 오늘의 거리를 떠올리며. 마주친 사람들을 그려보며.

가브리엘라와 토비아스, 두 분에게 듣다

—— 베를린, 8/19~24

베를린에서 맞는 첫 주말. 토비아스 아저씨와 가브리엘라 아주머니 그리고 나. 세 명은 느지막이 아침을 먹고 거실 탁자에 둘러앉았다. "그럼 시작해볼까?" 가브리엘라 아주머니가 미소 지으며 말했다. "앗, 잠시만요!" 부리나케 연필과 공책을 꺼내며 든 생각, 행복하다. 이 순간이 오기를 얼마나 기다렸던가!

궁금한 것이 한 보따리였다. 두 분은 각각 어린 시절을 동독과 서독에서 보냈다. 숨 막히는 냉전과 베를린장벽의 붕괴를 두 눈으로 목격했고 지난했던 통일의 과정을 온몸으로 겪어냈다. 분단국가에서 보낸 유년 시절은 어땠을까? 장벽은 정말 하루아침에 무너졌을까? 베를린 사람들은 그래도 예상하고 있지 않았을까? 두근거리는 마음을 애써 진정시키며 말문을 열었다.

Q 가브리엘라 아주머니, 어릴 적 이야기 좀 해주세요. 어느 도시에서 태어나셨어요?

가브리엘라　　조금 의외겠지만, 1958년 서독에서 태어났어. 도르트문트 Dortmund 근처 뮌스터 Münster 라는 도시에서. 우리 부모님은 모두 동독 출신이었지만 결혼하면서 서독으로 건너왔거든. 그런데 신혼 초에 그만 이혼을 해버렸네? 홀로 남게 된 어머니는 1960년에 동독으로 돌아갔어. 거기는 정부에서 일자리가 나오기 때문에 직장을 구하기도 쉽고 어린이집과 학교도 모두 무료였거든. 우리 외할머니가 사는 곳이기도 했고. 여차여차한 이유로 라이프치히에 정착하게 되었지.

> Q 그때는 서독에서 동독으로 자유롭게 이주할 수 있었나
> 보네요?

가브리엘라   일반적으로 서독에 있는 사람들은 동독에 있는 친지를 자유롭게 방문할 수 있었어. 그런데 방문하는 사람이 많진 않았지. 국경 검문이 아주 까다로웠거든. 발가벗은 채 몇 시간 서 있는 일이 부지기수고 심하면 물건을 통째로 빼앗겼어. 그러니 서독에서 동독으로 이주까지 하는 사람은 더더욱 없었을 거야. 우리 집이 조금 특이한 경우지.

> Q 그러네요. 토비아스 아저씨네 부모님은 동독에서 서독
> 으로 탈출하셨다고 들었는데…….

토비아스   맞아! 1953년에 소요 사태가 일어나는 바람에 가능한 일이었지. 당시 수만 명에 이르는 동베를린 노동자들이 정권에 맞서 시위를 일으켰거든. 며칠 만에 시위는 전국으로 퍼졌고 소련군 탱크가 동원되고 나서야 진압되었지. 동독 정부는 화들짝 놀란 나머지, 가족이 서독에 사는 사람에 한해 서독 방문을 허가해줬어. 그래서 우리 가족은 1953년부터 1년에 한 번씩 아우구스부르크에 사는 이모를 방문했지. 그리고 1956년, 마침내 돌이킬 수 없는 여정을 떠난 거야. 물론 이웃들에게는 철저히 비밀로 하고.

가브리엘라   서독에 있는 가족을 방문하는 건 1953년부터 1961년까지만 가능했어. 이후에는 다시 금지되었지. 동독을 벗어나려면 여자는 60세, 남자는 65세까지 기다려야 했어. 아니면

암 같은 불치병에 걸려 아예 일을 할 수 없게 되어야 했지. 이런 조건을 충족한 경우에도 1년에 4주로 기간이 제한되었어.

Q 아저씨네 부모님이 동독을 떠나기로 결정한 이유는 무엇이었나요?

토비아스 　우리 아버지는 남성용 셔츠를 만드는 공장 사장이었어. 다시 말해 자본가였지. 그때도 그렇고 지금도 그렇지만 자본가는 공산주의 정권 아래서는 살아남기 힘들어. 경찰들이 틈만 나면 공장에 들이닥쳐 협박을 일삼았다고 해. 하루는 어떤 경찰이 이렇게 말했대. "엥겔하르트 씨, 당신을 언젠가 꼭 교도소에 집어넣고야 말겠어!" 세금도 꼬박꼬박 내고 법을 어긴 일도 없었는데 말이야. 정부에서는 그 공장을 빼앗아 국영화할 기회를 호시탐탐 노리고 있었던 거지. 게다가 우리 부모님은 녹실한 기독교인이었어. 온 가족이 교회를 다녔는데 그게 사회적으로 문제가 됐어. 누나들이 학교에 갈 때마다 선생님들이 이렇게 말했다고 해. "교회는 정말 나쁜 곳인데 너희가 거기에 다니다니 정말 미쳤구나!" 당시 동독 청소년들은 모두 당에서 운영하는 조직에 가입해야 했어[1~4학년은 융어 피오니에레, 5~7학년은 텔만 피오니에레, 그리고 8학년부터는 프라이 도이체 유겐트 Freie Deutsche Jugend 라는 조직이었다]. 그런데 기독교인들은 이런 조직들이 공산주의를 바탕으로 운영되기 때문에 하나님을 신실하게 믿는다면 절대 아이들을 보내서는 안 된다고 생각했지. 우리 부모님도 마찬가지였고. 그런데 문제는 그 조직에 소속되지 않으면 대학 진학이 불가능하다는 거였어. 이대로 동독에 머물렀다가는 자식들이 모두 대학 교육을 받지 못할 운명이었어. 그래서 공장도 버리고 땅도 버리고 집도 버리고 서독으로 와서 평범한 노동자가 된 거지. 자녀들에게 좋은 교육을 받을 기회를 줘야 했으니까.

Q 그때 아저씨는 몇 살이었나요?

토비아스 아직 세상에 있지도 않았어. 우리 가족이 동독을 떠난 건 1956년, 내가 태어난 건 1958년. 바로 서독에서 태어난 첫 아기였지!

Q 이야기를 듣다 보니 궁금해졌는데, 가브리엘라 아주머니의 학창시절은 어떠셨나요? 당에서 운영하는 조직에 가입하셨나요?

가브리엘라 나 역시 기독교인이라 어려움이 많았어. 나는 태어나서 일곱 살 때까지 외할머니 댁에서 자랐거든. 할머니가 독실한 기독교 신자라 주일마다 교회 가는 것이 너무나 당연했지. 그런데 어머니랑 살게 되면서부터는 아예 금지됐어. "네가 교회 가는 걸 누가 보기라도 한다면 정말 큰일 날 거야!"라고 하셨지. 그래서 한동안 못 가다가 열다섯 살 때부터는 친구랑 놀러 간다고 거짓말하고 교회에 다녔지. 물론 청소년 조직에서도 활동했어. 노래도 하고 청소도 하고 일도 하고, 친구들이랑 같이 즐거운 시간을 보냈었지. 그런데 나이가 들면서 점점 버티기가 힘들었어. '왜?'라는 질문을 하기 시작했거든. 한번은 같은 반에 있는 친구가 기독교인이라는 이유로 퇴학당할 위기에 처한 거야. 그래서 전교생 앞에서 당돌하게 물어봤지. "도대체 왜죠? 이건 옳지 않아요!" 아무도 내 질문에 대답하지 못했어. 공식적인 법률에는 종교의 자유가 보장된다고 적혀 있었거든. 결국 그 친구는 학교에 남게 되었지만, 문제는 나였어. 교장 선생님은 나한테만 굉장히 어려운 시험 문제를 내서 내가 낙제하게끔 만들려고 했지. 그 구실로 쫓아내려고 말이야. 그런데 나는 좀처럼 문제를 틀리지 않았고, 무사히 고등학교까지 졸업할 수 있었어.

Q 음… 신념을 지킬 것인가, 체제에 순응할 것인가. 어려운 문제네요. 변하지 않는 사회에서 좌절감도 들었을 것 같은데 평상시 스트레스는 어떻게 푸셨어요?

가브리엘라   일단 여행을 많이 다녔어. 비자를 받지 않아도 되는 폴란드나 체코슬로바키아에 자주 갔지. 그런데 이 두 나라는 딱히 매력적이지 않았어. 사람들도 불친절하고 마음에 드는 물건도 별로 없고. 헝가리는 그나마 사정이 나았지만 비자 받기가 정말 까다로웠어. 러시아나 불가리아는 그보다 더 심했고. 내가 정말로 가보고 싶은 곳은 프랑스였는데, 완전 그림의 떡이었지. 친구들이랑 극장도 자주 갔어. 아직도 기억나는 영화가 하나 있는데, 1977년에 상영한 캐나다 영화였어. 거기 나온 호수가 얼마나 아름답던지 친구랑 굳게 다짐했었지. 나중에 예순 살 넘어 은퇴하면 캐나다에 꼭 같이 가자고. 꼼꼼히 세어봤더니 2018년이 되면 가능하겠더라고. 그 뒤로 까맣게 잊어버리고 있었는데 얼마 전 그 친구를 다시 만난 거 있지. 우리 둘 다 환갑이 가까워 오고 있는데… 어찌나 우습던지! 한참을 배꼽 잡고 웃었어.

Q 이젠 웃어넘길 수 있는 이야기가 됐으니 정말 다행이에요! 그런데 혹시 슈타지와 관련된 경험도 있으신가요? 감시를 당했다든가 사건에 연루되었다든가…….

248

가브리엘라　　　응, 물론이지. 우선 우리 어머니 이야기인데, 어머니가 서독에 살다가 다시 동독으로 돌아왔잖아. 어머니가 집을 나설 때마다 멀찍이서 지켜보는 사람이 있었어. 하루는 어머니가 그 사람에게 말을 걸었는데 그 사람 말이 같은 동네에 산다는 거야. 그런데 자기는 부모도 없고 남편도 없고 자식도 없대. 그래서 어머니가 불쌍한 마음에 우리 집에 데려와서 명절 때마다 시간을 같이 보냈지. 물론 우리는 아무것도 눈치 채지 못했어. 그 사람이 편지를 남기고 훌쩍 떠나기 전까진 말이야. 거기에 이런 내용이 적혀 있었지. "나는 슈타지 요원이었고 내 이름과 신상정보는 모두 거짓이었다." 그 사람은 어머니를 좋아했기 때문이 아니라 어머니를 감시해야 했기 때문에 함께 시간을 보냈던 거야. 어머니가 그 편지를 읽고 얼마나 슬퍼하던지, 기억이 생생해……

　　　다음으로는 내가 직장 다닐 때 이야기인데, 어느 날 또랑또랑한 신입사원이 하나 들어왔어. 어떤 사람인지 궁금해서 말을 걸어봤는데 너무 대화가 잘 통하는 거야. 특히 우리 둘 다 클래식 음악을 좋아해서 공연도 몇 번 같이 보러 갔지. 그런데 글쎄, 그 친구가 동독을 탈출해버린 거야. 소문으로는 서베를린에 사는 여자랑 눈이 맞았다네. 그 사건이 있고 며칠 뒤 슈타지 요원들이 한밤중에 들이닥쳤어. 남편은 어디 가고 나랑 아이들만 집에 있었는데, 정말 무서웠지. 그 친구와 나눈 모든 대화를 이실직고하고 또 다른 동료들에 대한 정보도 샅샅이 털어놓으라고 했어. 협조하지 않으면 아이들에게 안 좋은 일이 생길 거라고. 그런데 나는 협조하기는커녕 다음 날 회사에 가서 슈타지가 찾아왔다는 사실을 동네방네 떠벌려버렸어. 슈타지가 신뢰할 수 없는, 쓸모없는 사람이 된 거지.

Q 당시 슈타지에 협조하는 사람이 많았나요?

가브리엘라   뭔가 책잡힐 잘못을 한 사람이라면 협조하는 대신 처벌을 피하곤 했지. 또 좋은 직장에 들어가려고 협조한 사람도 있었어. 그런데 보통 사람들은 대부분 슈타지를 혐오했어. 그들 때문에 아무도 믿고 못하게 되었거든. 공공장소에서 말할 때 항상 주위를 살피고 가족이나 친구를 한 번씩 의심하기도 하고. 서로 신뢰가 거의 밑바닥까지 떨어졌어. 훗날 베를린장벽이 무너지고 관련 기록이 공개되었는데 정말 가관이었어. "어, 옆집 아저씨가 나를 밀고했네!" "믿었던 친구가 슈타지 끄나풀이었다니!" 많은 사람이 충격과 분노에 휩싸였어.

Q 조금 화제를 바꿔서, 장벽이 무너지던 날 베를린에 계셨나요?

가브리엘라   1989년 11월 9일? 베를린에 살았으니까 당연히 거기 있었지. 그날따라 유독 졸음이 몰려오더라고. 하하. 초저녁에 잠자리에 들어 밤새 아무것도 몰랐어. 이튿날 라디오를 켰는데 글쎄 장벽이 무너졌다는 거야! 처음에는 믿을 수 없었지. 8시에 출근을 했는데 사람들이 다 그 얘기만 하더라고. 싱숭생숭한 마음으로 일을 하다가 12시에 상사한테 이야기했어. "죄송한데 더는 일이 손에 안 잡히네요. 두 눈으로 직접 확인해봐야겠어요." 그리고 부리나케 짐을 챙겨 경찰서로 향했어. 그런데 경찰서는 이미 사람들로 인산인해여서 근처 학교로 가라고 하더라고. 학교 운동장에도 역시 사람들이 바글바글했어. 몇 분 뒤 경찰 관계자가 큰 바구니를 들고 오더니 거기에 여권을 집어넣으라고 했지. 그리고 한 시간쯤 지났을까. 다시 바구니를 가져와 여권을 돌려

주기 시작했어. 나도 받아서 첫 장을 펼쳤는데, 서베를린 방문을 허가하는 도장이 떡하니 찍혀 있는 거야. 전에는 10년을 기다려도 받기 힘들었는데 말이야. 얼마나 감격스럽던지!

　　나는 곧장 프리드리히슈트라세 Friedrichstraße 역(베를린장벽이 세워진 뒤 동서를 건너려는 대부분의 사람들이 이용했던 역. 동베를린 주민들이 서독의 가족들을 울면서 배웅했다고 하여 '눈물의 궁전Tränenpalast'으로 이름이 자자했다)으로 달려갔어. 출국심사를 통과하고 설레는 마음으로 서쪽 구역에 들어섰는데, 그만 충격적인 장면을 목격하고 말았어. 술 취한 사람들이랑 마약에 절어 해롱거리는 사람들이 곳곳에 널려 있는 거야. 너무 무서운 나머지 발걸음을 돌리고 말았어. 동독에 살면서는 그런 부랑자들을 한 번도 본 적이 없었거든.

　　장벽이 무너지고 이틀이 지난 11월 11일은 토요일이었는데, 그날 남편이랑 아이들이랑 처음 서베를린을 방문했어. 서베를린 사람들은 표정이 매우 밝았고, 우리에게 친절히 대해주었지. 집으로 초대해 케이크를 대접해준 사람도 있었어. 나는 한편으로는 들떠 있었지만 착잡한 기분이 들기도 했어. 왜냐면 딱 봐도 이곳 사람들은 생활수준이 높았고 또 물가도 굉장히 비쌌거든. 상점에는 영국이나 미국에서 온 좋은 물건들이 가득했어. 이렇게 다른 환경에서 살아온 우리가 다시 하나가 될 수 있을까 하면서 마음이 뒤숭숭했지.

Q 토비아스 아저씨는 그때 뭐 하셨어요? 장벽이 무너지리라 예상하셨나요?

토비아스　　내가 죽기 전에 무너질 거라고는 생각했지만 그게

1989년일 줄은 상상도 못했어. 예전 대학생 시절에 논문을 하나 쓴 적이 있었어. "통일에 대비한 동베를린과 서베를린의 교통 시스템 재정비 방안"이 주제였는데 그걸 본 조교가 이렇게 말했지. "토비, 너 완전히 미쳤구나? 네 생각엔 장벽이 무너질 것 같니?" 그런데 2년이 채 지나지 않아 내가 미치지 않았다는 사실이 밝혀졌지.

베를린장벽이 무너지던 날은 여느 때와 다름없이 회사에 갔다가 7시쯤 퇴근했어. 그리고 동독에서 온 친구 프란치스카를 만나 저녁을 먹었지. 우리의 우정이 시작된 건 아마 1973년이었을 거야. 그때 내가 동독에 있는 우리 부모님 지인들을 처음 찾아가 커피, 오렌지, 초콜릿 같은 것들을 선물했거든. 그해를 시작으로 매년 겨울이면 보따리를 바리바리 싸들고 동독을 방문했어. 우리 집이랑 각별한 사이인 프란치스카네 집은 그중에서도 필수 코스였지.

프란치스카는 하노버에 있는 할머니를 찾아뵙고 동독으로 돌아가는 길이었어. 예전 같으면 상상하기 어려운 일인데, 1980년대 후반 들어 간혹 가능할 때도 있었지. 대신 절차가 아주 복잡했어. 서독에 살고 있는 친지가 공식 문서를 제출해서 본인이 70세나 80세 생일을 맞았다는 사실을 증명해야 했거든. 프란치스카의 경우는 할머니의 85세 생일을 맞아 서독에 방문할 수 있었지.

하여간 프란치스카랑 저녁을 먹고 있었는데 애가 갑자기 포크를 탁 놓더니 팔을 툭툭 치는 거야. "토비, 저기 텔레비전 좀 봐봐!" 화면에선 귄터 샤보브스키 Günter Schabowski (사회주의통일당 선전 담당 비서였다)가 기자회견을 열고 있었지. 내용이 뭐였냐면 모든 동독 주민에게 차등 없이 출국비자를 발급해주겠다는 거였어. 당연히 기자들로부터 질문이 쏟아졌지. "서베를린에도 적용되나요?" "이런 결정을 내린 이유가 무엇인가요?" 그리고 가장 중요한 질문. "언제부터 발효되나요?" 샤보브스키는 급하게 손에 든 종이를 뒤적였지만 정확한 시점은 나와 있지 않았어. 그래서 얼떨결에 말했지. "지금 당장, 지체 없이 발효됩니다!"

흥분한 동베를린 젊은이들은 보른홀머슈트라세Bornholmer Straße에 있는 검문소로 달려갔어. 수백 명이 몰려들어 외쳤지. "이보세요! 샤보브스키가 지금 당장 서베를린으로 갈 수 있다고 말했다고요!" 당황한 검문소의 총책임자는 자기 상급자한테 전화를 걸었는데 별다른 지침을 받지 못했어. 사람들은 계속 몰려들지, 차마 쏘지는 못하겠지. 그렇게 어쩔 줄 몰라 하다가 결정했어. "안 되겠다, 일단 다 통과시켜!" 그 뒤로 다른 검문소 역시 차례로 개방되었지.

다시 아까 이야기로 돌아가면, 프란치스카와 나는 저녁을 먹다 말고 의자에서 벌떡 일어났어. 뭔가 재밌는 일이 벌어지려나 보다 생각했지. 우리는 서둘러 브란덴부르크문Brandenburger Tor 쪽으로 향했어. 비교적 장벽 너머가 잘 내려다보이는 곳이었거든. 거기서 꼬박 두 시간을 기다렸는데 아무 일도 벌어지지 않는 거야. 지금 생각해보면 검문소로 갔어야 했는데 장소를 잘못 고른 거지. 나는 프란치스카에게 말했어. "여기서 꼬박 밤을 샐 순 없을 것 같아. 몸도 으슬으슬 추운 게 감기가 오려나 봐." "그러게, 샤보브스키가 착각했던 걸까?" 결국 나는 집으로 오고 프란치스카도 숙소로 돌아갔지.

그리고 이튿날 아침에 일어났는데 이웃집 아저씨가 요란

스럽게 문을 두드리는 거야. "그거 아니? 장벽이 무너졌어! 내가 동베를린에 직접 갔다 왔다니까! 별다른 통제도 없이!" 어찌나 속사포처럼 말을 늘어놓던지, 그야말로 진풍경이었어. 나는 혼 잣말로 중얼거렸지. "세상에나, 말도 안 돼, 믿을 수 없어." 서둘 러 옷을 챙겨 입고 출근했는데 다들 샴페인을 터뜨리고 축제 분 위기더라고. 이후 몇 주간 서베를린은 동베를린 사람들로 바글바 글했어.

Q. 그야말로 도둑처럼 찾아온 통일이었네요!

가브리엘라   맞아. 처음에는 다들 행복해했는데 점점 쓴맛을 보 기 시작했지. 동독 기업들은 모두 서독에 매각되었고 노동자들 역시 대부분 해고를 당했어. 우리 남편이 일하던 회사에는 원래 3000명이 있었는데 통일된 후 결국 30명만 남게 되었지. 무일푼 에 실업자가 된 동독 사람들은 모든 것을 맨땅에서부터 다시 시 작해야 했어. 나도 회사를 그만두고 어쩔 수 없이 사업을 시작했 지. 초반에는 잘되지 않아 정말 힘들었어. 적자는 계속 늘어만 가 고, 월급도 제대로 챙길 수 없었거든. 그런데 부지런히 일해서 성 공했어. 처음에는 여섯 명이던 직원이 쉰 명까지 늘어났고 돈도 많이 벌었어.

토비아스   그런데 하영, 오늘은 그만하면 안 될까? 벌써 두 시 간이나 지났는데……. 너무 피곤해서 낮잠을 좀 자야 할 것 같아. 궁금한 건 다음에 또 물어보도록 해!

가브리엘라   그래, 나중에 이메일로 보내도 되고. 오늘은 여기 까지 하자!

베를린에 머물던 마지막 날, 나는 베를린자유대학교 Freie Universität Berlin를 찾았다. 초록빛으로 물든 아름다운 교정을 거닐며 두 분의 이야기를 몇 번이고 곱씹었다. 반목하는 이념의 틈바구니에서 숨죽이던 세월, 거리마다 피어오르던 변화를 향한 갈망, 급작스럽게 찾아온 통일. 기쁨, 환희, 실망, 그리고 좌절. 우리에게도 언젠가 이런 날들이 찾아올까?

그동안 나의 관심은 온통 통일에 쏠려 있었다. 정치인들은 여야 할 것 없이 통일을 외쳤고 교회에 가도 민족의 하나 됨을 위해 기도하자고 했다. 방법론은 다 달랐지만 결론은 하나였다. '우리의 소원은 통일.' 마치 만병통치약이라도 되는 것처럼 말이다.

그러나 베를린에서 나는 그렇지 않음을 깨달았다. 단기적으로 본다면 통일은 대박이기보다는 재앙이 될 가능성이 컸다. 동서독은 40년 동안 갈라져 있었지만, 남북한의 분단은 무려 70년이다. 동서독의 경제력 격차는 여섯 배였지만, 남북한은 수십 배에 이른다. 동서독의 주민들은 조금이나마 서로 소통할 수 있었지만, 우리에게 그것은 불가능에 가깝다. 우리 할아버지 세대는 손에 서로의 피를 묻혔고, 아버지 세대는 서로를 적대시하며 증오했다. 꼬리에 꼬리를 무는 비극의 역사 끝에 지금 우리가 서 있다.

차라리 남과 북이 서로 다름을 인정하고 받아들여야 하지 않을까. 우리는 우리의 속도대로, 그들은 그들의 속도대로 가는 것이 낫지 않을까. 지금은 남과 북 모두 열심히 통일을 외치며 서로의 체제가 정당함을 주장하고 있다. 그러나 양쪽에서 서로의 정당성을 주장하며 통일을 외치면 외칠수록 대결 국면은 더욱 심화되기만 할 것이다. 그렇다면 이제는 통일이 아니라 평화공존을

Tobias Engelhardt und eins seiner vielen Projekte: die Notruf- und Infosäule im U-Bahnhof

Schlauer Kopf

Auch Akademiker wie beispielsweise **Verkehrsingenieure** haben gute Karrierechancen bei der BVG. Die Aufgaben sind vielfältig

Jeden Werktag befördert die BVG rund drei Millionen Menschen. Als Fahrgast kennt man vor allem unsere Busfahrer, unsere Sicherheitsmitarbeiter und unsere Kontrolleure. Sie stellen einen großen Teil unserer etwa 13.000 Beschäftigten, aber neben ihnen sorgen hinter den Kulissen viele Tausend weitere Kollegen dafür, dass der Betrieb reibungslos läuft. Einer von ihnen ist der Diplom-Ingenieur für Verkehrswesen Tobias Engelhardt.

Wenn man in einem Wort zusammenfassen sollte, was die Kernaufgabe des 27 Jahre von Tobias Engelhardt bei der BVG ist, dann ist das „Vielfalt".

Konnte für den Umweltschutz. Schon als Student an der Technischen Universität Berlin wollte er aus Überzeugung etwas bewirken, mit der er etwas für den Umweltschutz und das Europatm von Energie tun wollte. „Den Heiligkeit des Autos, die damals noch viel schlimmer da heute war, hat mir noch nie gefällt", sagt der 56 Jahre alte Mann.

BVG schon immer „elektrovoekt" So lag es nahe, zu einem Unternehmen wie der BVG zu gehen. Denn wir betördern mit U-Bahn und Straßenbahn etwa zwei Drittel

[unserer Fahrgäste mit Strom. Und das schon immer und nicht erst, seitdem das Thema Elektromobilität modern ist. Heute hat Tobias Engelhardt zwar noch ein kleines, altes Auto, kommt aber mit der Regionalbahn vom Stadtrand zu seinem Arbeitsplatz in Berlin-Mitte.

In den ersten Jahren bei der BVG widmete er sich dem Wiederaufbau der S-Bahn im Westteil Berlins und baute insbesondere die Verbesserung der Umsteigemöglichkeiten für die Fahrgäste.

Die Notruf- und Informationssäulen
Ein weiteres Projekt war der Aufbau unserer Informations- und Service-Leitstellen (ISL) in den U-Bahnhöfen Alexanderplatz, Kleistpark und Nollendorfplatz. In diesen Einrichtungen die Sicherheit, Information und Service kümmern sich 56 Bahn-Mitarbeiter jeden Tag im Jahr rund um die Uhr um die Fahrgäste auf den U-Bahnhöfen.

Zusammen mit den Säulen wurden die Notruf- und Informationssäulen eingeführt. Dort kann jeder Fahrgast im Notfall um Hilfe bitten. Die Betriebsleitstelle Sicherheit]

→ Die Notruf- und Informationssäule

Auf allen 173 U-Bahnhöfen stehen seit jeden Bahnsteig installiertem, zwei Notruf- und Informationssäulen insgesamt gibt es 555. Oben am Kopf

[gedrückt wird, ist der erhält sofort einen Bahnsteig hinter aufsucht, in der zu sprechen kann. Außerdem wird sie überwacht]

서독 출신 토비아스 아저씨와 동독 출신 가브리엘라
아주머니 부부는 독일 통일을 지켜본 역사의 산증인이다.
베를린에서 보낸 첫 번째 주말, 나는 두 분을 인터뷰했다.
베를린장벽이 무너질 당시의 이야기를 들어보고 싶었다.
가브리엘라 아주머니는 내게 오래된, 그래서 더욱 귀한
바이올린을 선물로 주셨다.

목표로 삼아야 한다. 북한 사람들을 우리가 흡수해야 하는 대상이 아닌, 함께 미래를 열어나갈 파트너로 봐야 하는 것이다. 섣부르게 통일을 이야기하기보다는 서로를 알아가려는 노력이 선행되어야 한다. 그렇게 교류의 폭을 늘려갈 때에만 북한 인권을 개선할 실제적 방안도 찾을 수 있을 것이다. 남쪽에서는 쌀이 남아도는데 북쪽에서는 식량이 없어 죽어가는 안타까운 사태가 일어나지 않도록 해야 한다. 우선 그렇게 만든 뒤에야 본격적인 통일 논의를 시작할 수 있지 않을까.

　　짐을 꾸려 떠나기 전, 두 분에게 나의 바이올린 연주를 들려드렸다. 마지막 곡이 끝나자마자 어디론가 사라진 가브리엘라 아주머니, 머지않아 낡은 케이스 하나를 들고 나타났다. "이건 내가 어렸을 때 쓰던 바이올린인데, 너 가져. 체코슬로바키아에서 만들어졌고 100년도 더 된 악기야. 우리 집 장롱에서 썩는 것보다 네 손에 들려 빛을 보는 게 더 나을 것 같다!"

　　너무도 커다란 선물을 받은 나는 어찌할 바를 모르고 가만히 서 있었다. 토비아스 아저씨가 옆에서 덧붙였다. "혹시 베를린에서 공부하고 싶으면 언제든 연락해. 우리가 먹여주고 재워줄게." 아, 이 은혜를 어찌 갚지요? 정말 고맙습니다! 두 분은 나를 다정하게 안아주었다.

　　베를린을 떠나는 발걸음이 못내 아쉬웠다. 나는 가브리엘라 아주머니의 바이올린을 무릎에 올려놓고 물끄러미 바라보았다. 단순한 악기가 아닌, 그분의 굴곡진 삶의 한 조각. 언젠가 이 바이올린을 들고 베를린에 돌아오고 싶다. 여기에 내 삶의 한 절을 아로새기고 싶다. 도시가 주는 느낌에 한껏 취해보고 싶다…….

　　기차는 내달렸고, 어느덧 여행의 종착지가 가까워오고 있
었다.

에필로그─한 걸음 한 걸음 나아가다 보면

오지 않을 것만 같던 그날이 결국 오고야 말았다. 수많은 우여곡절을 지나 단 하나의 여정만을 남겨둔 그날. 기차표에 찍힌 '라이프치히 Leipzig'라는 단어를 보자 눈물이 핑 돌았다. 그동안 용케도 살아남았구나. 3개월 전 여행을 떠날 당시만 해도 내가 확신할 수 있는 건 두 가지뿐이었다. 파리 인 IN, 라이프치히 아웃 OUT. 인과 아웃 사이의 빈칸들이 어떻게 채워질지, 무엇을 먹고 누구를 만나고 어디서 잘지, 전혀 알지 못했다. 그러나 시간은 차곡차곡 흘러갔다. 매일 아침 해가 떴고 다시 해가 졌다. 나는 어느새 마지막에 이르렀다.

라이프치히 중앙역은 사람들로 북적였다. 나는 플랫폼에 내려 주위를 두리번거렸다. 이윽고 멀리서 걸어오는 한 남자가 눈에 띄었다. 안경을 쓰고 수염을 기른 곱슬머리. 얼핏 보니 한국인처럼 생겼다. 그렇다. 한국인이었다. 눈이 마주치자 피식 웃음이 나왔다. 참으로 오랜만에 90도로 허리를 숙여 인사했다. 웃음을 멈출 수 없었다.

'김영은 쌤'은 예전에 다니던 교회의 성가대 지휘자 겸 청년부 회장이었다. 또래 친구들이 없어 심심했던 유년시절의 나는 언제나 청년부 형·누나들을 쫄레쫄레 쫓아다녔다. 수련회에도 따라가고, 고기도 구워 먹고, 잔디밭에서 공도 차고. 당시만 해도 파릇파릇했던 '영은 쌤'은 어느덧 유부남이 되었고, 나 역시 앳된 얼굴을 조금씩 잃어가는 중이었다. 우리는 서로 안부를 물으며 트램에 몸을 실었다.

자그마한 신혼집에 도착하자 영은 선생님이 사랑하는 전도사님께서 따뜻한 밥을 지어주었다. 진부하기 그지없는 표현이지만, 정말 맛있었다. 실로 오래간만에 거울에 비친 내 모습을 주의 깊게 바라보았다. 짧았던 머리칼이 어느새 치렁치렁, 구레나룻이 입술 언저리까지 내려와 있었다. 소파에 주저앉은 몸뚱이는 축축 늘어나 다시는 조여지지 않았다. 시원시원한 성격의 전도사님은 답답하다는 듯 말했다. "가만히 앉아 있지만 말고, 잘 거면 누워서 자고! 아니면 나가서 좀 돌아다니든지!" 나는 혼이 나간 사람처럼 배시시 웃기만 했다. 더는 몸이 움직여지지 않았다.

며칠이 흘러 떠날 날이 다가왔다. 영은 선생님이 공항까지 바래다주었다.

"또 언제 뵙죠?"

"언제든지 놀러 와. 근데 라이프치히 정말 볼 거 없어."

"하하 알겠습니다. 마지막으로 사진이나 한 장 찍으시죠!"

라이프치히에서 국내선 비행기를 타고 프랑크푸르트로 향했다. 잘 믿기지가 않았다. 내가 유럽에 왔다는 것도, 다시 한국으로 돌아간다는 것도. 모두 한여름밤의 꿈만 같다.

88일 만에 도착한 프랑크푸르트 공항은 사뭇 달라져 있었다. 전에는 더할 나위 없이 칙칙했는데, 이제는 환한 빛줄기가 내리비쳤다. 인적이 드물었던 것 같은데, 사람들로 북새통을 이루고 있었다. 전에 없던 조그만 상점들도 눈에 띄었다. 여기가 내가 와본 곳이 맞나? 어리둥절하게 서 있다 문득 깨달았다. 공항이 아니라 내가 바뀐 것이다. 나의 시선과 마음가짐이 달라져 있었던 것이다. 처음 이곳에 발을 디

떴을 때는 매 순간이 불안하고 초조했다. 온몸이 긴장으로 곤두서 있었고 한치 앞을 내다볼 여유조차 없었다. 그러나 어찌 되었건 나는 죽지 않고 살아남았다. 그리고 좀 더 어른이 되었다. 조금이나마 인생을 대하는 여유가 생겼고, 미약하게나마 스스로 삶을 꾸려나갈 수 있다는 자신감을 얻었다. 이 정도면 그래도 성공적인 독립 예행연습이었다 말할 수 있지 않을까.

그럼에도 마음의 짐은 여전했다. 나는 인정할 수밖에 없었다. 정해진 답은 그 어디에도 존재하지 않는다는 것을. 존재하지 않기에 아무리 애써도 찾을 수 없었다는 사실을 말이다. 답이 없음을 받아들이는 것은 쉽지 않았다. 결국 나의 여정은 헛수고에 지나지 않았단 말인가. 보이지도 않는 실체를 잡으려 발버둥 쳤단 말인가. 좌절감이 눈앞을 가렸다.

그러나 다시금 신발 끈을 동여맸다. 결국 우리의 답은 우리 곁에 있고, 그 답을 찾는 것은 앞으로 한국 사회를 살아갈 우리 자신의 몫이라는 사실을 깨달았다. 설령 정답에 이르지 못하더라도 주저앉지 않기로 했다. 답을 찾으려 몸부림치는 과정에서 역사는 한 발짝이라도 전진할 것이니. 해결되지 않는 물음이 있어도 조급해하지 않기로 했다. 어차피 평생의 물음이고, 지난한 여정이 될 것이니 말이다.

내가 할 수 있는 가장 작은 일부터 찾기로 했다. 준비할 수 있는 것을 준비하고, 도울 수 있는 사람을 돕기로 결심했다. 그렇게 한 걸음 한 걸음 나아가다 보면 언젠가 답을 찾을 수 있지 않을까.

비행기에 앉아 메모장을 꺼내 들었다. 멋들어진 소회를 적고 싶었지만 이내 그냥 덮어버리고 말았다. 잠시 눈을 감았다. 고마운 얼굴들이 하나둘 떠올랐다. 한푼 두푼 모아 햄버거 사 먹으라고 건네준 동생들, 고마워, 덕분에 햄버거 가게 뻔질나게 드나들었어. 여행 경비 보태주신 분들, 여러분 아니었으면 중간에 포기했을 것 같아요, 스위스는 정말 물가가 살인적이었거든요. 기도하고 응원해준 가족들과 지인들, 고맙습니다, 저의 힘만으로는 절대 끝마칠 수 없었을 거예요. 스치듯 지나온 수많은 인연들, 흔쾌히, 혹은 내키지 않는데도 맞아주고 재워주신 분들, 감사합니다, 언젠가 길 위에서 다시 만나게 되길……

이제 다시 익숙한 사회, 익숙한 사람들의 품으로 돌아간다. 앞으로 나에게 어떤 인생이 펼쳐질까. 도무지 모르겠다. 그러나 한 가지 확실한 것이 있다. 내가 이전과 같지 않다는 사실. 나는 다른 삶을 살 것이다. 그리고 살아야만 한다.

끝없는 대륙을 지나 드디어 반도가 내려다보인다. 고도가 낮아지며 구름이 창문을 스친다. 착륙을 알리는 승무원의 방송이 들려온다. 두렵기도 하지만 다시 마음을 다잡았다. 무엇보다 나는 젊고, 새로운 도전을 즐길 준비가 되어 있다. 인천 앞바다가 점점 가까워 온다. 이제 시작이다.

소년여행자
바이올린 메고 떠난 88일의 유럽방랑기

지은이   임하영

2017년 12월 18일 초판 1쇄 발행

책임편집   남미은
기획·편집   선완규·안혜련·홍보람
디자인   심우진 one@simwujin.com

펴낸이   선완규
펴낸곳   천년의상상
등록   2012년 2월 14일 제2012-000291호
주소   (03983) 서울시 마포구 동교로 45길 26 101호
전화   (02) 739-9377
팩스   (02) 739-9379
이메일   imagine1000@naver.com
블로그   blog.naver.com/imagine1000

ⓒ 임하영, 2017
ISBN 979-11-85811-39-0 03810
잘못된 책은 구입처에서 바꾸어드립니다.

이 도서의 국립중앙도서관 출판예정도서목록(CIP)은
서지정보유통지원시스템 홈페이지(http://seoji.nl.go.kr)와
국가자료공동목록시스템(http://www.nl.go.kr/kolisnet)에서 이용하실 수 있습니다.
(CIP제어번호: CIP2017032312)